Dans les bras d’un confrère

*

Troublante mission en montagne

JANICE LYNN

Dans les bras d'un confrère

Traduction française de
ADELINE MAGNE

BLANCHE

HARLEQUIN

Collection : Blanche

Ce roman a déjà été publié en 2021

Titre original :
WEEKEND FLING WITH THE SURGEON

HARPERCOLLINS FRANCE
83-85, boulevard Vincent-Auriol, 75646 PARIS CEDEX 13
Service Clients — https://www.harlequin.fr/contenu/contactez-nous
ISBN 978-2-2805-1804-8 — ISSN 0223-5056

Édité par HarperCollins France.
Composition et mise en pages Nord Compo.
Imprimé en avril 2025 par ScandBook UAB en Lituanie
en utilisant 100% d'électricité renouvelable.
Dépôt légal : juin 2025.

FSC
www.fsc.org
MIXTE
Papier | Pour une gestion forestière responsable
FSC® C021394

Pour limiter l'empreinte environnementale de ses livres, HarperCollins France s'engage à n'utiliser que du papier fabriqué à partir de bois provenant de forêts gérées durablement et de manière responsable.

1

Comme hébétée, McKenzie Wilkes contempla l'écran de son portable.

Plaquée…

Elle n'arrivait pas à le croire. Paul l'avait plaquée… Et par texto, par-dessus le marché ! Non, mais c'était une blague ? Plaquée par message interposé ! Ce minable n'avait même pas le cran de la prévenir de vive voix. Après deux ans de promesses d'amour éternel et autres roucoulades, voilà qu'il se débarrassait d'elle comme d'une malpropre. Elle mériterait au moins une explication, non ? C'était ce qu'il s'était passé avec Clay, son ex.

Enfin, son ex avant Paul.

En toute justice, Paul avait essayé de lui téléphoner le soir précédent. Seulement, débordée de boulot, elle avait été retenue à l'hôpital jusque tard dans la nuit et elle n'avait pas consulté ses messages. Pourquoi l'avait-il appelée, au juste ? Pour lui dire qu'il ne l'aimait plus et qu'il désirait mettre un terme à leur relation ?

Soudain furieuse, elle se mordit l'intérieur de la lèvre.

Non, elle ne pleurerait pas. Jamais de la vie. Au contraire, elle allait afficher un grand sourire et commencer sa journée de travail comme d'habitude.

Au reste, avait-elle le choix ? Ses petits patients et leur famille avaient des problèmes bien plus importants qu'un banal chagrin d'amour. Elle allait faire contre mauvaise fortune bon cœur et surtout ne pas céder à l'envie de rentrer chez elle se recroqueviller sur son lit en position fœtale pour pleurer toutes les larmes de son corps. Ses patients avaient besoin d'elle. Elle adorait son métier et se battait comme une lionne pour ses petits malades de la clinique pédiatrique cardiaque de Seattle. Elle ne comptait pas ses heures et cumulait les gardes. Souvent même, elle annulait des projets personnels pour s'occuper de patients critiques. Elle avait cru que Paul comprenait cela. Elle était chirurgien cardiaque, bon sang. Spécialisée en pédiatrie, de surcroît. Lui, il travaillait pour un site de vente par Internet : en cas de problème, ses clients ne risquaient pas de mourir.

Elle se mordit la lèvre plus fort et se concentra sur la douleur pour ne plus penser à son cœur qui se brisait.

Paul l'aimait, pourtant, non ? Il le lui avait dit et répété des centaines, des milliers de fois ces deux dernières années. Alors, comment pouvait-il écrire d'un seul coup qu'ils avaient besoin de prendre un peu de recul pour faire le point sur leurs sentiments ? D'après lui, ils se seraient éloignés l'un de l'autre, et leurs objectifs dans la vie n'étaient plus les mêmes. Elle tombait des nues. Comment pouvait-il affirmer une chose pareille alors que l'essentiel de ses projets personnels était lié à Paul et à leur vie commune ? Elle avait pensé qu'ils se marieraient dans un an ou deux, qu'ils fonderaient une famille, qu'ils vieilliraient ensemble... Cela dit, elle avait eu les mêmes projets avec Clay. Il avait mis un terme à une relation de sept ans, commencée sur les bancs de la fac, justement au moment où elle envisageait de passer à la vitesse supérieure avec lui. Un beau jour, il lui avait annoncé qu'il avait été choisi pour un poste d'interne à Boston et qu'elle ne faisait pas partie du voyage. Le choc avait été rude, mais le pire avait été l'apitoiement de ses proches. Sa mère l'avait rendue littéralement dingue en essayant de la caser avec tous les célibataires du coin et en l'infantilisant à coups de « ma pauvre petite fille », tant et si bien qu'elle avait craqué et sauté sur la première occasion de fuir : en l'occurrence, cette offre d'internat à Seattle.

Une aubaine à bien des égards. Malheureusement, l'histoire se répétait. En pire ! Dans un peu moins d'un mois, elle devait retourner dans le Tennessee pour la première fois depuis son déménagement à Seattle. Elle était conviée au mariage de sa cousine Reva en tant que demoiselle d'honneur. Impossible de se désister, elles s'étaient depuis toujours promis l'une et l'autre de participer à leurs noces respectives. Comble de l'ironie, elle avait même songé que Paul pourrait profiter de ce voyage pour lui faire sa demande.

Oh ! Seigneur, pourquoi, pourquoi avait-elle laissé entendre à sa mère qu'une demande en mariage aurait sans doute lieu sous peu ? C'était vraiment donner des bâtons pour se faire battre !

En tout cas, il était hors de question qu'elle se rende seule au mariage de Reva et Jeremy. Sa mère se sentirait à coup sûr obligée de la refourguer à Pierre, Paul ou Jacques. Elle imaginait déjà ses regards de pitié et ses remarques sur le fait qu'elle était plaquée une fois de plus.

Peu à peu, la réalité de la situation se déployait dans son esprit : Paul avait mis un terme à leur relation. Il ne l'aimait plus, si tant est qu'il l'ait jamais aimée. Bien sûr, il n'avait jamais fait bondir son cœur comme dans les contes de fées, mais elle appréciait sa compagnie, leur couple semblait solide et il comptait pour elle. Par ailleurs, elle avait dépassé l'âge des contes de fées. Leur relation était – non, *avait* été – agréable, confortable, rassurante, un peu comme une bonne tasse de chocolat chaud par un soir d'hiver froid et pluvieux. Paul était quelqu'un de fiable, et elle se sentait bien avec lui, satisfaite. Elle l'avait aimé, son mec-chocolat. Pendant deux ans, il lui avait donné l'impression d'être appréciée, importante, de compter pour quelqu'un...

— Salut, Doc.

Dérangée dans ses pensées, elle leva la tête avec un sourire automatique. Elle s'aperçut alors qu'elle était restée plantée là, comme pétrifiée, depuis qu'elle avait lu ce texto.

— Oh ! salut !

D'un air dégagé, elle adressa à son collègue un petit signe de la main comme si tout allait très bien, merci beaucoup, et que son univers ne venait pas de s'effondrer tel un château de cartes. Elle rangea son téléphone et entra dans la clinique d'un pas décidé.

Mais, malgré son allure bravache, elle avait les mains qui tremblaient. Dieu merci, elle n'était pas affectée au bloc aujourd'hui :

dans cet état, elle aurait du mal à assurer ses opérations d'une main ferme. Et encore, s'il ne s'agissait que de ses mains... Son corps tout entier tremblait.

Paul l'avait plaquée. Plaquée, plaquée, plaquée...

Saisie d'un vertige, elle s'arrêta, appuya son front contre le mur de béton froid et ferma les yeux.

Ça allait. Enfin, ça irait. Même si Paul n'était plus amoureux d'elle, elle s'en remettrait d'une manière ou d'une autre. Même si elle devait se rendre au mariage de Reva et faire comme si le célibat lui allait comme un gant, elle survivrait aux regards de pitié ainsi qu'aux conversations assassines qui iraient bon train dans son dos.

« Pensez donc ! Partie deux ans plus tôt pour se remettre d'un chagrin d'amour, elle revient plaquée à nouveau. À croire qu'elle ne sait pas garder un homme. »

Elle se concentra sur sa respiration pour tenter de déloger la boule qui lui pesait sur l'estomac. Malgré cela, sa peau se couvrit d'une sueur froide. Et sa mère qui répétait à l'envi qu'elle avait hâte de rencontrer enfin Paul, l'homme que sa fille aimait et envisageait d'épouser...

À cette pensée, une nausée lui monta à la gorge.

Elle se sentait mal. Elle allait vomir.

— Hum...

Quelqu'un s'éclaircissait la gorge derrière elle.

À ce bruit, elle pivota sur ses talons et faillit perdre l'équilibre face à Ryder Andrews qui la dévisageait, les sourcils froncés, d'un air préoccupé qui la fit rougir violemment.

Bon sang, pourquoi, de tout le personnel de la clinique, fallait-il qu'elle tombe justement sur lui, pile au moment où elle se sentait physiquement mal ? Même en temps normal, le Dr Andrews lui donnait des papillons dans le ventre et des picotements dans les doigts. Avec lui, elle s'était toujours sentie timide comme une écolière. Était-ce parce qu'elle était interne il n'y avait encore pas si longtemps alors qu'il était déjà un chirurgien cardiaque réputé ? En tout cas, si Paul lui avait fait l'effet d'un chocolat chaud, Ryder était un whisky qui lui montait à la tête et lui coupait les jambes.

— Ça va bien ?

Elle sentit des larmes lui piquer les paupières.

De pire en pire ! Si seulement elle pouvait rentrer chez elle, recommencer sa journée à zéro, de préférence sans recevoir ce texto malencontreux et sans tomber sur le moins amical de ses collègues...

— Oui, oui... Ça va très bien, merci.

Comme s'il n'était pas dupe du mensonge, Ryder continuait de la dévisager de ses yeux couleur miel.

Son regard l'intimidait. Elle avait toujours le sentiment qu'il lisait en elle plus de choses qu'elle n'aurait souhaité en révéler. À présent, par exemple, elle aurait juré qu'il ne la croyait pas. Cela dit, il l'avait trouvée appuyée contre le mur, sur le point de rendre son café du matin. Pas besoin d'être un génie pour comprendre qu'elle n'était pas au mieux de sa forme.

Malgré tout, pourquoi fallait-il que ce soit lui qui la surprenne dans ce moment de faiblesse ? Elle était convaincue qu'il ne l'appréciait pas, et elle-même n'était pas sûre de l'aimer beaucoup, si génial soit-il dans son métier. En sa présence, elle se sentait toujours sur les nerfs, sur le point de dire ou de commettre une bêtise. Il l'intimidait, voilà, avec sa mine ténébreuse qui semblait toujours la juger.

Au début, pourtant, il avait été avenant, blagueur. Elle avait pensé qu'ils pourraient devenir de bons copains tous les deux. Mais brusquement, sans qu'elle comprenne pourquoi, deux semaines après avoir rejoint leur équipe, il avait complètement changé à son égard. Sans verser dans l'hostilité ouverte, il s'était ingénié du jour au lendemain à l'éviter sauf quand le travail l'exigeait. Autrement, chaque fois que leurs chemins se croisaient, elle éprouvait une tension étrange et désagréable. Elle n'avait pourtant pas le souvenir d'avoir fait quoi que ce soit susceptible de le vexer. Un jour, pour en avoir le cœur net, elle lui avait même posé la question. Il lui avait assuré que tout allait bien, mais il avait continué à l'éviter. De guerre lasse, elle s'était mise à faire de même. Elle avait sans doute tort d'accorder de l'importance à son attitude, mais c'était plus fort qu'elle : il l'énervait.

C'était d'ailleurs le cas à présent : soumise à l'examen de ses yeux perspicaces, elle avait l'impression qu'il avait déjà deviné qu'elle avait été plaquée et, pire, qu'il plaignait Paul de l'avoir supportée aussi longtemps.

— Tu es sûre ? Ça n'a pas l'air d'aller si bien que ça. Veux-tu un verre d'eau ? Que j'appelle quelqu'un ?

— Non, ça ira, répliqua-t-elle avec humeur.

Cette réponse était plus honnête que la précédente. Oui, ça irait. De même qu'elle avait surmonté sa rupture avec Clay, elle survivrait à Paul. Il ne l'aimait sans doute plus, de toute façon. Était-elle si peu digne d'amour que tous les hommes de sa vie finissent tôt ou tard par s'en aller ?

En tout cas, si Ryder continuait à la regarder comme cela, elle allait fondre en larmes.

— Tu m'excuseras, mais j'ai deux ou trois petites choses à régler avant de commencer mes consultations.

Comme, par exemple, s'enfermer dans son bureau et pleurer toutes les larmes de son corps.

Elle se hâta de s'éloigner avant qu'il dise quelque chose d'autre ou qu'elle se rende davantage ridicule.

Comme souvent en présence de Ryder, sa nuque la picota. Elle se retourna et vit qu'il n'avait pas bougé. Il continuait de la suivre des yeux, songeur.

Les lèvres pincées, elle lui décocha un regard courroucé qui valait pour l'ensemble du genre masculin. Puis, la tête haute, elle se réfugia dans son bureau, referma la porte et donna libre cours à ses larmes.

Planté devant la porte fermée, Ryder était déchiré entre mille injonctions contradictoires.

Va-t'en, mais va-t'en donc ! Tu vois bien qu'elle ne veut pas te parler.

D'ailleurs, il ne désirait pas connaître les problèmes de McKenzie Wilkes. Moins il avait affaire à elle, mieux il se portait. Pour une bonne et simple raison : dès qu'il l'avait rencontrée, il était tombé sous le charme. En apprenant qu'elle était déjà en couple, il avait étouffé dans l'œuf cette attirance et s'était efforcé autant que possible de l'éviter pour ne pas faire resurgir ces sentiments.

Ce matin, toutefois, il n'avait pas pu passer son chemin en voyant McKenzie dans cet état. Elle n'allait visiblement pas bien. Pas bien du tout, même. C'était évident à la façon dont elle appuyait son front contre le mur, à son teint pâle et cireux. Elle avait l'air à deux doigts de faire un malaise.

Va-t'en, s'ordonna-t-il à nouveau.

Seulement, non, il ne pouvait pas faire une chose pareille. Elle n'allait manifestement pas bien. Il était médecin et il ne pouvait décemment pas tourner le dos à une collègue malade, quelle qu'elle soit. Cela n'avait rien à voir avec McKenzie Wilkes. Il agirait de la sorte avec n'importe qui.

En salle de pause, il prit un verre d'eau et un paquet de biscuits.

Après tout, peut-être qu'elle n'avait rien mangé ce matin et qu'elle avait seulement besoin d'avaler quelque chose ? Quoique, à vrai dire, il en doutât. Non, l'explication ne devait pas être aussi triviale. Enfin, cela ne le regardait pas. En revanche, il allait faire ce qu'il fallait : lui proposer un peu d'eau et s'assurer qu'elle était en bon état physique, après quoi il se remettrait à l'ignorer comme avant.

Seulement, lorsqu'il frappa à la porte, McKenzie ne répondit pas.

— Je t'ai apporté un verre d'eau et des biscuits, dit-il à la porte fermée.

Toujours rien. Il frappa de nouveau, sans plus de résultats.

À quoi bon s'obstiner ? Visiblement, elle ne voulait pas lui parler. Il avait agi comme il le fallait. Si elle n'avait pas la courtoisie élémentaire de lui répondre, tant pis pour elle.

Il allait s'en aller lorsqu'une pensée le frappa : et si elle n'était pas en mesure de répondre, justement ? Pas plus tard qu'à l'instant, elle avait paru sur le point de défaillir…

Il frappa à nouveau, avec plus d'insistance.

— McKenzie, ouvre-moi !

Silence.

À présent, son esprit turbinait à plein régime. Pour rien au monde il ne partirait sans être rassuré. Il fallait absolument qu'il sache si elle allait bien, quitte à se reprocher par la suite d'avoir réagi de façon exagérée.

— Si tu ne réponds pas tout de suite, je rentre pour m'assurer que tu n'es pas évanouie.

Assise par terre, McKenzie leva la tête de ses genoux pour jeter autour d'elle un regard embrumé par les larmes.

Qu'est-ce qu'il lui voulait, à la fin ? Pendant des mois, il s'était appliqué à faire comme si elle n'existait pas, et voilà que, aujourd'hui, il éprouvait le besoin de vérifier qu'elle n'avait pas fait un malaise. Bon sang, il n'allait pas la laisser tranquille ? C'était quoi, son problème ?

— Va-t'en.

Voilà, il l'avait, sa réponse. Maintenant, il pouvait partir.

— Je t'ai apporté de l'eau et des biscuits, répéta-t-il.

Ce n'était sûrement pas un peu d'eau et des gâteaux qui allaient résoudre ses problèmes.

— Je n'en veux pas.

— Je reste tant que je ne suis pas sûr que tu vas bien.

Alors il pouvait attendre longtemps, songea-t-elle avec amertume. Même si elle parviendrait tôt ou tard à remonter la pente. C'était juste une question de temps. Il n'y avait pas de raison, elle y était bien arrivée avec Clay. Certes, elle avait mis longtemps à s'en remettre, mais elle avait fini par digérer sa déconvenue. Avec Paul, ce serait pareil, et sans doute plus facile. À coup sûr, elle mettrait cette fois moins de temps à s'en relever, à ne plus fondre en larmes à la moindre chanson sentimentale. Oui, elle allait devenir une pro du râteau. Elle commençait à avoir une belle expérience en la matière. Bientôt, elle se ficherait pas mal que Paul l'ait plantée pour « prendre un peu de recul ».

Ryder frappa à nouveau.

— Je ne pars pas, McKenzie. Ouvre cette porte.

Mais est-ce qu'il allait se taire, bon sang ? Inutile de rameuter tout l'étage. Elle n'avait pas besoin que chacun soit au courant de ce qu'il venait de lui arriver.

À contrecœur, elle se mit debout, s'essuya les yeux et prit une grande inspiration.

Allez, ça irait. Il n'y avait pas de raison qu'il en soit autrement.

— McKenzie...

Elle ouvrit la porte brusquement.

— Oui, quoi ?

Bon, comme entrée en matière, c'était un peu brusque, mais on n'avait pas idée d'être aussi collant ! Elle n'avait rien à faire de sa sollicitude. Tout ce qu'elle voulait, c'était qu'il lui fiche la paix.

Planté sur le seuil, pris de court par son hostilité, Ryder lui tendit le gobelet et le paquet de biscuits.

— Tiens, c'est pour toi.

— C'est bon, je les prends. Satisfait ? Maintenant, tu peux partir.

— Je... OK.

Mais il scrutait son visage avec inquiétude.

Elle dressa le menton d'un air bravache, le mettant au défi de lui parler. Oui, elle avait pleuré. Oui, elle avait les yeux gonflés et des traînées de mascara sur les joues. Oui, elle était gênée qu'il la voie dans cet état.

— Je peux faire quelque chose ?

Prise de court à son tour par sa gentillesse, elle sentit sa propre mauvaise humeur se dégonfler comme une baudruche.

— Non... Ça ira, merci.

Elle respira un bon coup et se contraignit à ébaucher un faible sourire.

— J'ai eu une nuit fatigante et pour ne rien arranger je viens de recevoir des nouvelles... inattendues, disons. Mais merci pour le verre d'eau et pour les gâteaux.

C'était gentil de sa part. Elle devait avoir une sacrée sale tête pour qu'il se soit senti obligé d'intervenir de la sorte. S'il souhaitait être rassuré sur ce point, elle avait plus de chances d'afficher une meilleure mine après cette crise de larmes.

Elle se força à nouveau à sourire.

— Ça ira, maintenant. Vraiment.

Sur ce, elle referma la porte, le laissant de l'autre côté.

Elle devait impérativement se ressaisir si elle voulait arriver au bout de la journée. Si Ryder lui avait témoigné une telle sollicitude alors qu'il n'avait pas vraiment d'atomes crochus avec elle, comment les autres allaient-ils réagir ? Elle devait se calmer, se rafraîchir le visage, retoucher son maquillage. Si quelqu'un lui posait des questions, elle mettrait ses yeux rouges sur le compte de sa nuit de garde. En revanche, ce soir, une fois seule, elle pourrait rouvrir la vanne des larmes.

2

McKenzie s'était installée dans une petite salle de travail pour attendre des analyses médicales, Comme celles-ci tardaient à arriver, elle se mit distraitement à surfer sur Internet et fit défiler sur l'écran les résultats d'une requête pour des « services de rencontres de qualité ».

Après tout, autant profiter de ce temps mort pour tenter de régler ses soucis personnels.

Une semaine s'était écoulée depuis ce petit texto aux grandes conséquences. Elle était moins taraudée par le sentiment d'être sans cesse au bord des larmes. Mais, au lieu de cela, une angoisse diffuse s'enracinait en elle : dans moins de quinze jours, elle allait devoir se rendre dans le Tennessee pour assister au mariage de Reva.

La belle, la talentueuse Reva, sa cousine parfaite à la vie parfaite. À la moindre occasion, sa mère lui en rebattait les oreilles, quand elle ne lui répétait pas à quel point elle avait hâte de rencontrer son futur beau-fils.

Car, non, elle n'avait pas eu le cran d'avouer qu'elle n'était plus avec Paul. C'était au-dessus de ses forces de subir à nouveau la pitié de sa mère, sa déception.

Et elle n'avait rien dit non plus à Reva.

Autrefois, elle n'avait aucun secret pour sa cousine, mais récemment elles s'étaient insensiblement éloignées. Reva avait toujours l'air gênée en sa présence. Gênée d'être la plus populaire des deux, heureuse en amour alors que McKenzie accumulait les échecs dans ce domaine. Depuis sa rupture avec Clay, elles ne s'étaient pour ainsi dire plus parlé. Ironie de l'histoire, depuis quelques mois, elle avait enfin réussi à convaincre Reva que, oui, elle aussi avait une vie parfaite à Seattle, merci beaucoup.

Sa famille n'avait pas compris sa décision de partir si loin. Ils se faisaient du souci pour elle et ne supportaient pas de la savoir seule. Sa mère avait même commencé à écumer les sites de rencontres sur Seattle dans l'espoir de lui dégotter un homme. Lorsqu'elle avait commencé à sortir avec Paul, quel soulagement de pouvoir enfin leur annoncer qu'elle n'était plus célibataire ! Tout à coup, entre elle et sa mère, entre elle et Reva, la tension s'était apaisée. Même son frère avait semblé moins inquiet. Comment allait-elle leur dire qu'elle venait à nouveau de se faire plaquer ? Tels qu'elle les connaissait, ils allaient se mêler de son absence de vie sentimentale, lui mettre la pression pour qu'elle revienne à la maison. La distance n'y faisait rien, même à des milliers de kilomètres, ils étaient susceptibles de lui empoisonner l'existence.

Non, elle ne pouvait ni se rendre à ce mariage sans compagnie masculine, ni se désister. Sa cousine lui demanderait forcément des explications et, à coup sûr, elle culpabiliserait d'avoir une vie formidable alors que cette pauvre McKenzie n'arrivait pas à garder un homme. Quant à trouver un remplaçant à Paul, il n'en était pas question. En un temps si court, c'était mission impossible, et de toute façon elle n'était pas d'humeur pour l'instant.

En attendant, il fallait bien trouver une solution. D'où cette recherche Internet assez embarrassante.

Bon sang, autant sa vie professionnelle était une réussite, autant sa vie privée était un ratage sur toute la ligne. Pourvu qu'aucun collègue ne la voie ! Et cette solution allait lui coûter une petite fortune. Mais cela en valait la peine si elle lui permettait d'occulter sa mésaventure sentimentale. Il vaudrait mieux engager quelqu'un de Seattle. Si elle avait recours à un escort de Nashville, ses proches risquaient de tomber sur lui dans la rue et de découvrir le pot aux roses. L'horreur ! Plus tard, une fois de retour à Seattle, elle leur avouerait peut-être la vérité. Peut-être.

Quoi qu'il en soit, pour sa tranquillité d'esprit, elle allait devoir se trouver un homme pour l'accompagner à ce mariage, et *pronto.*

— Intéressant comme recherche, dis donc.

Nom de nom, Ryder ! Il ne manquait plus que lui !

Le feu aux joues, elle s'empressa de réduire la page Internet et se tourna vers lui sans parvenir à masquer sa gêne.

Il était appuyé contre le chambranle de la porte, les sourcils froncés avec une expression étrange.

— Il s'est passé quelque chose entre toi et ce gars avec qui tu sors ?

Elle prit une profonde inspiration et se déroba à son regard.

— On peut dire ça comme ça.

De quoi se mêlait-il ? Et d'abord, que fichait-il ici ? OK, elle se trouvait dans une salle de travail, mais avait-il oublié qu'il ne l'appréciait pas et qu'il l'évitait ? Il aurait été bien inspiré de s'en souvenir à présent. Mais non, il la dévisageait fixement, comme s'il essayait de résoudre un grand mystère.

— Je pensais que votre couple était solide.

Un soupir échappa à McKenzie.

Ryder l'avait pincée en train de surfer sur un site d'escorts masculins. Il l'avait vue avec des yeux rouges toute la semaine passée. Autant lui avouer carrément qu'elle s'était fait plaquer. D'autant plus que si elle ne le faisait pas, les collègues s'en chargeraient dans son dos.

— C'était le cas, mais plus maintenant, dit-elle en affectant un haussement d'épaules désinvolte.

— Bon débarras. Il n'était pas bien pour toi.

Elle ouvrit des yeux ronds.

Alors ça... Qu'est-ce qu'il en savait ? Il avait dû rencontrer Paul deux fois en tout et pour tout et, pour autant qu'elle sache, il ne lui avait pas adressé la parole.

— Paul est quelqu'un de bien, murmura-t-elle. Il me reviendra.

Elle rougit en se rendant compte de ce qu'elle venait de dire, et à Ryder, par-dessus le marché. Pourquoi affirmait-elle une chose pareille ? Certes, cette rupture l'avait laissée désemparée, Paul comptait beaucoup pour elle. Mais de là à le récupérer ? Depuis ce texto dévastateur, ils s'étaient à peine parlé.

— Ce n'est pas toi qui l'as quitté ? demanda Ryder, l'air incrédule.

Elle réprima un sourire amer.

Eh non, cette décision n'était pas de son fait. Pas plus avec Paul qu'avec Clay. Mais en quoi cela regardait-il Ryder ?

Il fit un pas vers elle, et sa présence envahit soudain la petite pièce. Elle sentit son cœur cogner à grands coups dans sa poitrine. La gorge serrée, elle le contempla sans bouger, comme pétrifiée. Elle aurait voulu disparaître, s'évanouir dans les airs.

D'un geste de la main, Ryder désigna l'ordinateur.

— Tu fais ça pour le rendre jaloux ?

Elle jeta un coup d'œil à l'écran à présent en veille.

Non, elle n'avait pas pensé à ça, mais après tout pourquoi pas ? En tout cas, mieux valait laisser Ryder dans cette idée, d'autant plus que ce n'était pas si bête à la réflexion. Avec un peu de chance, en la voyant au bras d'un autre, Paul se rendrait compte qu'il tenait encore à elle. C'était en effet un moyen de le récupérer. Ou pas.

— Ça pourrait marcher, tu crois ?

Ryder haussa ses sourcils ténébreux.

— Sérieusement, j'avais raison ? Tu recrutes un escort pour rendre ton ex jaloux ?

Elle se sentit devenir rouge pivoine.

— Ça ne te regarde pas, lâcha-t-elle sèchement.

Puis, sans réfléchir, elle bredouilla des mots tellement dingues qu'elle n'en revint pas de les avoir prononcés :

— Sauf, bien sûr, si tu acceptais de passer pour mon petit ami le temps d'un week-end ?

Ryder aurait été le dernier à s'intéresser de trop près à McKenzie Wilkes. Vraiment. Seulement, quoi qu'il fasse, il ne parvenait pas à s'ôter de la tête le souvenir de ses yeux tristes. C'était d'ailleurs pour cela qu'il s'était attardé à l'hôpital après sa dernière consultation. Normalement, il serait parti en veillant à ce que son chemin ne croise pas celui de McKenzie mais, lorsqu'il l'avait aperçue toute seule dans cette salle de travail, il avait été attiré comme par un aimant. Ça avait été plus fort que lui : il n'avait pas pu ne pas s'arrêter, juste pour voir comment elle allait, à la rigueur lui faire un petit coucou. Il avait toujours eu un faible pour elle, mais ce faible prenait des allures d'obsession. Il ne cessait de penser à elle, à ce qui avait bien pu la mettre dans un tel état. Si elle avait reçu de mauvaises nouvelles personnelles, ou si elle avait été obligée d'en apporter à la famille d'un patient.

Mais non, il s'agissait d'un banal chagrin d'amour.

Il avait songé bien sûr qu'elle avait pu pleurer pour des raisons personnelles, mais il ne s'était pas attardé sur cette idée. Après tout, la vie privée de McKenzie ne le regardait pas. D'ailleurs, il n'appréciait pas du tout qu'elle se serve de lui pour régler ses problèmes.

— Tu voudrais m'utiliser pour rendre ton ex jaloux ?

— Plus ou moins, oui, répondit-elle avec une franchise déconcertante. Tu vis avec quelqu'un ?

— Non, mais...

— Écoute, si tu ne veux pas, je n'insiste pas. Je n'ai pas dit ça pour sortir avec toi, ajouta-t-elle comme si l'idée en elle-même était ridicule. Enfin si, mais pas pour de vrai, tu comprends ? J'ai juste besoin de quelqu'un pour m'accompagner au mariage de ma cousine. Quelqu'un qui n'ait aucune attente vis-à-vis de moi et qui sache jouer le jeu. Et si Paul devient jaloux par la même occasion...

Elle termina sa phrase par un haussement d'épaules.

Ryder resta muet, complètement scié.

McKenzie voulait l'utiliser pour se remettre d'un chagrin d'amour. Exactement comme Anna. Quoique, non. Avec McKenzie au moins, les choses étaient claires, il ne serait pas question de sentiment.

— Je ne me vois pas inviter un homme qui risquerait de se faire des idées, poursuivit-elle comme il ne disait rien. Ce serait cruel.

D'ailleurs, je n'ai pas l'intention de remplacer Paul. Simplement, je ne peux pas aller seule à ce mariage.

Elle devait vraiment être désespérée pour lui faire pareille proposition. C'était d'ailleurs ce qui le retenait de tourner tout bonnement les talons et de la planter là. Mais de là à lui dire oui... Tenir le rôle qu'elle lui proposait serait une torture de tous les instants.

— Il est prévu pour quand, ce mariage ?

— Pas le week-end prochain mais le suivant. Ça laisse très peu de temps, je sais, s'empressa-t-elle d'ajouter en le voyant ouvrir des yeux ronds.

— Tu voudrais que je t'accompagne à un mariage dans deux semaines et que je fasse comme si on sortait ensemble ?

Si elle n'avait pas eu l'air aussi sérieux, il aurait pu croire à une plaisanterie.

— « Je voudrais », c'est un euphémisme. Je te revaudrai ça au centuple.

— Pour être ma petite amie pour de faux quand j'en aurai besoin à mon tour, tu veux dire ?

— S'il te plaît, Ryder. Je ne sais vraiment pas quoi faire. Je suis au pied du mur. Comme tu peux le voir toi-même, ajouta-t-elle en désignant l'ordinateur.

— Désolé, mais c'est non.

Le visage de McKenzie se décomposa de déception, et il fut brièvement tenté de revenir sur ses mots.

Mais non, il n'allait pas dire oui à McKenzie pour dissiper le désespoir qui assombrissait ses beaux yeux verts. À une époque, il aurait adoré avoir un prétexte pour passer du temps avec elle, mais par bonheur ce n'était plus le cas. Le mieux était d'oublier cette conversation.

McKenzie enfonça ses ongles dans ses paumes moites.

Qu'est-ce qu'il lui avait pris de proposer à Ryder Andrews une chose pareille ? À coup sûr, il devait la prendre pour une folle, une déséquilibrée, ou pire, une pauvre fille. Il fallait vraiment qu'elle soit aux abois pour lâcher semblable ânerie. Ryder n'avait aucun atome crochu avec elle, vraiment aucun. Comment croire une seule seconde qu'il accepterait de l'accompagner, même pour de faux ? C'était ridicule.

Mais, au fond, pas plus que de faire appel à une agence d'escorts. Au moins, elle connaissait Ryder. Avec lui, elle ne risquait rien. Il ne chercherait pas à tirer profit de la situation, elle ne craindrait pas d'avoir affaire à un criminel ou à un escroc qui aurait contourné les vérifications d'usage lors de son recrutement.

Elle détailla du regard son bon mètre quatre-vingts, ses cheveux châtains, ses yeux couleur de miel ourlés de longs cils épais, ses lèvres pleines encadrées par de profondes fossettes.

Ryder était à l'évidence un beau gosse. D'ailleurs, elle s'en était fait la remarque lorsqu'ils s'étaient rencontrés et elle n'avait pas changé d'avis depuis. Mais M. Beau Gosse avait dit non. Bien sûr, pourquoi aurait-il accepté de lui sauver la mise dans une situation déplaisante ?

Pourtant, il s'attardait sur le seuil de la pièce.

Puisqu'il la laissait se débrouiller toute seule, pourquoi ne s'en allait-il pas ? Il lui avait dit non, OK, très bien. Maintenant, qu'il la laisse retourner à sa recherche Internet pendant qu'elle attendait les résultats de son patient.

— Je n'imaginais pas que tu dirais oui, de toute façon. Qu'irais-tu faire à Nashville avec moi ?

Ryder cligna les paupières, surpris.

— À Nashville ? Nashville dans le Tennessee ?

Oui, ça faisait une sacrée trotte depuis Seattle : plus de mille cinq cents kilomètres. Cinq heures de vol dont elle redoutait chaque minute. La simple idée de monter dans l'avion lui donnait des palpitations. À moins que ce ne soit Ryder qui lui fasse cet effet. Il la regardait d'un air étrange. Avait-il peur des avions, lui aussi ?

— J'aurais payé ton billet, se justifia-t-elle.

Il eut l'air insulté et fit un geste vers l'ordinateur en veille.

— Je ne suis pas à louer.

Elle se sentit rougir.

— Ce n'est pas ce que j'ai voulu dire. J'aurais remboursé tes dépenses parce que c'est normal. Tu ne devrais pas en être de ta poche parce que tu essayes de me sauver la mise.

— Te sauver la mise ? Rien que ça ?

— Si ma famille me voit arriver seule, ce week-end va être un calvaire. Ils vont se faire un sang d'encre au sujet de ma rupture, et je ne veux pas pourrir l'ambiance avec mes affaires de cœur. En plus, impossible de me défiler, ajouta-t-elle avec un soupir. Je suis demoiselle d'honneur… Ça va faire deux ans que je ne les ai pas vus. Je voudrais juste profiter de ce week-end en famille en toute sérénité. Mais bon, j'ai un plan de secours, ne t'inquiète pas.

Les larmes aux yeux, elle se tourna vers l'ordinateur et remua la souris pour ranimer l'écran.

Ce n'était certainement pas le meilleur des plans, mais avec un peu de chance, il éviterait que son premier séjour en famille depuis *x* temps ne soit un fiasco complet.

Ryder tressaillit.

Était-ce des larmes qu'il voyait briller dans les beaux yeux de McKenzie ?

Il s'était arrêté pour s'assurer qu'elle allait bien, pas pour la faire pleurer. Et pourtant c'est ce qu'il venait de faire. Il aurait dû rentrer chez lui, l'éviter comme auparavant. À présent, comment pourrait-il oublier ses larmes, alors qu'il venait d'en provoquer d'autres par son indiscrétion ? Il avait la désagréable impression de lui faire du tort en refusant. Il n'avait pourtant rien à voir avec ses problèmes. Sa rupture avec son petit ami, son appréhension à l'idée de retrouver sa famille dans sa situation présente, rien de cela ne le concernait. Mais c'était plus fort que lui, il était comme cloué au sol.

Après tout, serait-ce si difficile de réorganiser son emploi du temps pour partir avec elle à Nashville ?

— Ce n'est pas risqué de partir avec un type dont tu ne sais rien ?

McKenzie haussa les épaules sans le regarder.

— Je n'ai jamais eu recours à ce genre de services, mais je compte bien me renseigner avant de choisir l'entreprise et le type que je vais recruter.

Sans lui accorder davantage d'attention, elle sortit son portable et composa un numéro affiché sur l'écran de l'ordinateur.

— Allô ? Je cherche un homme pour m'accompagner lors d'un week-end, dans deux semaines. Oui, tout le week-end, vingt-quatre heures sur vingt-quatre. Ce serait pour un déplacement hors de l'Oregon.

En l'entendant mettre son projet en application avec une détermination résignée, il sentit son cœur bondir.

Il ne pouvait pas la laisser faire cela. Il était inconcevable qu'il tourne les talons et qu'il la laisse à la merci d'un inconnu. Si cet individu profitait de sa vulnérabilité ? Et si c'était un tueur en série ? Lui-même n'avait pas la prétention d'être un chevalier blanc, mais il avait des principes et il ne tournerait pas le dos à une femme dans une situation délicate. Il n'éprouvait plus rien pour elle. Sinon, pour rien au monde, il n'aurait voulu être une passade pour aider une fille à réparer son cœur brisé et à sauver la face envers ses proches. Il voulait bien rendre service, mais de préférence sans se faire utiliser. Heureusement, McKenzie n'était pas de ce genre-là. Donc il l'accompagnerait, il se ferait passer pour son petit ami pendant deux ou trois jours, après quoi ils reprendraient leur vie chacun de son côté.

Sans réfléchir davantage, il s'avança d'un pas résolu et prit le téléphone des mains de McKenzie pour couper l'appel.

— Mais ça ne va pas la tête ? Qu'est-ce qu'il te prend ?

Il lui rendit l'appareil en se demandant s'il ne s'apprêtait pas à commettre une énorme bêtise.

— Tu ne vas pas partir avec un escort.

— Pardon ? Je fais ce que je veux, merci !

Il ne put s'empêcher d'admirer le feu qui animait ses yeux verts.

— Excuse-moi, je vais reformuler ma phrase.

Il prit une profonde inspiration et se dit qu'il agissait comme n'importe qui l'aurait fait à sa place.

— Tu n'as pas besoin d'un escort parce que je pars avec toi à Nashville. En revanche, il va me falloir quelques détails, ajouta-t-il.

Sous le choc, McKenzie serra son téléphone entre ses mains qui tremblaient légèrement.

Avait-elle bien entendu ? Ryder venait-il vraiment de lui proposer de l'accompagner ?

— Tu viendrais avec moi ?

— Si tu veux dire que tu n'auras pas à t'inquiéter de voyager avec un type dont tu ne sais absolument rien, alors, oui, je viens avec toi, affirma-t-il.

Elle le contempla avec des yeux ronds.

— Mais pourquoi ?

Il fut secoué d'un petit rire sourd, comme si elle faisait une montagne d'un rien négligeable.

— Parce que. Donne-moi quelques renseignements pour que je puisse m'organiser.

Ryder partait avec elle. Il allait lui permettre de sauver la face et de rassurer sa famille sur la vie qu'elle menait à Seattle, sur sa vie sentimentale. Surtout, ils ne la prendraient pas en pitié et ne se mettraient pas en tête de la caser avec Pierre, Paul ou Jacques. Ce week-end lui apparaissait soudain sous un jour beaucoup moins redoutable.

— Je pars jeudi de manière à être là pour la répétition du mariage, le lendemain. Si tu es sûr de venir, alors je t'achète un aller pour vendredi après-midi et un retour pour samedi soir.

— Tu rentrerais le samedi ?

— Non, le dimanche, dit-elle en secouant la tête.

Ryder haussa les épaules.

— Alors je vais poser quelques jours de manière à partir avec toi jeudi. On rentrera ensemble. Ça fait longtemps que j'aurais dû prendre des vacances, de toute façon.

Alors ça… Elle ne s'était pas attendue à ce qu'il lui dise oui, et voilà que, en plus, il calquait son emploi du temps sur le sien !

— Mais où vas-tu séjourner ? balbutia-t-elle sans réfléchir.

— Eh bien, avec toi. Je suis censé être ton petit ami, non ?

Elle planta ses dents dans sa lèvre inférieure.

On se calme...

La réponse de Ryder n'aurait pas dû la plonger dans cette agitation. Pas plus que son regard intense n'aurait dû faire galoper son cœur. Pourtant, c'était plus fort qu'elle.

Seigneur, dans quel pétrin était-elle en train de se fourrer ? Ryder Andrews était bel homme. Elle avait peut-être tort de se lancer dans cette aventure avec lui, même pour de faux.

— Je vais loger chez ma mère.

— Parfait. Dans ce cas, moi aussi. Je peux dormir sur le canapé si nécessaire. À moins que ta mère ne veuille pas de moi et qu'elle me jette dehors.

— Ma mère trouvera à son gré n'importe quel homme qui ne fera pas de moi une vieille fille.

C'était la stricte vérité, mais la plus exigeante des mères aurait été ravie de voir sa fille ramener à la maison un homme tel que le Dr Ryder Andrews, un type craquant et en plus chirurgien cardio-thoracique.

— Une vieille fille, toi ? Parce que tu as rompu avec ton informaticien ?

— C'est ridicule, je sais, mais va-t'en expliquer ça à ma mère.

— Seulement si tu me dis de le faire, répondit-il en souriant.

Parce qu'il allait rencontrer sa mère. Il allait l'accompagner à Nashville, ce que n'avait fait aucun de ses amis de Seattle, pas même Paul. Non qu'elle ne souhaite pas les inviter. Seulement, sa peur maladive de l'avion lui faisait restreindre ses voyages au strict minimum. En revanche, son frère était venu la voir plusieurs fois et il avait eu l'air d'apprécier Paul. C'est bizarre comme une tragédie d'enfance peut avoir des conséquences radicalement différentes selon les individus. La simple perspective de prendre un vol la rendait malade, alors que son frère avait affronté le passé familial en devenant pilote.

— Donc, c'est sûr ? Tu pars vraiment dans le Tennessee avec moi ? Et tu vas faire semblant d'être mon petit ami pour que ma famille ne me catalogue pas définitivement parmi les vieilles filles incasables ?

Une vieille fille incasable, McKenzie ? Quelle drôle d'idée ! Ryder ne doutait pas une seconde que, quand elle serait prête, elle trouve un remplaçant à son ex. Elle était de ces femmes belles et intelligentes que n'importe quel homme rêve d'avoir dans sa vie. Avec ses beaux yeux verts qui débordaient de vivacité, ses épais cheveux roux dans lesquels il aimerait tant glisser les doigts, ses jolies formes que les blouses médicales ne parvenaient pas à dissimuler, elle ne manquait pas d'atouts. Il avait fait de son mieux pour réprimer son attirance pour elle, mais il avait des yeux pour voir, et McKenzie Wilkes était une femme splendide.

Mais ce qu'il appréciait le plus en elle, c'était l'originalité de sa réflexion, sa capacité à le surprendre. À contrario, il leur arrivait souvent d'être sur la même longueur d'onde sans qu'ils se consultent. Dans les premiers temps où ils s'étaient connus, lorsque leurs regards se croisaient, il devinait aussitôt à quoi elle pensait et réciproquement. Dans ces cas-là, ils échangeaient un sourire complice. Puis il avait appris qu'elle avait quelqu'un dans sa vie et s'était efforcé de limiter les occasions de travailler avec elle, mais, chaque fois qu'il y avait été contraint, elle l'avait toujours impressionné.

Non, il n'avait jamais rencontré personne comme elle. Il s'était fait une raison en apprenant qu'elle était déjà prise et s'était résolu à tenir ses distances avec elle, mais un jour, pourtant, il lui avait demandé si elle était heureuse en couple. Elle avait répondu par l'affirmative avec enthousiasme : elle avait même l'intention d'épouser Paul. Alors il avait abandonné tout espoir. S'il s'était imaginé devoir un jour lui servir de petit ami...

Mais ils en resteraient là, lui et elle. Pour rien au monde il ne voulait d'une relation avec une fille qui cherche à se consoler d'un chagrin d'amour. Il avait déjà tenté l'expérience une fois et il s'en était mordu les doigts.

— Je n'ai jamais été à Nashville. Ce sera l'occasion de faire un peu de tourisme.

— Sérieusement ? Tu vas m'accompagner et me servir de copain ?

Plutôt que de la voir faire appel à une agence d'escorts ? Absolument.

— Oui, tu as bien entendu : je vais me faire passer pour ton petit ami au mariage de ta cousine.

3

Sans que McKenzie comprenne pourquoi, depuis qu'elle avait demandé à Ryder de lui servir de petit copain, celui-ci était redevenu le collègue sympa des premiers jours. Enfin, « sympa », c'était beaucoup dire, mais au moins il ne filait plus dans la direction opposée dès qu'il la repérait. Au contraire, il lui souriait lorsqu'ils se rencontraient au hasard des couloirs. Un jour, ils avaient même échangé quelques mots en salle de pause. Il n'était resté que le temps de remplir une bouteille d'eau, mais son sourire l'avait accompagnée toute la journée.

Tant qu'il ne lui faisait pas la tête, c'était bon signe, non ? Cela devait vouloir dire qu'il n'avait pas changé d'avis.

Mine de rien, comme il ne l'évitait plus, leur relation de travail en était facilitée. Par exemple, le jour même, avec le cas de Sawyer Little. La nouveau-née avait développé une cyanose quelques heures après la naissance. Dieu merci, sa mère s'en était rendu compte et avait aussitôt averti l'infirmière, qui avait détecté un léger essoufflement et un taux d'oxygène sanguin trop bas. Le bébé avait été placé sous une tente à oxygène, et elle avait été appelée pour un examen cardiaque. Alors qu'elle terminait d'installer un électrocardiogramme au chevet du berceau, Ryder était entré dans le service de soins intensifs néonatals. Lorsqu'il avait croisé son regard, ses yeux s'étaient assombris, et les coins de sa bouche redressés.

Bon sang, cet homme avait un sourire à tomber par terre...

Une alarme se déclencha dans l'alcôve voisine, la ramenant à la réalité.

L'infirmière qui l'assistait sur le cas de Sawyer se redressa.

— C'est le patient d'à côté. Désolée, je dois remplacer sa poche de médicaments.

— Vas-y. Si j'ai besoin d'aide, je t'appelle.

L'unité comprenait deux rangées d'alcôves séparées par un couloir central auquel faisait face le bureau des infirmières, où Ryder était en train de consulter un dossier.

Elle lui jeta un coup d'œil à la dérobée.

Dans sa tenue médicale bleu marine, on aurait dit George Clooney dans *urgences*. Il aurait fait son effet sur grand écran.

Reportant son attention sur sa petite patiente, elle prit du gel tiédi et en vérifia la température sur le dos de sa main avant de l'étaler sur la poitrine de Sawyer.

Ce qu'elle vit à l'ECG la fit grimacer : le ventricule gauche et l'aorte de Sawyer étaient trop petits. Le cœur gauche du bébé était atrophié, il recevait un flux sanguin insuffisant.

— Ryder, tu peux venir une minute ?

— Bien sûr.

Il cliqua sur la souris pour refermer son dossier puis la rejoignit.

— Qu'est-ce qui ne va pas ?

— C'est cette petite. Elle est née la nuit dernière. Sa mère a remarqué qu'elle avait mauvaise mine lorsqu'elle a essayé de lui donner le sein. Le pédiatre a fait appel à moi, mais je tiens à avoir ton avis.

Ryder examina le frêle bébé branché à plusieurs tubes et moniteurs. McKenzie promena à nouveau la sonde sur la poitrine du nourrisson de manière à montrer le ventricule et l'artère sous-développés.

— Hypoplasie du cœur gauche, dit-il.

Elle acquiesça d'un hochement de tête.

— Elle n'a pas été détectée lors des échographies prénatales.

Elle orienta la sonde pour visualiser le canal artériel – le vaisseau sanguin reliant l'artère pulmonaire à l'aorte chez le fœtus.

Dieu merci, il était encore ouvert. Le sang oxygéné pouvait donc toujours passer du ventricule droit à l'aorte. Si le canal s'était déjà fermé, ce qui arrive normalement dans les premiers jours après la naissance, le débit sanguin aurait diminué drastiquement, et le pronostic vital du bébé aurait été engagé.

— Elle est sous prostaglandine E1 ?

Cette molécule sécrétée pendant la grossesse était prescrite en semblable cas pour maintenir la perméabilité du canal artériel.

— Non, pas encore, répondit-elle. Sawyer commence tout juste à manifester des symptômes, et je découvre la malformation en même temps que toi.

— OK, on démarre tout de suite le traitement.

Tout en parlant, Ryder se dirigea vers le bureau des infirmières pour taper l'ordonnance. L'infirmière revint sur ces entrefaites, et il lui tendit le document. Elle hocha la tête et se mit aussitôt à préparer la médication qui, avec un peu d'espoir, donnerait une chance de survie à Sawyer.

— Ça ne va pas tarder à arriver, dit-il en rejoignant McKenzie, qui continuait à examiner le bébé.

— Regarde le foramen ovale.

Elle pointa le doigt vers une ouverture entre les deux oreillettes.

— Il est encore ouvert, mais qu'en penses-tu ?

Elle tendit la sonde à Ryder pour lui permettre de continuer l'examen à sa guise.

— Il est trop petit.

Là encore, il confirmait ses observations.

— Il faut l'opérer dès qu'un créneau se libère.

— Oui. Même sous oxygène, elle désature. Il faudrait la mettre sous ventilateur.

McKenzie hocha la tête.

— Pauvre petit bout, va. Elle va avoir du chemin à faire.

— C'est vrai, mais la route est moins rude qu'autrefois.

Surprise par l'accent étrange de sa voix, elle quitta le bébé des yeux pour dévisager Ryder.

Il avait une expression qu'elle ne lui avait jamais vue, comme si ses pensées s'aventuraient bien au-delà de l'unité de soins où ils se trouvaient à présent.

Songeait-il aux travaux de recherche dans lesquels il s'impliquait ? Il appartenait à une équipe qui œuvrait à la mise au point d'une technique d'impression en 3D de tissu cardiaque humain. Il espérait ainsi créer des implants, notamment pour reconstruire des aortes trop petites ou réparer d'autres malformations. Peu après leur rencontre, il lui avait dit qu'il s'était installé à Seattle pour profiter d'opportunités de recherche susceptibles d'apporter des avancées importantes dans la qualité de soins offerte aux patients. Regrettait-il que ses recherches ne soient pas encore assez abouties pour permettre à une patiente comme Sawyer d'en profiter ? S'agissait-il d'autre chose ?

— Tu préfères que je fasse appel à un autre chirurgien ?

Il parut revenir brusquement au présent et secoua la tête.

— Non, pourquoi ? Je ne vois pas l'intérêt, puisque je connais déjà son cas.

— Ce n'est pas ça. Je me disais que...

Elle s'interrompit, ne sachant si elle devait lui rappeler que, récemment encore, il aurait remué ciel et terre pour ne pas travailler avec elle.

— Si tu es d'accord pour t'occuper d'elle, ce serait formidable.

— Je suis d'accord, affirma-t-il en sortant son portable de sa poche. C'est une coïncidence, bien sûr, mais justement, ce matin, je dois réaliser un shunt de Glenn sur un bébé de cinq mois.

Elle haussa les sourcils, surprise.

Par bonheur, les cas d'hypoplasie du cœur gauche étaient assez rares, c'était donc en effet une sacrée coïncidence d'en diagnostiquer un justement le jour où Ryder en opérait un autre.

Le traitement de Sawyer consisterait en plusieurs chirurgies qui s'échelonneraient dans un ordre bien précis. La première intervention, dite « de Norwood », aurait lieu dès sa première semaine de vie et permettrait de diriger le sang du ventricule droit vers l'aorte. Ensuite, vers cinq ou six mois, le shunt de Glenn viserait à déconnecter la veine cave supérieure du cœur pour la relier directement sur l'artère pulmonaire, de manière à ce que le sang pauvre en oxygène de la partie supérieure du corps soit amené directement vers les poumons. Enfin, à l'âge de deux ou trois ans, Sawyer devrait subir une troisième et dernière opération, dénommée « Fontan ». Celle-ci servirait à dériver vers l'artère pulmonaire le sang bleu de la veine cave inférieure, drainant la partie inférieure du corps. Si tout se passait bien, au terme de ce traitement, Sawyer irait beaucoup mieux, et son sang serait oxygéné normalement.

Ryder s'éloigna pour organiser l'intervention avec l'infirmière en chef, puis il revint.

— Je vais faire en sorte que la Norwood de Sawyer soit programmée avant notre week-end à Nashville. C'est moi qui vais m'occuper d'elle, mais il faudra quand même que j'en touche un mot au Dr Rhea, puisqu'il va prendre en charge mes patients pendant mon absence.

— Merci, dit-elle

Elle ne savait pas trop de quoi elle le remerciait : d'avoir accepté d'opérer Sawyer ou de réorganiser son emploi du temps pour l'accompagner à Nashville. Dans un cas comme dans l'autre, elle lui était reconnaissante.

— De rien, c'est mon boulot, répondit-il, l'air presque gêné par sa gratitude.

Elle n'était pas dupe de sa modestie. Pour lui comme pour elle, ce métier représentait bien plus qu'un simple boulot, justement. C'était d'ailleurs un point commun entre eux, et un sujet bienvenu si jamais ils tombaient en panne de conversation durant le séjour. Avec un peu de chance, il n'y aurait pas trop de temps morts au cours des trois jours, parce qu'elle ne voulait surtout pas ennuyer Ryder.

— Veux-tu que j'aille annoncer la nouvelle aux parents de la petite ? proposa-t-il.

Elle le regarda, touchée par son offre.

Parler aux parents, leur expliquer pourquoi leur bébé est malade et nécessite des soins souvent lourds, c'était bien l'aspect qu'elle redoutait dans son métier. Elle ne pouvait pourtant pas se décharger de ses responsabilités sur Ryder ou sur un autre. Sawyer était sa patiente, elle serait amenée à rencontrer ses parents à de nombreuses reprises au cours des mois et des années à venir, même si Ryder les voyait sans tarder pour leur exposer les détails de l'intervention.

— Merci, mais je vais m'en charger. C'est la mère de la petite qui s'est rendu compte la première que quelque chose clochait, donc ils se doutent qu'il y a un problème. Je vais leur expliquer le diagnostic et ce à quoi ils doivent s'attendre. Tu pourras les voir plus tard, lorsqu'ils auront digéré un peu la nouvelle.

Bel euphémisme. Les parents de Sawyer allaient avoir un sacré choc. Ils étaient arrivés à l'hôpital en s'attendant à en repartir avec un bébé en bonne santé. Or, non seulement Sawyer était malade, mais, sans une opération à cœur ouvert, elle allait mourir sous peu.

— Tu veux m'assister au bloc ?

Il voulait qu'elle fasse partie de son équipe pour reconstruire l'aorte de Sawyer ? C'était une question piège ?

— Oui, absolument.

— Formidable.

La joie communicative qui pétilla dans les yeux de Ryder déclencha en elle de délicieux fourmillements.

Au cours de l'année passée, elle avait eu quelques occasions de collaborer avec lui. À chaque fois, elle avait été impressionnée par sa capacité de concentration et par son habileté, et Dieu sait qu'il en faut pour opérer de petits cœurs de la taille d'une noix. C'était un chirurgien hors pair, et elle était ravie qu'il ait rejoint les équipes de la clinique. Elle savait qu'il participait à la mise au point de plusieurs techniques innovantes, et elle avait espéré le seconder dans son travail opératoire, voire dans ses recherches. Pendant leurs premières semaines de collaboration, elle avait d'ailleurs eu la chance de l'assister sur quelques interventions, mais ensuite plus rien ou presque. Pour une raison qui lui échappait, il était devenu inaccessible, de sorte que la majorité de ses patients étaient suivis par le Dr Rhea. Elle s'était demandé mille fois si elle avait dit ou fait quelque chose qui avait vexé Ryder.

Mais, quel que soit le motif, ce devait être du passé, puisqu'il avait accepté de l'accompagner à Nashville et lui proposait de l'assister sur la Norwood de Sawyer !

Elle effleura du bout du doigt la poitrine du bébé en priant pour que tout se passe bien lors de cette chirurgie.

Au cours des années à venir, si un cœur venait à être disponible, il faudrait certainement procéder à une transplantation, mais chaque chose en son temps. Si Sawyer arrivait à fêter son premier anniversaire, son pronostic serait encourageant. D'ici là, ils devaient se garder de tout optimisme excessif. Même si la médecine accomplissait d'énormes progrès, le taux de mortalité pour ce genre de malformation demeurait encore élevé.

Elle sentit soudain la main de Ryder sur la sienne, et un frisson lui parcourut le bras.

— Tu ne veux vraiment pas que je t'aide avec les parents de la petite ?

Elle leva les yeux et vit dans son regard un mélange de compassion et d'inquiétude, comme s'il ne saisissait que trop bien l'ampleur du malheur sur le point de s'abattre sur le jeune couple.

— Je... Merci. Oui, ce serait bien.

Ryder demeura en retrait pendant l'entrevue avec les parents de Sawyer Little, prêt à intervenir en cas de besoin. Mais McKenzie se tirait très bien de sa difficile tâche.

Comme il fallait s'y attendre, les Little étaient effondrés par ce qu'ils venaient d'apprendre. Avec douceur et patience, McKenzie trouvait des mots simples pour leur expliquer le diagnostic et répondre à leurs questions. Afin de leur permettre de mieux visualiser le problème, elle avait même dessiné un cœur normal et un autre atteint de la malformation dont souffrait Sawyer.

La scène éveillait en lui le souvenir d'une tragédie qui avait changé le cours de sa vie, même s'il avait été trop jeune à l'époque pour comprendre ce qu'il se passait. Une tragédie à laquelle il songeait chaque fois qu'il entrait au bloc opératoire, conscient du fait que la moindre erreur risquait de causer à une famille le même malheur qu'avait connu la sienne.

— Je vous présente le Dr Ryder Andrews. Ryder est chirurgien cardio-thoracique, il a lui aussi examiné votre fille et il est arrivé au même diagnostic. Je sais que ce que je vous raconte est difficile à admettre, mais le temps presse, et il faut se décider vite. Ryder va vous expliquer ce qu'il préconise pour soigner votre fille, après quoi nous discuterons des suites que vous souhaitez donner aux événements.

Ryder prit le relais et décrivit les obstacles énormes auxquels Sawyer serait confrontée, ainsi que différentes options pour les aborder. Il leur présenta aussi les statistiques de survie en pareil cas.

— Elle va vraiment mourir si vous ne l'opérez pas ? Vous en êtes sûr ?

— Sûr et certain. Si son corps ne reçoit pas du sang oxygéné, elle n'a aucune chance de survie.

Il cita à nouveau les différentes statistiques en cas ou non d'opération.

— À vous de nous dire ce que vous souhaitez faire. Vous pouvez choisir de ne pas l'opérer si c'est votre décision à tous les deux.

— Mais alors, elle va mourir ! s'écria Mme Little avec un sanglot.

Son mari l'enveloppa d'un bras.

— Avec une chirurgie, Sawyer risque de traîner des soucis de santé toute sa vie, mais elle aura de bonnes chances de survie et pourra sans doute mener une existence presque normale, dit McKenzie. La décision vous appartient. Si vous avez besoin d'un peu de temps pour en discuter tous les deux, nous pouvons sortir quelques minutes.

— Ce n'est pas nécessaire, dit M. Little en serrant davantage sa femme contre lui. Notre décision est prise.

Il jeta un coup d'œil à sa femme, qui hocha la tête.

— Opérez-la, dirent-ils de concert.

Ryder leur expliqua à quoi ils devaient s'attendre les jours suivants, puis McKenzie les serra dans ses bras en leur promettant de les tenir informés à chaque étape. Ryder échangea une poignée de main avec eux. Il s'apprêtait à partir lorsque la mère de Sawyer lui saisit le bras.

— Sauvez-la, s'il vous plaît.

Les lèvres pincées, il hocha la tête.

— Je ferai de mon mieux. Je… Enfin, ça ne change pas grand-chose à la situation, mais je comprends ce que vous ressentez.

Il s'interrompit pour prendre une inspiration.

— Voici plus de vingt ans, ma sœur est née avec la même malformation que celle de votre fille.

Ses parents avaient vécu le même enfer. Ils avaient éprouvé le même désarroi lorsqu'on leur avait annoncé le diagnostic. Seulement, il allait tout faire pour que l'issue soit complètement différente dans le cas de Sawyer.

— Elle a survécu ? demanda Mme Little.

Il fit non de la tête.

— La technologie était beaucoup moins avancée. À l'époque, les bébés nés avec cette malformation n'avaient quasiment aucune chance. Mais ce n'est plus le cas, Dieu merci. Certes, le risque n'a pas totalement disparu, mais l'espoir est permis.

Après avoir pris congé des Little, McKenzie et lui se dirigèrent en silence vers l'ascenseur. Dans la cabine, elle leva les yeux vers lui, bouleversée.

— C'est terrible, ce qu'il est arrivé à ta famille. Parfois, je me demande pourquoi j'exerce un métier aussi dur émotionnellement.

— Pas moi. J'ai toujours voulu me spécialiser en cardiologie pédiatrique.

— À cause de ta sœur ?

— Oui.

— C'est bizarre, murmura-t-elle sans se formaliser de cette réponse laconique. C'est comme si sa mort avait permis à d'autres enfants de survivre. Je suis désolée qu'elle n'ait pas vécu, mais je suis ravie que tu sois devenu chirurgien.

Il hocha la tête.

— C'est le métier que j'ai toujours voulu exercer.

D'aussi loin qu'il se souvienne, il n'avait jamais envisagé d'autre avenir. À l'âge où ses camarades voulaient devenir pompier, policier ou footballeur, il surprenait tout le monde en affirmant qu'il voulait réparer des cœurs malades. Et c'était ce qu'il faisait à présent. Pour Chrissy, pour ses parents, pour lui-même…

Il sentit soudain une main tiède s'emparer de la sienne.

Par bonheur, la sonnerie de l'ascenseur retentit, et il dégagea sa main avant que les portes ne s'ouvrent.

Il devait faire attention, garder ses distances. Il était trop facile d'oublier que McKenzie sortait d'une déception amoureuse et qu'il était le lot de consolation idéal.

4

Épuisé, Ryder s'adossa au mur de la salle de repos, entre le vestiaire des hommes et celui des femmes.

Il s'était douché et s'apprêtait à rentrer chez lui après plus de sept heures passées au bloc. Secondé par une équipe pluridisciplinaire dont McKenzie faisait partie, il venait de terminer la première des opérations qui, il l'espérait, permettrait à Sawyer de survivre et de mener une vie à peu près normale. En général, si tout se passait bien, une Norwood prenait environ cinq heures, mais l'intervention pouvait durer plus longtemps en cas de complications telles que des hémorragies ou si la malformation s'avérait plus grave que le diagnostic initial ne le faisait supposer. L'opération de Sawyer s'était bien déroulée jusqu'à ce qu'ils arrêtent la circulation extracorporelle pour faire redémarrer le cœur. Il avait fallu deux heures supplémentaires pour que le petit cœur se remette à battre efficacement. Mais ils y étaient arrivés.

— Ça va ?

Il leva la tête et croisa les yeux verts de McKenzie.

Était-elle venue ici pour le chercher ?

Il se redressa et se passa une main dans les cheveux en haussant les épaules.

— La Norwood est une opération éprouvante.

— Tu as fait du bon boulot. J'ai eu très peur quand on l'a sevrée de l'assistance circulatoire, mais, quand son cœur a fonctionné de manière autonome, j'ai cru qu'on allait tous applaudir.

Lui aussi. Applaudir, pousser des cris de joie, taper dans la main de ses collègues… Le sevrage de la circulation extracorporelle était une étape délicate de l'intervention, elle devait durer le moins longtemps possible.

— Merci d'avoir fait appel à moi, dit-elle encore.

Il se contenta de hocher la tête.

Autant que possible, il se faisait seconder d'habitude par d'autres cardiologues. Non que McKenzie ne soit pas une excellente chirurgienne, là n'était pas le problème, mais il préférait limiter les interactions avec elle. Sa carrière n'en avait pas souffert puisque d'autres confrères tels que le Dr Rhea la réclamaient en priorité.

Il se surprit à la regarder plus attentivement.

Elle avait rassemblé ses cheveux auburn en queue-de-cheval, et quelques taches de rousseur lui parsemaient les joues et le nez. Comme il l'avait pensé maintes fois, son ex était vraiment un crétin.

— Tu rentres chez toi ?

— Non, je dois encore passer voir quelques patients, mettre à jour des dossiers, vérifier comment se porte Sawyer et, si j'ai le temps, trouver un truc à grignoter, ajouta-t-elle avec un sourire désabusé.

— Pas de repos pour les braves, hein ?

— Non… À ce propos, quelques heures de sommeil te feront du bien.

Il eut un petit rire.

— C'est une manière détournée de me dire que j'ai une sale mine ?

— Pas du tout, dit-elle en rougissant. Tu as l'air fatigué, voilà.

— Comme je te l'ai dit, je ne suis pas fan des Norwood.

— À cause du taux de mortalité élevé ?

Sans surprise, elle avait aussitôt deviné la raison.

Il hocha la tête.

— Le taux de survie n'est que de quatre-vingt-cinq pour cent. Aucun chirurgien n'a envie d'effectuer des procédures avec une mortalité aussi élevée.

— Ton taux personnel est de quatre-vingt-dix pour cent.

— Ce qui veut dire qu'un bébé sur dix ne fête pas son premier anniversaire.

Et cette réalité lui était insupportable, car ce bébé-là était la Chrissy d'une autre famille.

— Oui, mais neuf ont cette chance grâce à toi. Sawyer en fera partie, j'en suis sûre. C'est une battante.

— Oui, je l'espère, dit-il en soupirant.

Un court silence tomba.

— Je pensais manger sur le pouce avec un yaourt ou un truc du genre. Si tu sors par là, tu pourrais m'accompagner jusqu'à la cafétéria ?

Il hésita.

Il venait de passer l'essentiel de la journée avec McKenzie, il allait partir en week-end avec elle dans quelques jours… Bah, après tout, oui, il pouvait bien l'accompagner jusqu'à la salle de pause.

— OK.

— Ryder, je…

Elle prit une profonde inspiration.

— Je tenais à te remercier à nouveau de partir avec moi dans le Tennessee. Je sais à quel point tu es débordé, donc si tu as besoin de mon aide pour n'importe quoi, surtout, n'hésite pas.

C'était pour cela qu'elle l'avait cherché ? Pour lui exprimer une fois de plus sa reconnaissance ? Pour préserver sa tranquillité d'esprit, il aurait mieux valu qu'il refuse, mais il était toujours d'avis d'avoir agi comme il le devait.

— Avec toi, je n'aurai pas à craindre que tu te fasses des idées, s'empressa-t-elle d'ajouter. Mine de rien, c'est un grand soulagement.

La mise au point était utile, bien qu'il sache déjà tout cela. Mais ça tombait bien, puisqu'il ne voulait pas d'une relation avec une femme qui tentait d'oublier son ex. Après ce voyage, ils pourraient peut-être rester amis tous les deux. Ce serait sympa. Il aimait bien McKenzie. Un peu trop, sans doute. Et c'était d'ailleurs pour cela que, non, ils ne pourraient pas rester amis à leur retour.

C'était complètement fou, songea McKenzie pour la énième fois alors qu'elle embarquait dans l'avion avec Ryder. Elle était dingue de croire une seconde que cette idée stupide avait une chance de fonctionner. Il s'agissait ni plus ni moins de convaincre sa famille qu'elle était ravie d'avoir rompu avec Paul et qu'elle lui avait trouvé un remplaçant, et pas des moindres : le Dr Ryder Andrews, chirurgien cardiaque et accessoirement super beau gosse. Il allait lui falloir un sacré talent d'actrice pendant ce petit séjour. Mais ça marcherait, elle n'avait pas le choix de toute façon. Après tout, il s'agissait seulement de passer quelques jours à faire comme si Ryder était l'homme de ses rêves, qu'elle était raide amoureuse de lui et qu'elle avait complètement oublié Paul. Fastoche !

Malgré tout, elle aurait aimé comprendre ce qui clochait en elle pour que les hommes la laissent tomber sans ménagement au bout d'une longue relation. Elle avait consacré plusieurs années de sa vie à deux hommes qui avaient fini par la plaquer. Était-elle si peu digne d'être aimée ? De retour à Seattle, il faudrait qu'elle s'attelle sérieusement à la question.

Mais une chose à la fois. Pour l'heure, son principal souci était de ne pas céder à la panique devant Ryder.

Facile à dire. Elle avait une peur bleue des avions. Ils n'avaient pas encore décollé qu'elle étouffait déjà dans cette boîte de conserve qui devait les transporter à mille cinq cents kilomètres de là. Elle s'efforcerait de se maîtriser pour ne pas donner à Ryder de motif d'embarras. Le pauvre, aurait-il accepté de venir s'il avait su qu'elle risquait d'avoir plusieurs crises de panique d'ici leur arrivée ?

Elle prit une profonde inspiration.

Allons, ça allait marcher. Et le trajet, et le séjour. Elle n'en était pas à son premier vol et elle avait toujours atterri saine et sauve, non ?

La gorge serrée, elle hasarda un regard vers Ryder, occupé paisiblement à côté d'elle à lire un article scientifique.

Pourquoi avait-il accepté de l'accompagner ? En plus, cela l'avait obligé à réorganiser son emploi du temps blindé. Franchement, avait-il besoin d'un tel prétexte pour grappiller quelques jours de congé ? Jusqu'à ce qu'ils embarquent, elle s'était attendue à ce qu'il revienne sur sa décision, mais non, il semblait bien disposé à la suivre jusqu'au bout de sa logique. Pourquoi ? Par ennui, pour pimenter un peu son existence ? À moins qu'il n'ait eu pitié d'elle et qu'il fasse une BA. Ou alors il avait connu une situation identique. Peut-être avait-il été obligé d'assister à une fête familiale lors d'une période creuse dans sa vie ?

Elle réprima un haussement d'épaules.

Ridicule. Ce type était l'image même de la réussite. Il n'avait jamais dû se faire plaquer, lui.

— Pourquoi fais-tu tout ça ?

Ryder leva les yeux de sa liseuse.

— Pourquoi je lis un article sur la polymérisation à deux photons ? Parce que je cherche à comprendre comment cette technique est utilisée pour imprimer en 3D des tissus humains.

Elle cligna les paupières, interdite.

Non, sérieusement ? Décidément, il avait tout pour plaire. Quand elle était en couple avec Paul, elle n'avait vu en Ryder qu'un collègue extrêmement talentueux. Assise à ses côtés, toutefois, elle ne pouvait pas ne pas remarquer qu'il avait aussi le physique d'un dieu grec. De même qu'elle avait vu les coups d'œil que plusieurs femmes lui avaient lancés lors de l'embarquement. Toutes l'avaient regardée avec envie.

Si elles savaient…

— Tu travailles là-dessus à ton labo ?

Avec un peu de chance, la conversation la distrairait de son angoisse. Elle était loin de connaître le détail des recherches en cours à l'institut Trevane, mais elle savait que plusieurs projets très prometteurs exploraient le domaine de l'impression 3D de tissus humains. Ryder supervisait l'aspect clinique de ces travaux en vue d'applications aux maladies cardiaques congénitales.

— Oui, en partie, répondit-il en tapotant sur l'écran de son téléphone. L'article explique les recherches en cours dans un autre institut de science des matériaux et ce qu'ils ont obtenu avec un procédé similaire à la bio-impression. Même si Trevane garde une bonne longueur d'avance à maints égards, ils arrivent à déposer des couches tissulaires à des vitesses bien supérieures aux nôtres.

— Plus vite, ça ne veut pas dire forcément mieux.

Elle regarda par le hublot et le regretta aussitôt.

Les derniers bagages venaient d'être chargés. Ce n'était plus qu'une question de minutes avant qu'ils décollent.

— Dans ce cas, si. Pour créer du tissu humain exploitable, le plus grand défi consiste à garder en vie les cellules imprimées. En augmentant les vitesses d'impression, on espère créer des couches plus épaisses sans les désoxygéner. À terme, le but serait d'être capable d'imprimer en 3D des vaisseaux sanguins, des valves, des ventricules, voire des cœurs entiers. Tu imagines les implications ? Les patients ne seraient plus obligés d'attendre un donneur.

Elle hocha la tête.

Récemment encore, cette perspective aurait relevé de la science-fiction, mais elle devenait de plus en plus réaliste. Il s'agissait d'une véritable révolution médicale... Malgré tout, il en faudrait plus pour soulager la sensation de panique qui lui serrait la gorge comme un étau.

— Je suis les travaux du professeur Ovikov, poursuivit Ryder. Ça fait des années qu'on se connaît : la bio-impression n'en était qu'à ses balbutiements lorsqu'on s'est rencontrés. C'est un esprit brillant, un génie.

Quelque chose dans sa façon de dire ces mots attira l'attention de McKenzie. Elle arracha son regard du hublot et s'efforça de ne pas relever le fait que les hôtesses venaient de fermer la porte et qu'elles se dirigeaient vers la cabine en vérifiant au passage que les compartiments des bagages à main étaient bien fermés. Ensuite, ils pourraient décoller.

Parler à Ryder. Continuer de discuter comme si de rien n'était.

— Le Dr Ovikov doit en dire autant de toi, fit-elle, la bouche sèche comme du carton.

— Peut-être, mais j'en doute...

Ryder la dévisagea comme s'il commençait à s'apercevoir

qu'elle n'était pas dans son état normal, et ils n'avaient pas encore décollé. Ça promettait.

Continuer de parler… Penser à autre chose. C'était la meilleure manière de ne pas perdre les pédales. Quand ils seraient dans les airs, elle se calmerait un peu. Elle n'était jamais tranquille en vol, mais l'atterrissage et le décollage étaient les moments les plus critiques, toujours.

Elle s'aperçut que Ryder étudiait son visage d'un air bizarre. Il devait regretter d'avoir accepté de l'accompagner, et pour cause : elle était au bord d'une crise de panique alors qu'ils n'avaient même pas quitté le tarmac.

Elle inspira profondément et se contraignit à sourire.

— Tu veux dire que vous êtes en concurrence pour les mêmes subventions, lui et toi ?

— *Elle*. C'est une femme : le Dr Anna Ovikov.

À nouveau, un je-ne-sais-quoi dans sa voix intrigua McKenzie. Quels avaient été ses rapports avec cette Anna Ovikov ? Professionnels ou plus ? Enfin, de quoi se mêlait-elle ? Voilà qu'elle se piquait de curiosité pour la vie sentimentale de son pseudo-petit ami !

— OK, pas de souci. Lis son article. Seulement, n'oublie pas pourquoi tu es ici.

Un mince sourire dansa sur les lèvres de Ryder, mais ses yeux continuaient de la fixer d'un air préoccupé.

— Comment pourrais-je l'oublier ? Ce n'est pas tous les jours que je fais semblant d'être le petit copain d'une collègue.

Elle promena un regard autour d'elle pour s'assurer que personne ne venait d'entendre.

De l'autre côté de l'allée, un adolescent était étalé sur son siège, les yeux fermés et des écouteurs aux oreilles. Sa mère était plongée dans la lecture d'un livre. Ni l'un ni l'autre ne leur prêtaient la moindre attention

— Chut ! Ne dis pas ça, malheureux ! N'importe qui peut nous entendre. Pendant quelques jours, tu as un rôle à tenir, et il ne faut surtout pas que tu te relâches.

— Il ne serait pas plus simple de dire la vérité à ta famille ?

— Non. Tu ne connais pas ma mère.

— Pas encore, mais ce sera bientôt le cas.

En effet, et cette perspective angoissait McKenzie presque autant que le vol.

— Oui, c'est vrai.

La gorge serrée, elle planta ses ongles dans son siège tout en s'adressant à Ryder.

— S'il te plaît, prends ton rôle au sérieux, OK ? Il faut qu'ils s'imaginent que tu es fou de moi. C'est important.

Du moment qu'ils la croyaient heureuse, ils lui lâcheraient les baskets et s'abstiendraient de fourrer leur nez dans sa vie.

— Ça ne devrait pas poser de problème, affirma-t-il d'un air dégagé.

À présent, elle haletait. Elle manquait d'air. Y avait-il un problème d'aération dans cet avion ?

— Pourquoi ? Parce que tu es complètement dingue de m'avoir dit oui ?

— Plus ou moins, oui, répliqua-t-il avec un grand sourire.

Il était beau, remarqua-t-elle à nouveau. Ce n'était pas une découverte, bien sûr, mais dans son esprit elle l'avait rangé dans une case et n'avait plus cherché à voir en lui autre chose qu'un mec super avec qui elle travaillait et qui semblait ne pas l'apprécier outre mesure. Après ce week-end, elle aurait du mal à garder de lui cette image simpliste.

Elle se contraignit à prendre une profonde inspiration, puis une deuxième.

— Mesdames et messieurs, nous sommes prêts pour le décollage.

— Oooh...

Les yeux fermés, le cœur battant à cent à l'heure, elle agrippa le bras de Ryder.

— Eh, ça va ? dit-il.

— À ton avis ? lâcha-t-elle, acerbe.

Dans quelques secondes, l'avion allait accélérer sur la piste, s'arracher au sol. À l'aide ! Elle voulait sortir. Tout de suite, vite. Au diable ce voyage, au diable ce mariage. Elle ne voulait pas y aller, elle ne pouvait pas. C'était au-dessus de ses forces. Pourquoi ne leur avait-elle pas raconté tout simplement qu'elle n'avait pas pu se libérer de son travail ? Reva aurait trouvé une autre demoiselle d'honneur...

— McKenzie ?

— Hum ?

— Ouvre les yeux.

Dans le brouillard de sa conscience, elle remarqua qu'il s'était approché d'elle.

— McKenzie, dit-il d'une voix plus douce, presque câline. Ouvre les yeux.

Cette fois-ci, elle obtempéra et se contraignit à le regarder.

— Tu as peur de l'avion ?

— Quelle perspicacité...

Il sourit sans se formaliser du sarcasme et libéra son bras de l'étau de sa main. Puis, à sa grande surprise, il enlaça ses doigts des siens.

— Tu avais oublié de me le dire.

Non, elle n'avait pas oublié. Simplement, elle avait imaginé pouvoir lui dissimuler sa phobie. Cela faisait deux ans qu'elle n'avait pas pris l'avion, et elle avait espéré que sa peur se serait émoussée suffisamment pour qu'elle arrive à la contrôler. En plus, elle avait pris un calmant avant de monter.

— En revanche, je n'ai pas oublié de prendre mon vol. Dommage.

Ryder eut l'audace d'éclater de rire.

— Allons, allons. Tu n'allais quand même pas rater le mariage de ta cousine.

Au même instant, l'avion se mit à rouler sur la piste.

— Oh ! mon Dieu ! gémit-elle.

— Ça fait du bien de prier, parfois.

Voilà qu'il se moquait d'elle, maintenant. Heureusement pour lui, elle n'était pas en état de lui décocher la pique qu'il méritait. Son cœur battait à en exploser, elle avait des bourdonnements dans les oreilles.

Cinq heures. Elle allait devoir rester cinq heures dans cette coquille d'acier, à trente mille pieds dans les airs, défiant la gravité... Cela dans le meilleur des cas.

Elle prit une inspiration, ou plutôt *tenta* de faire entrer de l'air dans ses poumons. En vain. Elle n'arrivait plus à respirer, et la tête lui tournait, de plus en plus légère.

Elle allait mourir. Mourir d'asphyxie dans un Boeing 747.

— Au secours, Ryder, parvint-elle à glapir.

Mais qu'aurait-il pu faire ? L'avion fonçait sur la piste dans un rugissement de moteurs, et elle sentait son siège trembloter dangereusement avec de drôles de grincements.

Bon sang, il avait été révisé quand, ce coucou ?

Sans réfléchir, elle batailla avec la fermeture de sa ceinture de sécurité. En la relâchant d'un cran, peut-être pourrait-elle respirer plus facilement ? Cependant, en quoi une sangle autour de sa taille empêcherait-elle l'air d'entrer dans ses poumons ?

Peu importe, elle avait besoin de se libérer...

La main de Ryder couvrit la sienne avant qu'elle n'ait eu le temps de dégrafer sa ceinture.

Elle leva vers lui un regard paniqué, implorant, et croisa ses yeux couleur de miel.

Ils étaient tout près, plus près qu'ils ne l'avaient jamais été et ils la contemplaient avec fixité.

Mille émotions se mirent à tourbillonner en elle, déclenchées par ce regard qui fouillait jusqu'aux tréfonds de son âme. À coup sûr, Ryder voyait tout en elle. Il devait même savoir qu'elle était en train de se demander ce que cela ferait de se perdre dans ses yeux de miel quand il l'embrasserait.

Ses lèvres s'approchaient, s'approchaient...

Elle aurait dû reculer, le gifler, faire quelque chose, n'importe quoi. N'était-elle pas censée réclamer qu'on la libère, qu'on lui donne de l'oxygène ?

Mais elle se fichait bien de recevoir de l'oxygène à présent que la bouche de Ryder couvrait la sienne. Elle n'avait jamais songé à l'embrasser, mais c'était pourtant ce qu'elle faisait. Comment aurait-elle pu repousser un homme aussi irrésistible ? Bon sang, elle embrassait son vrai faux petit ami ! Elle l'embrassait, et la sensation de ses lèvres fermes sur les siennes lui tournait la tête sous l'effet d'un autre vertige, bien différent de celui qui lui avait mis le cœur au bord des lèvres.

Si elle s'était jamais posé la question, ce qu'elle n'avait jamais fait même dans ses rêves les plus fous, elle avait désormais la réponse : le bouche-à-bouche du Dr Andrews était tout simplement fabuleux.

5

Ryder comptait sur les doigts d'une seule main les crises de panique dont il avait été témoin au cours de sa vie, mais il avait bien vu que McKenzie n'allait pas bien. Il aurait fallu être aveugle pour ne pas remarquer son regard alarmé avant qu'elle ne ferme complètement les yeux, ses paupières crispées, sans parler de ses gestes saccadés, de son souffle haché. Et, une fois de plus, il avait été incapable de ne pas réagir. En revanche, ce baiser était vraiment venu de nulle part. Il avait songé à lui prendre la main pour lui offrir du réconfort, mais lorsqu'elle lui avait tendu ses lèvres l'instinct avait pris le dessus. Il avait sans doute eu tort de s'autoriser une telle liberté, mais, à la vérité, la terreur avait presque aussitôt disparu des traits de McKenzie, remplacée par la surprise. À chaque instant, il s'attendait à voir son regard se charger à nouveau de panique lorsqu'elle aurait assimilé le fait qu'ils s'embrassaient. Ce baiser impulsif risquait de mettre à mal leurs plans pour ce week-end. Mais non : par bonheur, ses magnifiques yeux verts n'exprimaient aucune crainte. Au contraire, ils s'assombrirent sous l'effet de l'excitation tandis que ses lèvres répondaient aux siennes avec une douceur hardie.

En revanche, lui, il paniquait. Qu'est-ce qu'il lui prenait d'embrasser McKenzie ? Elle se servait de lui le temps d'un week-end. Pour elle, il n'était qu'un moyen pour une fin. Il ne devait pas céder à ses impulsions, d'autant plus que McKenzie ne calmait pas le jeu, loin de là. Elle lui rendait son baiser avec ardeur, et le pincement qu'il éprouvait au creux de l'estomac n'avait rien à voir avec le fait que l'avion prenait de l'altitude. Il planait, au sens propre comme au figuré. Sans la quitter des yeux, il lui lâcha la main et prit son visage en coupe dans sa paume, ravi qu'elle continue de l'embrasser.

Lorsqu'il s'écarta enfin, il chercha son regard, suspendu à ce qu'elle allait dire. Allait-elle l'accuser d'avoir profité de ce moment de vulnérabilité ?

Elle prit une profonde inspiration.

— Formidable, ton calmant ! Tu devrais penser à le breveter.

Puis elle se tourna vers le hublot avant de hasarder un coup d'œil nerveux vers lui.

— Je n'ai même pas remarqué quand l'avion a quitté le sol. Vraiment, merci !

Il cligna les paupières, incertain de la façon dont il devait interpréter sa gratitude.

— Euh… Il n'y a pas de quoi.

Ce baiser l'avait mis K-O debout et plongé dans une confusion paniquée. C'était dangereux, très dangereux de l'embrasser alors qu'il n'avait aucune intention de s'engager avec elle.

— Je suis désolé. Je n'aurais pas dû.

Elle balaya son excuse d'un geste de la main, comme s'il n'y avait vraiment pas de quoi.

— Tu plaisantes ? Tu m'as empêchée de paniquer lors du décollage ! Une fois de plus, je te dois une fière chandelle.

À l'entendre, on aurait dit que ce baiser ne lui avait fait ni chaud ni froid ! Il ne savait pas s'il devait s'en réjouir ou en être blessé. Blessé, plutôt. Carrément, même. Ce baiser avait libéré en lui une électricité qui continuait de le faire vibrer. McKenzie, en revanche, faisait comme s'il n'y avait pas de quoi en faire un plat… Mais tant mieux. Elle sortait d'une longue relation, il ne devait pas prendre de risques avec elle.

— Tu veux bien continuer pendant les cinq heures de vol ?

Il ouvrit des yeux ronds.

Avait-il bien entendu ce qu'il venait d'entendre ? Mais avant qu'il ne réponde, McKenzie éclata de rire.

— Je plaisantais, va ! Tout est bon pour m'empêcher de penser au fait que je n'ai plus les pieds sur terre. Je déteste l'avion.

Dans d'autres circonstances, il n'aurait demandé rien de mieux que de l'embrasser des heures durant. Mais, et c'était un grand « mais », McKenzie cherchait surtout à se consoler d'une histoire d'amour. De toute façon, elle avait l'air de ne plus y penser. Calée dans son siège, les yeux fermés, elle inspira plusieurs fois pour se tranquilliser, preuve que son angoisse n'était pas complètement dissipée. Ou alors, ce baiser l'aurait affectée plus qu'elle ne voulait l'admettre ?

Mais il penchait davantage pour la première explication.

— Tu as toujours eu peur de l'avion ?

Elle pâlit légèrement.

— Depuis l'âge de six ans, répondit-elle sans ouvrir les yeux.

Six ans… Outre la précision du détail, c'était surtout sa réaction qui attisa la curiosité de Ryder.

— Pourquoi ? Qu'est-il arrivé quand tu avais six ans ?

McKenzie respira profondément pour contenir les larmes qui lui brûlaient les paupières.

Ce qu'il lui était arrivé à l'âge de six ans ? Rien de moins qu'un drame personnel et familial dont jamais, au grand jamais, elle ne parlait à personne. Aussi fut-elle stupéfiée de s'entendre dire :

— Mon père est mort dans un accident d'avion.

Pourquoi disait-elle cela à Ryder alors qu'elle n'en avait jamais touché mot à son ex en deux ans de vie commune ? Elle avait eu l'intention d'épouser Paul. Ryder n'était qu'un collègue qui avait accepté de jouer les petits amis énamourés le temps d'un week-end pour lui sauver la mise devant sa famille. Il ne comptait pas pour elle, même s'il embrassait divinement bien…

Elle n'avait pas ouvert les yeux, mais à côté d'elle Ryder bougea sur son siège comme pour lui faire face, et elle ne fut pas surprise de sentir sa main sur la sienne.

— Oh non ! C'est terrible.

— Que s'est-il passé ?

Elle émit un long soupir.

La curiosité de Ryder était légitime, mais elle aurait préféré y répondre ailleurs que dans un avion qui montait vers son altitude de croisière.

— C'est le pire moment pour te demander ça, hein ? dit-il comme en écho à ses pensées. Je suis vraiment désolé, McKenzie.

— Ça remonte à loin, tout ça.

Ce jour était pourtant gravé avec netteté dans sa mémoire. Un quart de siècle plus tard, elle aurait put revivre cette tragédie dans ses moindres détails. Mais justement elle s'y refusait, et ce ne serait pas en plein vol qu'elle s'autoriserait à convoquer ces souvenirs.

— Il était pilote.

Elle ouvrit les yeux et, dans ceux de Ryder, elle vit un intérêt mêlé d'empathie.

— Papa possédait un petit avion et était instructeur de vol. Il se croyait invincible. Mais il avait tort.

Du pouce, Ryder lui caressait doucement le dos de la main.

— Tu avais six ans quand ça s'est passé ?

Elle hocha la tête.

— Mon frère en avait dix.

Ryder haussa les sourcils.

— Tu as un frère ?

Malgré les larmes qui menaçaient de jaillir, elle ne put s'empêcher de rire.

— D'après l'état civil, oui, même si j'aimerais parfois l'oublier.

— Tu n'en parles jamais.

— Comme de tant d'autres choses. Nous sommes collègues, toi et moi. Je n'avais aucune raison de te raconter ma vie privée.

Ryder lui répondit par un silence pesant.

— C'était peut-être vrai avant, dit-il enfin. Mais à présent je suis ton petit ami. Enfin, je suis censé l'être. Donc, pour rendre cette comédie un tantinet crédible, je t'invite à utiliser ces cinq heures de vol pour me briefer à ton sujet.

— Oui, j'y ai réfléchi, moi aussi. Écoute, je crois qu'on devrait s'en tenir à la vérité.

— Quoi ? Tout avouer ? Tu as changé d'avis ?

On aurait dit que l'idée lui faisait plaisir, comme s'il regrettait déjà de s'être fourré dans cette histoire.

— Non, pas du tout, dit-elle en secouant la tête. Ma famille sait que je sortais avec Paul depuis longtemps. Ils vont avoir un choc en apprenant qu'on a rompu. Si je leur explique qu'on se fréquente depuis peu, toi et moi, ils ne s'étonneront pas de tes lacunes.

— OK, mais je devrais tout de même connaître certaines choses.

— Ah bon ? Comme quoi, par exemple ?

— Eh bien, ta couleur préférée.

— Pas très original, comme question. C'est le bleu, répondit-elle sans hésitation.

— Pourquoi le bleu ? dit-il en ignorant la pique.

— Parce que c'est la couleur du ciel.

— Dit par une fille qui a peur en avion.

— Une *femme* qui a peur en avion. Je suis loin d'être la seule, au demeurant. Il n'y a pas de quoi avoir honte.

— Pas faux. Moi, c'est le vert. C'est la couleur des nouveaux départs, ajouta-t-il en guise d'explication.

Comme ce week-end ? Mais non. Ce voyage n'avait rien d'un nouveau départ. Ni pour lui ni pour elle.

— Et aussi parce que c'est la couleur de tes yeux.

La couleur de ses...

Elle sentit son ventre se serrer comme lorsqu'il l'avait embrassée.

Elle retira sa main, vexée d'y avoir cru un instant.

— Ça va, inutile d'en faire trop. Évite de tomber dans le sirupeux, OK ? Mieux vaut rester crédible.

— Je ne vois pas ce qu'il y a de sirupeux dans le fait que j'aime la couleur de tes yeux.

Ryder se cala à nouveau dans son siège pour reprendre la lecture de son article, et elle le considéra fixement sans savoir quoi penser au juste, surtout lorsqu'il ajouta :

— Tu as des yeux magnifiques, McKenzie.

McKenzie sentait quelque chose lui chatouiller le nez. Les yeux fermés, elle fouetta l'air de la main. Ce faisant, des bruits pénétrèrent le brouillard ensommeillé qui l'enveloppait encore. Elle ouvrit les yeux et s'aperçut que sa joue reposait sur l'épaule de Ryder. Et qu'une tache humide ornait sa chemise. Une tache de…

Bon sang, mais c'était une tache de salive. *Sa* propre salive ! Il ne manquait plus que ça.

Elle se redressa et rectifia sa posture en affectant la désinvolture tout en s'essuyant la bouche.

Par le hublot, elle vit qu'il faisait nuit. Des lumières électriques et les phares d'autres avions trouaient l'obscurité.

Ils avaient atterri !

Un coup d'œil à sa montre lui confirma la bonne nouvelle. Elle avait dormi pendant l'essentiel du voyage et pendant l'atterrissage. C'était bien la première fois que cela lui arrivait.

Elle grimaça à la vue de la petite tache humide sur la manche de Ryder.

— Ne me dis pas que j'ai ronflé.

— Oh ! si peu ! répondit-il avec un demi-sourire.

Disait-il cela pour se moquer d'elle ?

Mais quelle importance, puisqu'ils n'étaient pas ensemble pour de vrai et qu'elle se fichait de lui faire bonne impression. Ryder Andrews n'était qu'un collègue. Enfin, un collègue plutôt beau gosse qui trouvait qu'elle avait des yeux magnifiques, mais inutile de se laisser aller.

— Merci.

— Merci pour quoi ?

— Eh bien, pour avoir fait en sorte que ce vol soit le meilleur que j'aie jamais eu.

— C'est vrai ? Je croyais que je t'avais fait dormir d'ennui.

— Non. Tu m'as calmée, et j'ai pu m'endormir : grosse différence.

Il hocha la tête comme si cette réponse lui faisait plaisir.

— Tu as l'air plus calme, en effet.

Une manière détournée de lui dire que son maquillage était à revoir et qu'elle avait les cheveux en pétard ?

Elle s'étira pour attraper son sac sous le siège devant elle et en sortit un petit miroir.

Par miracle, son mascara n'avait pas coulé à part quelques petites traces qu'elle eut tôt fait d'essuyer. Elle fouilla dans le sac et trouva un tube de rouge à lèvres.

— C'est inutile, assura Ryder. Tu es bien comme ça.

— Merci.

Le compliment lui faisait chaud au cœur, mais elle rectifia quand même son maquillage. Elle allait avoir besoin de son armure pour faire face à sa mère et aux autres.

Ryder n'aurait jamais cru que McKenzie, d'ordinaire si maîtresse d'elle-même, aurait la phobie des avions ou que la perspective de retrouver sa famille la rendrait si nerveuse. À moins que ce ne soit le fait de le présenter à sa mère ?

— Quelqu'un nous attend ? demanda-t-il tandis que l'avion s'arrêtait.

McKenzie secoua la tête.

— Mon frère m'a proposé de nous récupérer à l'aéroport, mais j'ai préféré qu'on soit autonomes dans nos déplacements. J'ai loué une voiture.

— Au cas où nous aurions besoin de filer à l'anglaise ?

Par cette petite blague sans prétention, il espérait la faire sourire. Au lieu de cela, elle hocha la tête d'un air pincé.

— Tout à fait.

Bon sang, quels rapports entretenait-elle au juste avec sa famille ? Elle avait été jusqu'à envisager de faire appel à un escort pour ne pas les affronter seule. Quel type de pression sa famille avait-elle fait peser sur elle par le passé ?

— Allons, ils ne sont sûrement pas si terribles que ça.

Elle soupira en secouant la tête.

— Ce n'est pas ça. Simplement, ils trouvent tout à fait normal de fourrer leur nez dans mes affaires. Ils ont toujours été comme ça, et je les vois mal changer.

— C'est pour ça que tu as déménagé à l'autre bout du pays ? Pour leur échapper ?

— Quoi ? Mais bien sûr que non...

McKenzie se tut un instant avant d'ajouter :

— Quoique ma mère m'ait inscrite une fois à une soirée de *speed dating*. Sans parler de la fois où elle a contacté les églises de mon quartier pour savoir si elles organisaient des rencontres entre célibataires.

— Sans blague ?

— Oh ! non ! Maman n'a aucun problème à s'immiscer dans ma vie, même à des milliers de kilomètres.

— C'est pour ça que tu as atterri à Seattle ? s'interrogea-t-il à haute voix.

— Plus ou moins, oui. J'avais visité Seattle avec des amies de la fac de médecine et je suis tombée amoureuse du marché de Pike Place et de la ville en général. J'ai postulé pour effectuer mon internat là-bas et j'ai été acceptée. Ensuite, on m'a proposé un poste permanent à la clinique cardiaque pédiatrique, et je suis restée. Et toi ?

— J'ai suivi à peu près le même parcours. Je suis originaire d'Atlanta et j'ai étudié la médecine à Birmingham. Je me suis spécialisé en cardiologie et j'ai fait un stage à Pittsburgh, après quoi j'ai décroché une place à l'Institut Trevane et à la clinique cardiaque pédiatrique.

Il s'étira autant qu'il put dans l'allée centrale de l'avion avant d'attraper leurs sacs dans les compartiments de cabine. McKenzie se leva à son tour et vérifia qu'ils n'avaient rien oublié sur les sièges avant de prendre la valise qu'il lui tendait.

— Merci.

Une fois récupéré le reste de leurs bagages, ils descendirent au sous-sol de l'aéroport où se trouvait l'agence de location de voitures. Les formalités ne prirent pas longtemps. Arrivés au véhicule, il chargea les sacs dans le coffre tandis qu'elle s'installait au volant. Le trajet dura une vingtaine de minutes. À mesure qu'ils approchaient, la nervosité de McKenzie devenait de plus en plus palpable.

Ils se garèrent devant un ranch de taille modeste et d'allure surannée.

— Prépare-toi à tout, dit-elle tandis qu'ils sortaient les bagages. Ça ne m'étonnerait pas qu'ils soient tous là et qu'ils nous sautent dessus dès notre arrivée. Auquel cas, je ne garantis pas que tata Myrtle soit habillée.

De mieux en mieux...

La curiosité de Ryder était piquée au vif, mais la seule personne qui les accueillit fut la mère de McKenzie. Ils n'avaient pas atteint le porche que la porte d'entrée s'ouvrit précipitamment pour livrer passage à une petite femme qui les rejoignit à toute allure et jeta les bras autour de McKenzie.

— Salut, m'man. Tu m'as manqué à moi aussi.

— Laisse-moi te regarder un peu !

Elle recula pour observer McKenzie sous la lampe du porche. Celle-ci sourit, les yeux humides.

— Je t'en prie, ne me dis pas que j'ai encore grossi.

— Grossi ? Tu n'as rien sur les os, ma petite fille ! Je vais te remplumer un peu pendant ces quelques jours.

Ryder se retint de sourire.

La mère de McKenzie pouvait parler : elle non plus n'était pas d'un gabarit énorme. C'était une toute petite bonne femme brune aux yeux sombres. McKenzie aussi était mince, mais elle devait avoir hérité ses cheveux de feu et son teint clair de son père.

Elle lui jeta un coup d'œil critique avant de se tourner vers sa fille.

— Tu me présentes ton nouveau petit ami ?

6

— Maman, voici Ryder, un collègue cardiologue de la clinique. On sort ensemble depuis quelques semaines seulement. Ryder, tu l'auras compris, voici ma mère : Roberta Wilkes.

Ryder salua Roberta d'un sourire.

— Ravi de vous rencontrer.

Roberta coinça entre les siennes la main qu'il lui tendait, puis elle la lâcha pour le serrer contre elle à l'étouffer.

— Nous sommes si contents de vous rencontrer enfin !

McKenzie émit un léger soupir.

— Maman, à t'entendre, on croirait que je l'ai tenu caché au fond d'un placard. Je viens de te dire qu'on sort ensemble depuis très peu de temps.

— Depuis suffisamment longtemps pour que tu l'amènes au mariage de Reva, remarqua Roberta, malicieuse.

— Comme tu voudras. Bon, maman, il se fait tard. Le week-end va être chargé, et nous sommes claqués. Tu pourrais nous indiquer où on va dormir ?

— Jeffrey et sa smala couchent dans l'ancienne chambre de ton frère. Mark n'arrive que demain et il a d'ores et déjà annoncé qu'il prendrait le canapé.

— Pour ce soir, je peux dormir là, proposa Ryder.

Il y avait peu de chances qu'il arrive à loger son mètre quatre-vingts sur un canapé, mais devant la mine paniquée de McKenzie il se sentait obligé d'intervenir.

— Mais pas du tout, jeune homme ! se récria Roberta. Je suis une femme moderne.

— Tu étais déjà moderne avant que les femmes ne le soient, souffla McKenzie.

La remarque avait été lâchée *sotto voce*, mais il l'entendit, et Roberta aussi, sans doute, car elle regarda sa fille avec sévérité.

— Je vous prie d'excuser ma fille, dit-elle en souriant à Ryder. Les voyages en avion la mettent toujours un peu sur les nerfs.

McKenzie poussa un autre soupir de lassitude.

— Désolée, maman. Comme je te l'ai dit, je suis épuisée, et le week-end s'annonce chargé. J'aimerais me reposer un peu, si c'est possible.

Roberta la prit à nouveau dans ses bras pour une nouvelle étreinte remplie d'effusion.

— Pas de souci, ma chérie. Je suis si heureuse de te revoir enfin !

— Moi aussi.

— Quant à vous, jeune homme, je vous interdis de dormir sur mon canapé.

— C'est bon, maman, dit McKenzie avec un haussement d'épaules. Je prends le canapé, OK ?

Roberta et Ryder firent assaut d'arguments pour lui prouver qu'il n'en était pas question. Fatiguée, McKenzie ne prit même pas la peine de leur répondre. Roberta pointa le doigt vers la chambre de McKenzie.

— Allons, puisque je vous le dis ! Je suis une femme moderne.

Comme Ryder consultait McKenzie du regard, celle-ci haussa à nouveau les épaules.

— D'accord, suis-moi.

Après une dernière accolade, Roberta leur souhaita une bonne nuit. McKenzie referma la porte de sa chambre derrière eux et se laissa choir sur le lit. Les épaules courbées, elle considéra Ryder planté sur le seuil.

À quoi pensait-il ? À fuir tant qu'il en était encore temps ? Auquel cas elle ne lui en voudrait pas.

— Je suis désolée.
— Désolée de quoi ?
— Eh bien, tout ça, répondit-elle en promenant le bras autour d'elle. Je vais dormir par terre. Toi, tu prends le lit.
— Arrête de voler mes répliques.
— Pas du tout. Tu me rends un énorme service, Ryder. C'est moi qui vais dormir par terre.
— Hors de question.
Elle eut un sourire fatigué.
— Merci, Ryder. Je suis contente que tu sois là.
— Je t'en prie. Jusqu'à maintenant, j'ai trouvé ce voyage très intéressant.
Sans blague. Elle avait failli céder à la panique devant lui, avait bavé sur sa chemise et lui avait fait rencontrer sa mère : le tiercé gagnant. Et cela n'allait pas s'arrêter en si bon chemin… Ryder ne lui avait toutefois pas donné l'impression de s'ennuyer ou de s'énerver. Au contraire, il avait fait preuve d'une patience et d'une gentillesse surprenantes. D'ailleurs, il agissait de même avec ses patients. C'était sans doute l'une de ses marques de fabrique.
De la main, elle lui indiqua la porte de la salle de bains.
— Tu veux passer le premier ? Cela communique avec l'autre chambre, donc fais attention à ne pas faire trop de bruit. J'espère qu'ils n'ont pas mis trop de bazar. Ils ont un petit garçon de quatre ans.
— Ça me rappelle le bon vieux temps de l'internat, répondit-il avec un petit rire amusé. Tu me laisses vraiment la douche en premier ?
Elle hocha la tête et l'observa sortir de sa valise une trousse de toilette, un pantalon de pyjama et un T-shirt.
Une fois seule dans la chambre, elle se renversa en arrière sur le lit et regarda fixement le plafond.
Ryder avait été un compagnon de voyage bien plus agréable que prévu. Bien plus que Paul ne l'aurait été, en tout cas. Paul n'aurait pas du tout apprécié qu'elle bave sur ses vêtements de marque ou qu'elle dorme tout du long, l'abandonnant à lui-même. Ryder avait vraiment été… gentil. Oui, gentil. Sauf que son baiser avait

été de la dynamite. Pas étonnant qu'elle ait à peine remarqué le décollage : son esprit planait déjà à trente mille pieds.

C'était d'ailleurs perturbant. À peine un mois plus tôt, elle avait espéré épouser un autre homme et passer sa vie avec lui. Comment se pouvait-il que le baiser de Ryder l'ait électrisée à ce point ? Plusieurs heures plus tard, elle en éprouvait encore les effets et elle regrettait de ne pas pouvoir aller plus loin. Ce baiser ne voulait pourtant rien dire. Il avait juste servi à la distraire de sa crise de panique, et c'était tout. Elle n'aurait pas dû y accorder une pensée de plus.

Sentant le sommeil la gagner, elle se contraignit à se lever et entreprit de ranger ses affaires dans l'armoire. Elle se figea, attendrie, avant de toucher avec émotion le tissu usé d'une veste de basket arborant un emblème sur la manche. Oh là là, il y avait même la robe qu'elle avait portée lors du bal de fin de lycée ! Aujourd'hui, elle serait incapable d'y caser ses hanches ou de boucler la fermeture Éclair.

Elle calait sa valise vide dans un coin quand Ryder revint de la douche. Alors qu'elle se tournait vers lui, son regard s'arrêta sur ses pieds nus.

Elle n'était pas fétichiste, mais Ryder avait de beaux pieds. Il portait un pantalon de pyjama en flanelle ainsi qu'un T-shirt orné de l'insigne d'une équipe sportive de Seattle et dont le tissu adouci par le temps soulignait sa taille et ses épaules. Elle aurait dû en rester là et détourner les yeux, mais ceux-ci se posèrent au contraire sur ses lèvres avec une insistance déplacée. Aussitôt, elle repensa au baiser dans l'avion, et un délicieux picotement lui parcourut le corps.

Croisant son regard couleur de miel, elle se sentit devenir écarlate. Il avait bien remarqué qu'elle l'admirait !

Il fallait qu'elle se sorte ce baiser de la tête, se morigéna-t-elle. Elle ne devait pas songer à embrasser Ryder alors qu'il se trouvait en pyjama dans sa chambre. Entre eux, rien n'était réel. Qu'est-ce qu'il lui prenait de le regarder comme s'il était vraiment son petit ami ? Il n'y avait rien entre eux, rien du tout. Ryder l'accompagnait pour lui rendre service. Certes, sa beauté virile dépassait tous les fantasmes qu'elle avait nourris dans cette chambre étant gamine, mais ils n'étaient pas ensemble. Pas pour de vrai.

Elle était fatiguée, sur les nerfs. Inutile de chercher d'autre explication à sa réaction. Il fallait qu'elle se ressaisisse tout de suite.

Elle se mit debout, plaqua un sourire sur son visage encore enflammé et affecta de ne pas l'avoir contemplé comme s'il était enrobé de chocolat.

Ryder laissa tomber sa trousse de toilette sur sa valise avant de demander à McKenzie.

— Tu as terminé de ranger tes bagages ?

Les joues rouges, elle détourna le regard.

— Oui, oui. N'hésite pas à utiliser l'armoire pour tes affaires.

Jamais elle ne l'avait dévisagé de la sorte : comme si elle voyait en lui un homme désirable. Enfin, si, elle l'avait regardé ainsi de manière fugace lorsqu'ils s'étaient embrassés, mais il n'en était pas totalement sûr : elle avait été trop obnubilée par sa peur de l'avion, et tout de suite après, elle avait réagi comme si ce baiser n'avait pas compté. En revanche, à l'instant, lorsque leurs yeux s'étaient croisés, ceux de McKenzie brillaient d'une certaine lueur...

Il s'obligea à brider ses pensées.

Rien de physique ne pouvait arriver entre eux, ni ce soir, ni durant le reste du week-end. McKenzie était vulnérable. Cette rupture l'avait affectée, et il refusait de jouer les lots de consolation.

— Je... Euh...

Elle s'interrompit et lui lança un sourire timide qui le mit sur ses gardes.

— Je vais me brosser les dents et enfiler un pyjama. Prends mon lit, d'accord ?

Machinalement, McKenzie se lava le visage et se prépara pour aller se coucher.

« Prends mon lit, d'accord ? »

Et elle, où allait-elle dormir ? Avec Ryder dans son lit. Elle n'allait tout de même pas faire ça. Les choses allaient trop loin, trop vite. La situation prenait une tournure surréaliste, elle échappait à son contrôle à la vitesse grand V. Ryder était un bel homme, certes, mais encore très récemment elle ne voyait en lui qu'un collègue, et qui la mettait même mal à l'aise. Pour cette raison, elle n'avait jamais vraiment pris la peine de remarquer à quel point il était sexy. Et puis, comment aurait-elle pu fantasmer sur un autre alors qu'elle était en couple avec Paul ?

Elle jeta un dernier coup d'œil dans le miroir et grimaça.

Seigneur, quelle tête de déterrée… Ryder, en revanche, était toujours aussi beau et fringant après plus de cinq heures de vol. On ne pouvait en dire autant d'elle. Mais quelle importance, au fond, puisqu'ils n'étaient pas ensemble pour de vrai. Au contraire, ses yeux cernés et son teint blême lui offraient un précieux ancrage dans la réalité, ce dont elle avait le plus grand besoin en ce moment.

Tout doucement, elle entra dans la chambre, referma la porte derrière elle et se figea.

— Tu n'es pas dans mon lit, dit-elle d'un ton accusateur.

Au lieu de cela, Ryder s'était confectionné un couchage de fortune avec un coussin et une couverture polaire prise au pied du lit.

— Ça ira. Prends-le, toi.

— Ryder…

— Rien du tout. Il est hors de question que je dorme dans ton lit et toi par terre.

Elle considéra le lit puis la grande silhouette étalée sur le sol.

— Très bien. Dans ce cas, dormons dans le même lit.

Elle trouverait bien le moyen de remiser ses fantasmes au fond de son esprit. En revanche, elle n'aimait pas du tout la lueur amusée qui dansait dans les yeux de Ryder.

— Ce baiser t'a plu davantage que je ne pensais, on dirait.

Les joues brûlantes, elle lui balança un oreiller.

— Continue comme ça si tu veux dormir par terre.

Avec un petit rire, Ryder se redressa sur son séant et ramassa le coussin.

— Pas de problème… Je ne suis pas sûr de pouvoir me contrôler si je me retrouve dans ce lit avec toi, ajouta-t-il.

Quelque chose dans le ton de sa voix, dans sa façon de la regarder, la fit trembler tout entière. Elle sentit sa gorge se serrer à l'étouffer.

— Tu ne me ferais pas de mal.

— Non, jamais. Mais je suis un homme avec des besoins sexuels normaux, et tu es une très jolie femme.

Il avait dit cela avec un sourire malicieux, puis son expression se teinta de gravité.

— Je t'assure, il vaut mieux que je reste ici.

Elle sentit son cœur taper à grands coups dans sa poitrine.

Elle n'était pas du genre à collectionner les hommes, mais tout son être réagissait au quart de tour aux propos de Ryder.

S'ils couchaient tous les deux dans ce lit, ils risquaient de faire l'amour.

— Ce n'est pas comme si je te laissais faire si tu tentais quelque chose contre mon gré, murmura-t-elle.

Sitôt cette phrase prononcée, elle rougit.

De manière alambiquée, elle venait pratiquement de lui dire qu'elle n'était pas opposée à l'idée de coucher avec lui. Malgré elle, elle se demanda ce que cela ferait de faire l'amour avec Ryder. De l'embrasser avec abandon, d'être embrassée par lui sur les lèvres, le cou, les seins, de presser son corps contre le sien, peau contre peau, sans aucune barrière à leur plaisir…

À cette pensée, un picotement lui dévala le dos. Si elle s'écoutait, elle allait sans tarder rejeter les couvertures et l'inviter à la rejoindre.

— C'est vrai, mais je préfère ne pas me laisser tenter.

— Pourquoi ? Tu n'aurais pas la force de résister ?

Il n'hésita qu'un bref instant à répondre.

— Je ne vais pas dire non. Mais ça n'arrivera pas ce week-end, McKenzie. Tu sors d'une longue relation, je ne suis pas ton petit ami, et ni toi ni moi n'avons envie que je le devienne.

Non, il se trompait, songea-t-elle. Au contraire, elle aurait voulu vivre cette histoire pour de vrai. Suffisamment du moins pour le faire monter dans son lit et…

Les joues en feu, elle préféra en rester là.

D'ordinaire, elle ne pensait jamais ce genre de choses. Ou alors, c'était à cause des images qui s'agitaient dans sa tête quand Ryder lui parlait de ses « besoins sexuels normaux ». En tout cas, elle ne détesterait pas qu'il cède à ces « besoins normaux » avec elle, même si elle le connaissait à peine. Même s'il était un collègue qui, il y a peu encore, la mettait mal à l'aise. Sans doute parce qu'il était sexy. Oui, elle s'en apercevait à présent, c'était cela qui la rendait nerveuse en sa présence : cette aura sensuelle qu'il dégageait. Elle n'était pas bégueule, mais elle n'accordait pas au sexe plus d'importance que cela. À la flamme qui brûlait dans le regard de Ryder, elle devinait qu'il n'en allait pas de même pour lui. C'était un homme de chair et de sang, et pour l'accompagner ici, il avait sans doute sacrifié un week-end en bonne compagnie. À leur retour à Seattle, il faudrait qu'elle lui offre une bouteille de son vin préféré. En attendant, il avait raison de protester qu'ils ne devaient pas faire l'amour. Et pourtant, Dieu sait qu'elle en avait envie.

Elle s'efforça de s'éclaircir l'esprit et le regarda.

— Oui, tu as raison. Nous ne voulons pas d'une vraie relation, et rien n'arrivera entre nous ce week-end.

Sur ces mots, elle grimpa dans le lit, dégagea l'édredon matelassé et le laissa tomber par terre, ne gardant sur elle que le drap. De toute façon, elle avait trop chaud.

— Tiens, quelque chose pour te dorloter.

Ryder répondit par un petit rire, qui lui réchauffa les entrailles tel un alcool fort.

Décidément, ça n'allait pas, mais pas du tout ! Un petit ami pour de faux ne devrait pas lui donner ces sensations.

— Dors bien, McKenzie.

— Toi aussi, murmura-t-elle.

Elle ferma les yeux et s'ingénia à contenir ses pensées.

C'était tellement bizarre de dormir dans sa chambre d'adolescente avec Ryder par terre à côté d'elle ! Mais somme toute pas plus bizarre que d'avoir échangé avec lui un baiser dans l'avion ou de s'imaginer avec netteté faisant l'amour avec lui. Si jamais elle parvenait à s'endormir, elle risquait de le retrouver dans ses rêves.

— Fais de beaux rêves.

— Tais-toi. J'essaye de dormir.

Ryder rit doucement.

Un léger sourire aux lèvres, elle ne tarda pas à sombrer dans le sommeil.

McKenzie fut réveillée par des bruits d'eau : quelqu'un chantait sous la douche. Dans un demi-sommeil, elle se retourna dans son lit et laissa tomber son bras hors du lit.

Sa main heurta soudain quelque chose de tiède.

Elle se redressa dans un sursaut. En un éclair, elle retrouva tout : où elle était, avec qui et pourquoi.

Un petit rire lui parvint.

— Bonjour à toi aussi.

Elle se pencha hors du lit et plissa le nez.

— 'Jour.

Un bras replié sous sa nuque, Ryder tira sur son T-shirt pour couvrir son ventre.

Elle serra les paupières et se laissa retomber sur le lit.

Aujourd'hui était un autre jour, il était hors de question qu'elle laisse ses pensées dériver vers les territoires qui avaient occupé ses rêves.

— Je ne sais pas qui se lave, mais il s'est réveillé de bonne humeur, on dirait.

— C'est Jeff, mon cousin.

— Tu as une grande famille ?

— Plutôt, oui. J'ai une tante du côté de mon père et une du côté de ma mère, et donc quelques cousins. La plupart vivent dans la région, mais certains ont pris le large comme moi.

— Pourtant, tu avais l'air heureuse de retrouver ta mère.

— Je l'étais. Je le suis. Ça fait longtemps que je ne suis pas revenue à la maison. Tu as dû le deviner hier soir.

— C'est parce que tu as peur en avion ?

— Entre autres, oui.

— J'aimerais te demander..., commença Ryder.

— Mais tu ne le feras pas, parce que je ne vais pas te répondre, dit-elle en s'asseyant au bord du lit. C'est déjà le matin ? Il me manque quelques heures de sommeil.

— Normal, c'est le décalage horaire.

— Arrête d'être logique.

— Pas de problème, affirma-t-il avec un grand sourire. Je vais être illogique, alors.

— C'est déjà fait, puisque tu m'as accompagnée dans ce voyage de dingues.

Il haussa les épaules.

— Jusqu'à présent, ça n'a pas été si terrible.

— Oui, bien sûr. Abstraction faite de la crise de panique que j'ai failli avoir dans l'avion et du fait que tu as dormi par terre.

— Mis à part tout ça, oui.

Sans cesser de sourire, il parcourait sa silhouette d'un regard appréciateur.

— Eh bien, quoi ? dit-elle en fronçant les sourcils.

— Rien. Je fais connaissance avec la vraie McKenzie.

— Comment ça, « la vraie » ? Et celle que tu vois d'habitude, elle est artificielle ?

— Non, je ne dirais pas ça. Elle est juste toujours impeccable, maîtresse d'elle-même.

Tout le contraire de ce qu'elle devait être à présent, en somme : pas maquillée, les traits tirés et les yeux cernés par le voyage, les cheveux en pétard.

— Est-ce une façon détournée de me dire que j'ai l'air horrible ?

— Si tu cherches les compliments, en voici un : tu es ravissante.

Elle n'avait sollicité aucun compliment, mais elle l'accepta quand même avec plaisir.

— Merci.

Ne sachant quoi dire pour combler le silence, elle se leva.

— Jeff risque d'utiliser toute l'eau chaude avant d'avoir épuisé son répertoire de tubes des années 1980. Je vais me préparer du café. Tu en veux ?

Ryder secoua la tête.

— Non merci. Je ne touche jamais à ce truc.

Sur le seuil de la pièce, elle se tourna vers lui avec un regard horrifié qui le fit éclater de rire.

— Pardon ?

— Ce breuvage infect dont tu avales des litres à longueur de journée. Tu ne m'en feras jamais boire une gorgée.

Il avait remarqué qu'elle aimait le café ?

— Je savais bien que tu avais un truc qui cloche.

— Si c'est le seul vice que tu me découvres pendant ce week-end, je devrais m'en tirer à bon compte.

— Ah bon ? Il y a des vices pires que de ne pas aimer le café ?

Au même instant, ils entendirent s'ouvrir et se refermer la porte qui menait à l'autre chambre.

— Ça y est, il est sorti ! Je file me laver avant de me faire griller la place.

Sur ces mots, elle ramassa ses affaires à la va-vite et s'enfuit dans la salle de bains.

Ryder contempla avec fixité la tasse de café que Roberta venait de poser devant lui.

Fallait-il vraiment qu'il ingurgite cette horreur pour ne pas vexer son hôtesse ? Dans cette famille, tout le monde ou presque semblait drogué à la caféine. Assise entre McKenzie et lui, indifférente à son hésitation, Roberta se renversa sur sa chaise et sirota sa tasse.

— Donc, parlez-moi un peu de votre relation avec ma fille.

Décidément, elle ne tournait pas autour du pot.

— J'imagine que McKenzie vous a dit l'essentiel. Elle et moi sommes collègues, nous sortons ensemble depuis quelques semaines, et elle m'a invité à passer ce week-end en famille avec elle.

— Elle n'a jamais ramené personne à la maison.

— Cela ne veut rien dire. Elle m'a dit qu'elle était restée plusieurs années sans vous voir, faute de pouvoir faire le voyage.

Roberta leva les yeux au ciel.

— Dites plutôt qu'elle ne voulait pas.

— Non, ce n'était pas de la mauvaise volonté de sa part. Je le sais pour avoir pris l'avion avec elle, et elle m'a parlé de son père.

Roberta ouvrit des yeux ronds.

— Elle vous a parlé de Philip ?

Il hocha la tête et souleva sa tasse pour s'occuper les mains tandis qu'elle l'examinait.

— Alors, ça, c'est fort, dit-elle. McKenzie n'évoque jamais le sujet. Je lui ai même fait consulter plusieurs thérapeutes, sans succès. Pourquoi vous en a-t-elle parlé à vous ?

Tout simplement parce qu'elle était en train d'hyperventiler et qu'il se trouvait assis à côté d'elle, eut-il envie de répondre.

— Maman, veux-tu laisser Ryder tranquille ?

— Pourquoi ? Tu as peur qu'il ne tienne pas le coup ?

McKenzie se leva brusquement tandis qu'un homme à la calvitie naissante entrait dans la pièce, deux jeunes enfants accrochés à ses jambes.

— Jeff !

Elle lui jeta les bras autour du cou, et il la fit virevolter. Lorsqu'il la reposa, elle riait.

— Ça fait plaisir de te revoir, cousine ! Tu en as mis, du temps pour revenir nous faire une petite visite.

— Juste pour le week-end. Je ne vais pas te laisser le temps de me faire suer. Tu en as eu suffisamment l'occasion quand j'étais gamine.

— Qui aime bien châtie bien. Sérieusement, tu ne veux pas revenir ? Des bébés avec des cœurs à réparer, il y en a aussi à Nashville, tu sais.

— Oui, je sais bien, répondit-elle d'une voix sourde.

Elle s'accroupit à la hauteur de la petite fille qui se cramponnait à la jambe de Jeff.

— En parlant de bébés, j'en connais une qui a bien poussé. Bonjour, Casey ! Quel âge as-tu ? Dix ans ?

Avec un sourire timide, la fillette secoua la tête et leva trois doigts. McKenzie affecta un air impressionné.

— Trois ans ? Oh là là, mais tu grandis bien trop vite, si tu veux mon avis.

— Et moi, j'ai quatre ans, renchérit son frère.

— À défaut de petits-enfants, je me console avec ces deux-là, murmura Roberta suffisamment fort pour que tout le monde l'entende. Je commence à perdre espoir. Mais ça pourrait changer, ajouta-t-elle avec un regard appuyé sur Ryder.

McKenzie secoua la tête en rougissant.

— Je ne suis pas pressée d'avoir des enfants. Tes espoirs seraient mieux placés avec Mark.

— Ton frère ? Ma foi, il devrait profiter un peu de sa vie de garçon. Pas vrai ? ajouta Jeff en gratifiant Ryder d'une tape sur l'épaule.

Que répondre ? Vu la façon dont McKenzie et sa mère l'observaient, mieux valait ne pas être d'accord avec Jeff, mais ce dernier risquait de le prendre pour une lavette s'il bottait en touche.

Par bonheur, McKenzie vint à sa rescousse.

— Je croyais que tu n'aimais pas le café ?

Les regards se braquèrent sur son mug rempli à ras bord.

— Non, en effet. Mais je n'ai encore jamais bu de café du Tennessee, donc qui sait ?

Apparemment, la maison de Roberta servait de point de ralliement à toute la famille le temps du mariage. Au fur et à mesure de la matinée, Ryder fit la connaissance de parents plus ou moins éloignés conviés pour l'occasion.

— Il est super craquant, dit Julianna, la femme de Jeff, dans un murmure qu'il entendit. Pas étonnant que tu l'aies préféré à l'autre, l'informaticien.

— Paul était très bien.

— Alors, pourquoi n'est-il pas ici avec toi ?

— Parce que…

McKenzie jeta un coup d'œil à Ryder. Constatant qu'il écoutait l'échange avec intérêt, rougissante, elle se tourna à nouveau vers Julianna.

— Ça n'a pas marché entre nous, voilà.

— Donc, tu l'as remplacé par un collègue super mignon que tu tiens à nous présenter ?

— Tout juste. C'est fou les idées que j'ai parfois, non ?

Julianna éclata de rire.

— Si tu veux mon avis, dit-elle en remuant les sourcils, celui-là est le bon.

McKenzie jeta un regard d'excuse à Ryder.

— Oui, peut-être... Je ne sais pas. Il est encore trop tôt pour le savoir puisque nous sortons ensemble depuis quelques semaines seulement. Pas vrai, Ryder ?

Il fit semblant de débarquer dans la conversation.

— Oh ! je ne sais pas, répondit-il, faisant fi du froncement de sourcils qu'elle lui lança en avertissement. J'ai toujours cru que lorsqu'on rencontre la bonne personne, le temps n'a pas vraiment d'importance.

Plusieurs paires d'yeux se braquèrent aussitôt sur lui.

— Et McKenzie est la bonne personne pour toi ?

Que dire ? Oui, il y avait une alchimie incontestable entre eux deux. Cependant, était-elle la femme qu'il lui fallait ? Pas sûr. Mais il lui avait promis de faire bonne figure auprès de sa famille et il tiendrait parole.

— La seule chose que je pourrais lui reprocher, c'est son faible pour le café. À part ça, McKenzie est une femme formidable.

7

— Excuse-les, s'il te plaît, dit McKenzie dès qu'elle fut seule avec Ryder.

Elle n'aurait jamais cru être autant horripilée par le sans-gêne de sa famille lorsqu'ils avaient mis Ryder au pied du mur, et elle aussi par la même occasion.

— Ils n'arrivent pas à comprendre que je puisse être heureuse sans être mariée.

— Mais ton frère est célibataire, si je ne m'abuse ?

— Ce n'est pourtant pas faute d'essayer de se caser. Il s'est marié deux fois, mais son travail est difficilement compatible avec une vie de couple.

— Connaissant votre histoire, c'est assez incroyable qu'il soit devenu pilote.

Elle hocha la tête.

— Je déteste l'imaginer dans tous ces avions, mais que veux-tu ? C'est sa vie. Il adore ça autant que papa, si ce n'est plus. Maman n'en parle jamais, mais je sais bien qu'elle en est affectée.

— Mais pas autant que toi ?

— Pourquoi dis-tu cela ?

— Parce que c'est pour cela que tu ne vis pas ici. Tu ne supportes pas de savoir quand ton frère est en vol.

Interpellée, elle ne répondit pas. Elle n'avait jamais rangé le travail de Mark parmi les raisons qui l'avaient poussée à partir, mais...

Ryder lui prit la main et la pressa affectueusement.

— Excuse-moi, je n'aurais pas dû dire ça. Je ne connais pas ton frère, après tout.

— Non, tu ne le connais pas.

Et pourtant, mine de rien, Ryder avait raison au moins en partie. En effet, elle ne supportait pas de savoir Mark dans un avion. Mais elle les avait quittés surtout parce que Clay venait de la plaquer et qu'elle était tombée sur cette opportunité à Seattle. Ensuite, elle avait rencontré Paul et avait été plaquée une nouvelle fois.

Elle dégagea sa main pour aller contempler d'un regard absent les babioles qui ornaient la commode.

— Sa première femme disait que s'il l'avait aimée à moitié autant que son métier, elle n'aurait pas divorcé.

— C'est intéressant de voir à quel point vous avez réagi différemment à la mort de votre père.

— N'est-ce pas ? Cela dit, Mark était plus grand, il avait passé plus de temps en vol avec papa. Alors que moi, j'ai fait pendant des années des cauchemars où je me trouvais à bord avec lui au moment où l'appareil allait s'écraser.

Une sueur froide lui glaça le dos à cette évocation, et elle se contraignit à évacuer ces souvenirs.

— Écoute, je déteste avoir à t'abandonner quelques heures avec Jeff et les gosses, mais je dois rejoindre les filles à la boutique de mariage pour choisir ma robe.

— Tu ne veux pas que je t'accompagne ?

— À une boutique de mariage ?

— Ce serait sans doute mieux que de traîner ici avec Jeff.

— Sans doute… Je me répète, Ryder, mais je te suis vraiment reconnaissante d'avoir accepté de venir.

— Je t'en prie. Au fait, McKenzie ?

Son sac à l'épaule, elle se tourna vers lui.

— Je suis désolé pour ton père.

— Merci. Ça remonte à loin, tout ça.

Ryder hocha la tête en silence.

Mais ça ne remontait pas assez loin pour que ce drame n'ait plus aucun impact sur le présent.

— Je vais t'accompagner à la voiture, dit-il.

— Mais non, c'est inutile.

— Si. Autrement, ta mère va se poser des questions.

— Ah… Oui, tu as raison.

En les voyant arriver tous les deux, Roberta s'installa au volant. Julianna était déjà assise à l'arrière à côté de sa fille dans le siège enfant.

Il ouvrit la portière du passager.

— À tout à l'heure, ma chérie. Amuse-toi bien.

McKenzie lui noua ses bras autour du cou et approcha la bouche de son oreille.

— Pas de petit nom, pas de « ma chérie », entendu ? Je t'ai déjà dit que je préfère être appelée par mon prénom.

— Je tâcherai de m'en souvenir… ma chérie.

Il fit un effort pour ne pas rire tandis qu'il se penchait vers elle pour effleurer de ses lèvres la commissure de sa bouche.

Il n'y avait rien de langoureux ou de passionné dans ce baiser, mais il n'était pas assez bref non plus pour être qualifié de simple bise.

Désarçonnée, McKenzie lui jeta un regard hésitant en grimpant dans la voiture.

Il n'aurait pas dû se réjouir de l'avoir décontenancée aussi facilement, mais c'était plus fort que lui.

— Je… Euh, merci. Je vais faire de mon mieux. Ça ne t'embête vraiment pas de rester avec Jeff ?

— Pas du tout. Tout ira bien. Allez, à tout à l'heure.

— Donc, parle-moi un peu de ton nouveau fiancé super mignon dont personne n'avait jamais entendu parler.

Prise de court, McKenzie cligna des paupières.

Comme d'habitude, Reva n'y allait pas par quatre chemins. Cela faisait à peine dix minutes qu'elles s'étaient retrouvées à la boutique, et sa cousine attaquait déjà le sujet. Néanmoins, elle pouvait s'estimer heureuse : Reva aurait pu lui poser cette question d'entrée de jeu.

Avant de répondre, McKenzie se tourna vers un miroir et fit mine de prêter la plus grande attention à son reflet.

Sa robe de demoiselle d'honneur lui allait à merveille, même si elle la serrait un peu à la poitrine.

— Ce week-end est consacré à ta vie sentimentale, pas à la mienne.

— C'est vrai, répliqua Reva en riant. D'ailleurs, je ne me plains pas d'être au centre de l'attention.

Elle en avait pourtant l'habitude. Déjà au lycée, la belle Reva n'avait pas son pareil pour attirer les regards. La gent masculine s'était toujours jetée à ses pieds. Toujours.

— Mais ici, tout le monde sait tout de ma vie amoureuse, ajouta-t-elle en s'éventant avec la main tandis que la couturière ajustait sa robe. Parle-nous un peu de la tienne, pour changer.

— Il n'y a pas grand-chose à dire. Ryder et moi sommes collègues et nous sortons ensemble depuis quelques semaines.

— Et pourtant, tu l'as fait venir ici ?

— Eh bien, oui, évidemment. Si tu sortais avec un chirurgien cardio-thoracique super craquant, tu ne le cacherais pas à ta famille, non ?

— S'il a accepté de traverser tout le pays pour assister à un mariage, c'est qu'il ressent forcément quelque chose pour toi, insista Reva, les bras tendus pour faciliter le travail de la couturière. La plupart des hommes détestent ce genre de cérémonie.

— Ryder n'est pas comme la plupart des hommes, justement.

Et pour cause : elle lui avait fait endurer maintes situations gênantes, et il ne s'était pas plaint une seule fois. Au contraire, il avait été formidable. Oui, absolument formidable.

— C'est sérieux, du coup, cette fois-ci ?

Si seulement...

Eh ! d'où lui venait cette pensée ? Elle n'allait pas s'engager pour de vrai avec Ryder. N'avait-elle pas retenu les leçons du passé ? Voulait-elle s'exposer à être plaquée encore une fois ? Car, après tout, jamais deux sans trois.

Elle s'aperçut alors que tous les regards étaient braqués sur elle, même celui de la petite Casey.

Que répondre ? Si elle disait oui, sa famille allait aussitôt publier les bans de ses noces. Mais si elle avait le malheur de dire non, ils la prendraient pour une folle. Ou alors, ils penseraient que Ryder n'était pas si intéressé que ça. Le mieux était de botter en touche.

— Il est encore trop tôt pour le dire, affirma-t-elle en se tournant à nouveau vers le miroir. Dites, on ne devrait pas dégager un peu le buste ?

La couturière fronça les sourcils d'un air scandalisé.

— Absolument pas. Au contraire, elle vous va comme un gant. La coupe est un peu serrée, mais c'est normal pour ce modèle.

Aussitôt, la conversation se reporta vers le mariage.

McKenzie était ravie de s'en tirer à si bon compte. Toutefois, une fois les essayages terminés, Reva revint à la charge.

— Je suis si contente que tu sois là, déclara-t-elle en la serrant contre elle. Tu m'as manqué, tu sais. J'ai l'impression qu'on a un siècle de conversations à rattraper, toi et moi. Pour commencer, il va falloir que tu m'en dises un peu plus sur ton fiancé. J'ai hâte de le rencontrer.

McKenzie sourit.

— À moi aussi, tu m'as manqué.

C'était vrai. Autrefois, elles avaient été très proches l'une de l'autre, et si elles ne l'étaient plus, c'était largement par sa faute à elle, McKenzie. Elle aurait dû leur rendre visite plus souvent. Certes, elle détestait l'avion, mais n'était-ce pas un prétexte, en un sens ? N'y avait-il pas d'autres raisons peut-être plus importantes pour expliquer son absence ? Par exemple qu'elle était un tantinet jalouse de Reva ? Oui, elle était surtout partie pour ne plus être sans cesse dans l'ombre de sa cousine et pour ne plus être prise en pitié par sa famille.

— Dépêchez-vous, intervint l'une des demoiselles d'honneur. On va être en retard pour la manucure.

McKenzie jeta un coup d'œil à ses mains.

Reva adorait se faire faire les ongles. Sur les réseaux sociaux, elle ne manquait jamais de poster des photos de ses réalisations les plus récentes, toutes plus sophistiquées les unes que les autres. Afin de ne pas être en reste, McKenzie avait pris rendez-vous la semaine précédente dans un institut pour un soin, et elle avait été satisfaite du résultat. L'idée de refaire ses ongles à peine quelques jours plus tard ne lui disait rien, mais ce week-end était celui de Reva, pas le sien. Elle se résolut donc à sourire et suivit les autres.

Alors qu'elles se faisaient pomponner, les bavardages allaient bon train à propos du mariage et du lieu où Reva pensait passer sa lune de miel : Jeremy l'avait gardé secret pour lui en faire la surprise.

Soudain, un livreur débarqua dans l'institut et présenta un écrin à Reva. Celle-ci poussa un cri de ravissement en sortant de la boîte un fin bracelet de diamant et lut la carte à voix haute. Autour d'elle, tout le monde y alla de son commentaire.

— Oh là là, il est si romantique !

— Tu en as, de la chance !

Oui, Reva avait de la chance. En amour comme dans la vie. Il en avait toujours été ainsi. Elle n'avait jamais été plaquée, elle. Quel homme aurait été assez stupide pour lâcher une fille aussi belle, aussi formidable ?

McKenzie se mordilla la lèvre inférieure, se reprochant sa jalousie. Elle était contente pour sa cousine. Ravie, même. Seulement, elle aurait bien aimé avoir un tout petit peu de cette chance, surtout avec les hommes.

Sur ces entrefaites, on leur servit des fraises et du champagne.

McKenzie buvait rarement, mais elle vida vaillamment sa coupe, et même une deuxième. Lorsqu'il fut temps de rejoindre les hommes pour déjeuner chez Roberta, elle n'aurait su dire si elle avait faim ou si elle était pompette. Les deux, sans doute.

— Ta mère n'a pas dû chômer à préparer la cuisine pour tout le monde la veille de ton mariage.

Reva éclata de rire tandis qu'elles s'entassaient dans la limousine louée pour l'occasion.

— Elle adore ça, tu le sais bien. Et puis, elle attend ce jour depuis que je suis toute petite.

— Comme toi. Je ne compte plus les fois où nous avons joué au marié et à la mariée avec les voilages de ta mère.

— Oui ! On s'amusait bien, hein ?

Oui et non. C'était toujours à Reva que revenait le rôle de la mariée, jamais à McKenzie. Fallait-il y voir un signe prémonitoire ?

— J'aurais dû emprunter les vieux rideaux de maman pour demain, non ? ajouta Reva en pouffant de rire.

— Ça m'étonnerait. Ta robe te va beaucoup mieux.

— Pas de problème, elle les mettra de côté pour ton mariage.

— Je n'en ai pas besoin. Pas plus que d'un voile de mariée.

— Qui sait ? Ton beau chirurgien se chargera sans doute de te faire changer d'avis.

— Mon beau chirurgien ? Tu ne l'as même pas vu.

— Pardon, c'est tata Roberta qui l'appelle comme ça.

McKenzie ouvrit des yeux ronds.

— Non, c'est vrai ?

— Oui, et Julianna aussi. Elle m'a dit qu'elle avait failli s'évanouir en tombant sur lui ce matin dans la salle de bains.

— Inutile d'en faire tout un plat, va. Ryder était habillé et il venait se brosser les dents. À t'entendre, on croirait qu'elle l'a vu en sous-vêtements.

— Peu importe, il l'a impressionnée suffisamment pour qu'elle m'envoie un texto dans la foulée. Elle m'a dit que ses abdos sont parfaits.

— Comparés à ceux de ton frère, c'est facile. Mais c'est vrai, Ryder est un bel homme.

Elle l'aurait déjà dit un mois plus tôt, mais elle ne s'était pas rendu compte à quel point il était séduisant. Ou alors, elle n'y avait pas fait attention puisqu'elle pensait que son avenir était lié à celui de Paul.

Comme elle avait eu tort…

Quand la limousine se gara devant chez la mère de Reva, Ryder, Jeff et les enfants interrompirent la partie de foot à laquelle ils se livraient sur la pelouse et regardèrent les femmes descendre du véhicule.

McKenzie se dirigea droit vers Ryder.

— Salut, mon beau chirurgien, dit-elle avec un grand sourire.

Il haussa les sourcils, et sa surprise augmenta encore lorsqu'elle noua les bras autour de son cou pour l'embrasser longuement, langoureusement.

Le baiser était pour la galerie, bien sûr. D'ailleurs, leur public n'en perdit pas une miette, et un sifflement jaillit. Mais il s'en fichait. McKenzie tenait à ce que tout le monde la croie en couple avec lui, soit. Elle lui avait demandé de faire semblant d'être fou d'elle, pas de problème. Il l'embrassa comme s'il en avait eu envie depuis toujours.

Lorsqu'elle s'écarta, elle lui sourit, les yeux légèrement voilés.

— Je t'ai manqué, on dirait ? remarqua-t-il, amusé.

— Énormément. Tu en doutes ?

Il se pencha pour murmurer à son oreille :

— Tu as bu, ou quoi ?

— Oui, du champagne. Mais pas assez à mon goût.

Elle avait une façon de le regarder, comme s'il était le plus bel homme du monde...

Il savait bien que tout cela, c'était du vent, une illusion, mais le spectacle était convaincant. Même lui, il était à deux doigts de s'y laisser prendre. McKenzie se rendait-elle compte de ce qu'elle faisait ? Avait-elle oublié qu'elle sortait d'une histoire d'amour ratée et que ses émotions étaient en désordre ? En un mot, qu'elle était vulnérable ?

— Mais, oui, j'ai bu deux coupes pendant la manucure.

Pour illustrer ses propos, elle lui montra ses ongles.

Il était conscient des regards braqués sur eux. Les autres femmes, en chemin vers la maison, s'étaient même arrêtées pour les observer. Il lui prit la main et la porta à ses lèvres pour embrasser le bout de chaque doigt.

— Quel bon acteur, dit-elle d'une voix légèrement essoufflée.

— Et encore, ce n'est que le début.

Il était sincère. Jusqu'à présent, il s'était faufilé avec plaisir dans le rôle qu'elle lui avait confié, mais lorsqu'il l'embrassait, lorsqu'il la regardait dans les yeux, il avait de plus en plus de mal à séparer la fiction de la réalité. À force, il se sentait perdre les pédales. Il s'amusait à un jeu dangereux, qui risquait de faire voler en éclats toutes ses velléités d'autoprotection.

— J'ai hâte d'assister au grand final, dans ce cas.

Il sentit son cœur faire un bond.

— Serais-tu en train de flirter avec moi, à tout hasard ?

Une brusque rougeur monta aux joues de McKenzie.

— Pourquoi ? Ce n'est pas bien ?

Cette question trahissait une fragilité qui lui fit de la peine. Il aurait voulu la bercer dans ses bras, lui redonner confiance en elle. S'il tenait Paul et les autres hommes qui lui avaient fait du mal, il leur ferait passer un mauvais quart d'heure.

— Trêve de roucoulades, dit une belle femme. Présente-moi ton homme, Kenz.

Il devina tout de suite qu'il avait devant lui la fameuse Reva. Manifestement, celle-ci détestait qu'on lui vole la vedette, a fortiori le week-end de ses noces.

Il jeta un coup d'œil à McKenzie et s'aperçut qu'elle observait la façon dont il se comportait avec sa cousine.

— On m'a beaucoup parlé de vous aujourd'hui, docteur Andrews, poursuivit Reva. Nous sommes tous ravis de faire votre connaissance.

Il contempla de nouveau McKenzie.

Celle-ci ne souriait plus, ne semblait même plus prêter attention à lui. Au contraire, elle avait l'air de trouver cette conversation terriblement ennuyeuse. Elle marmonna un mot d'excuse au sujet du repas et s'éclipsa.

La cérémonie devait se dérouler dans une ancienne demeure coloniale qui servait à présent de cadre pour des réceptions de mariage. Un porche monumental pourvu de colonnes en façade ornait la maison blanche, et une grange avait été transformée en salle de réception. Mais, si impressionnant soit-il, l'ensemble n'aurait pas eu autant de cachet sans le cadre dans lequel il se situait. Des collines verdoyantes plantées de chênes immenses ondulaient sous le ciel d'un bleu limpide, des parterres de fleurs multicolores parsemaient le domaine bordé d'un frais ruisseau et clos par de grandes rangées d'arbres. C'était un petit paradis à l'écart du monde extérieur.

À l'ombre d'un chêne, Ryder observait les répétitions du mariage. Le futur marié et ses garçons d'honneur se rangeaient en file le long d'une arcade en bois décorée d'arrangements floraux en prévision du mariage. Les femmes étaient regroupées au fond des jardins. Une coordinatrice de mariage munie d'une écritoire formulait des ordres et mettait tout le monde en place pour les répétitions.

— OK, mesdames, votre attention, s'il vous plaît ! Demain, vous irez toutes vous cacher derrière ces terrasses jusqu'au départ de la musique.

Elle assigna une place à chaque demoiselle d'honneur et leur demanda de faire semblant de porter un bouquet. Une chanson démarra alors, et à des moments bien précis de la mélodie, l'organisatrice envoya chaque femme l'une après l'autre en direction du podium où les attendaient les hommes. Les demoiselles d'honneur étaient au nombre de six, et McKenzie était l'avant-dernière à prendre sa place avant Reva.

Tout au long des manœuvres, elle ne le gratifia pas d'un seul regard. Les mains jointes autour d'un bouquet imaginaire, elle se dirigea là où l'organisatrice lui disait d'aller et attendit la grande entrée de Reva. Telle une vedette, la cousine de McKenzie focalisait l'attention générale, et son futur mari la contemplait avec une adoration manifeste.

McKenzie aussi souriait, mais ce sourire avait quelque chose de factice. Ryder ignorait si d'autres que lui s'en rendaient compte, mais la façon dont elle se tenait, ses sourires vides qui n'atteignaient pas ses yeux, tout cela lui pinçait le cœur. Il aurait voulu la serrer dans ses bras et lui promettre de régler ce qui la perturbait à ce point.

Une première répétition se déroula par à-coups, interrompue à tout bout de champ par les corrections de la coordinatrice. À la fin, celle-ci tapa dans ses mains, et les quelques spectateurs sur les bancs disposés dans le jardin en firent autant.

— Bon, cette fois-ci, on recommence, mais sans interruption. Si vous vous trompez, ce n'est pas grave, vous continuez comme si c'était le grand jour. On ne s'arrête pas, OK ? Allez, vite, vite ! On se dépêche !

Cette toute petite bonne femme avait dû être caporal dans une vie antérieure ! Tandis que tout le monde reprenait sa place, il s'assit sur un banc dans les premiers rangs. Plusieurs amis et parents des mariés avaient déjà pris place et discutaient en attendant la reprise des répétitions.

— Vous devez être le Dr Andrews, l'ami de McKenzie ?

Ryder se tourna vers l'homme qui s'était glissé sur le siège voisin du sien. Il hocha la tête, et l'autre lui tendit la main.

— Je suis Mark, son grand frère.

— Ryder, répondit-il en échangeant une poignée de main.

— Au téléphone, je lui ai demandé de me rencarder à votre sujet, mais elle n'avait pas grand-chose à me dire, si ce n'est que vous êtes quelqu'un de bien et qu'on devrait s'entendre, vous et moi. Mais elle avait déjà dit ça à propos du précédent.

— Vous voulez savoir si vous avez davantage de chances avec moi ?

Mark le cloua d'un regard acéré.

— Je ne serais pas son frère aîné si je ne m'inquiétais pas pour elle. D'ailleurs, pour votre gouverne, elle s'était trompée. Je n'ai jamais aimé ce type.

— Pas de problème. En toute franchise, je ne raffolais pas de lui non plus.

Cette remarque arracha un petit rire à Mark.

— Sinon, que voulez-vous savoir ? demanda encore Ryder.

— Vous sortez avec elle depuis quand ?

— Quelques semaines.

— Et malgré tout elle vous a amené chez sa famille dans le Tennessee ? Elle va vite en besogne.

— Je crois qu'elle sort avec moi en partie pour ne pas se retrouver seule parmi vous.

Mark étudia son visage avec attention.

— Oui, vous n'avez pas tort. Ma mère se fait du souci pour elle.

— Comme son frère, je suppose ?

— Oui, lui aussi. Mais elle avait l'air heureuse la dernière fois que je l'ai vue à Seattle.

— Vous venez souvent ?

— Plusieurs fois par an. Assez pour m'être forgé une opinion sur le gars que vous avez remplacé. Bon débarras... Je suis content qu'elle ait fini par y voir clair à son sujet.

— Moi aussi, dit Ryder. Après tout, si elle était restée avec lui, je ne serais pas là à vous parler.

— Pas faux.

Tous deux suivirent du regard McKenzie qui remontait lentement l'allée en direction de l'avant-scène. Arrivée à leur hauteur, elle croisa le regard de Ryder, et ses yeux s'attardèrent sur lui. Puis elle aperçut Mark, et son visage s'illumina, au point que Ryder crut qu'elle allait interrompre la répétition pour se jeter au cou de son frère. Mais elle n'en fit rien, et la chorégraphie suivit son cours.

Toutefois, aussitôt libérée, elle se précipita vers eux et jeta ses bras autour de son frère.

— Je ne savais pas que tu étais arrivé.

— Coucou, Giclette. Je t'ai manqué ?

— L'affreux, il a osé, dit-elle en plissant le nez. *Ne. M'appelle. Jamais. Comme ça.* Compris ?

— Tu es devenue trop grande pour ce surnom ? demanda Mark en s'esclaffant.

— Ce surnom n'a jamais été le mien. Il n'y a que toi qui l'utilises, et tu sais très bien que je le trouve horrible.

Ryder les regarda interagir avec un mélange d'amusement et de jalousie. Fils unique, il n'avait pas connu ce genre de complicité. Aurait-il eu cette chance si Chrissy avait survécu ?

McKenzie tourna vers lui ses grands yeux verts, souriante. Et cette fois-ci son sourire était sincère.

— Ryder, laisse-moi te présenter le fléau de mon enfance. Au fait, si jamais il te prenait l'envie de m'appeler Giclette, gare à tes abattis.

La coordinatrice tapa alors dans ses mains et ordonna à tout le monde de rejoindre la salle de réception pour le repas de répétition.

McKenzie émit un gros soupir.

— De même que cette femme est le fléau de mon présent. Elle est tellement dirigiste !

— C'est son boulot qui l'exige, dit Mark. À force d'avoir affaire à des futures mariées hystériques, elle est obligée.

— Reva n'est pas hystérique…

Au même instant, leur cousine se laissa tomber sur un siège et fondit en larmes.

— Tu es sûre ? insista Mark en souriant.

— Absolument. Mais je vais voir ce qu'il lui arrive.

Elle pressa son frère affectueusement dans ses bras et se détourna. Puis, comme si l'idée lui en venait après coup, elle fit volte-face, se dressa sur ses orteils et déposa un baiser sur le coin de la bouche de Ryder.

C'était la deuxième fois qu'elle l'embrassait aujourd'hui. La première fois, elle l'avait fait pour satisfaire la curiosité de ses cousines. Nul doute que ce second baiser s'adressait à Mark. Mais il ne s'en plaignait pas, bien au contraire.

Leurs regards se croisèrent, se lièrent.

— Désolée. Je ne cesse de t'abandonner.

— Pas grave, tu te rattraperas plus tard, dit-il, taquin.

Elle ouvrit de grands yeux et jeta un coup d'œil nerveux à son frère, avant d'esquisser un lent sourire.

— On verra.

Ils l'observèrent s'éloigner tandis qu'elle se hâtait vers Reva, autour de qui se pressaient déjà son fiancé et deux demoiselles d'honneur.

— Très intéressant, dit Mark d'un air songeur.

— Quoi donc ? La crise de nerfs de Reva ?

— Non, je parlais de ma sœur. Je sais que ma mère vous a imposé de partager la même chambre, mais vous n'avez pas encore couché ensemble, si je ne m'abuse ?

— Avec tout le respect que je vous dois, ça ne vous regarde vraiment pas.

Mark éclata de rire et lui donna petit coup de poing sur l'épaule, quoique avec plus de force que pour une simple plaisanterie. Presque comme un signe d'avertissement.

— Pour votre gouverne, tout ce qui concerne McKenzie me concerne. Je ne supporterais pas qu'on lui fasse du mal.

Ryder hocha la tête.

— C'est noté. Mais ça n'arrivera pas.

Étant donné que, après ce week-end de faux-semblants, ils reprendraient leur vie chacun de leur côté.

— Autre chose, ajouta Mark, le regard brillant. Ce n'était pas de l'ennui que j'ai vu dans les yeux de ma sœur, à l'instant.

Ryder sentit son cœur battre plus vite.

Se pouvait-il que Mark ait vu juste ? Mais non, McKenzie tenait bien son rôle, voilà tout. Tellement bien que même son frère était dupe... La prochaine fois qu'il serait seul avec elle, il veillerait tout de même à tenir ses distances.

Il la vit essuyer une larme sur la joue de sa cousine, qui souriait à présent. Les futurs mariés s'étreignirent, et McKenzie fit signe aux personnes présentes de s'en aller avant de revenir vers Mark et lui. Lorsqu'elle les rejoignit, elle les regarda avec curiosité, se demandant visiblement de quoi ils avaient parlé en son absence.

— Allez, dit Mark en se levant. Voyons si ce traiteur hors de prix vaut vraiment le détour.

Ryder se mit debout lui aussi et posa une main possessive au creux des reins de McKenzie.

— Avec plaisir. Je meurs de faim.

Il ne parlait pas de McKenzie, bien sûr. Mais le sourire qu'elle lui lança lui fit se demander s'il ne se leurrait pas depuis le début. S'il était vraiment possible de passer ce week-end avec elle et d'en rester aux faux-semblants.

8

McKenzie n’avait pas mesuré à quel point ses obligations familiales l’obligeraient à abandonner Ryder. Pour le repas de répétition, par exemple, elle était assise à la table des mariés. Par bonheur ou par malheur, Mark s’était mis en tête de tenir compagnie à Ryder. Que pouvaient-ils se raconter ?

Elle leur jeta un regard inquiet.

Les deux hommes semblaient parfaitement détendus. Accaparés par leur conversation, ils avaient l’air de passer un bon moment. À l’instant, Mark rejetait la tête en arrière pour rire de quelque chose que lui disait Ryder.

Intéressant… Quand son frère était venu à Seattle, Paul et lui avaient paru s’entendre, mais, à y repenser, elle ne se rappelait pas les avoir vus échanger des plaisanteries ou des rires. Se seraient-ils tolérés l’un l’autre par égard pour elle ?

— Reva n’est pas la seule à avoir de la chance aujourd’hui, fit observer Callie, sa voisine de table.

Prise de court, McKenzie sourit à celle-ci.

Oui, elle avait de la chance que Ryder ait accepté de se prêter à cette comédie. Elle avait mauvaise conscience de l’avoir embringué dans cette histoire et jeté en pâture à l’indiscrétion de sa famille. Tout ça pour qu’elle évite leur pitié et soit moins envieuse du bonheur de sa cousine.

— Est-ce qu’il est aussi bon au lit qu’il en a l’air ? ajouta son ancienne camarade de lycée, qui contemplait Ryder avec une avidité non dissimulée.

McKenzie se retint de pouffer.

Elle avait dû avoir la même tête que Callie ce matin quand Ryder était revenu dans la chambre tout frais de sa douche. Elle l'avait trouvé si sexy, si incroyablement beau. Et que dire de ce baiser devant chez tante Jane ? Pourquoi avait-elle éprouvé le besoin de l'embrasser ? Pour s'afficher devant sa cousine et les autres et leur dire « Eh, Reva n'est pas la seule à avoir de la chance » ? Si tel était le cas, c'était vraiment minable de sa part. Mais Ryder avait eu raison d'incriminer le champagne. L'alcool aidant, elle l'avait aussi embrassé tout simplement parce qu'elle en avait envie. Auquel cas, la présence de sa cousine et des autres lui avait fourni une excuse.

La gorge serrée, elle chercha quoi répondre à Callie.

— Je ne sais pas. On ne sort ensemble que depuis quelques semaines.

Callie haussa ses sourcils parfaitement dessinés.

— Tu es folle ! Qu'attends-tu ? Votre baiser, tout à l'heure, c'était de la dynamite. Je te le dis, si cet homme était mon petit ami, je connaîtrais tout de lui et lui de moi.

Merci, Callie, pour les images indésirables qu'elle venait de lui mettre dans la tête ! Ryder n'était pas son petit ami, même si elle prenait de plus en plus cette comédie au sérieux...

Par bonheur, Reva vint à sa rescousse.

— Laisse-la tranquille, dit-elle à Callie. McKenzie sort tout juste d'une longue relation. C'est normal qu'elle ne veuille pas brusquer les choses, même avec un homme aussi formidable que Ryder semble l'être.

McKenzie sentit sa mauvaise conscience monter d'un cran.

Quand elles étaient gamines, Reva l'avait toujours traînée avec elle dans des endroits cool. Elle l'avait toujours défendue contre quiconque osait la critiquer. Sa cousine était quelqu'un de bien, de bien meilleur qu'elle, en tout cas...

Mais, elle aussi, elle avait droit à un peu de bonheur, se dit McKenzie, le regard irrésistiblement attiré par Ryder.

Pouvait-elle espérer que celui-ci tombe amoureux d'elle pour de vrai ? Il faudrait qu'elle soit de marbre pour ne pas être sensible à sa virilité. C'était pour cela qu'elle l'avait embrassé tout à l'heure : elle avait eu besoin d'un sursaut d'énergie que lui seul pouvait lui apporter.

Callie avait suivi son regard.

— Non, vraiment, dit-elle avec un soupir mélancolique, tu as de la chance. Cet homme-là est l'antidote parfait à tous les chagrins d'amour.

Ryder dut sentir qu'elles parlaient de lui, car il se tourna vers leur table et fixa McKenzie d'un air interrogatif, avant de lui lancer un clin d'œil.

— Oh là là ! dit Callie en s'éventant le visage de la main. Si tu ne veux pas de lui, passe-lui mon numéro. Je ne sors pas d'une longue relation, moi, et je le verrais bien pimenter mon petit univers.

McKenzie lutta contre l'envie de s'éventer aussi. Ce clin d'œil lui faisait naître de drôles de choses au creux des reins.

— Ton frère n'est pas mal non plus, poursuivit Callie, mais il est toujours absent avec son boulot. À force, n'importe quelle femme finirait par se sentir délaissée.

Était-ce ce qu'il s'était passé avec ses parents ?

McKenzie n'avait jamais réfléchi à la manière dont ceux-ci avaient vécu avant que la tragédie ne les sépare à jamais. Après, sa mère avait enchaîné les relations pour atténuer sa solitude. Mais peut-être s'était-elle sentie seule bien avant, le père de ses enfants étant toujours aux abonnés absents.

— Ryder nous accompagne après le dîner ? demanda Reva. J'aimerais avoir l'occasion de le connaître un peu mieux, et demain je risque de ne pas en avoir le temps.

— Je ne sais pas. Je n'ai pas encore trouvé l'occasion de lui en parler.

— C'est ma faute, dit Reva avec une légère moue. Je t'ai monopolisée. Cela dit, je ne t'ai pas vue depuis deux ans. C'est un peu normal qu'il partage.

McKenzie culpabilisa à nouveau d'avoir autant tardé à revenir. À l'avenir, elle essayerait de le faire au moins une fois par an, si sa peur de l'avion était moins virulente.

— Mais, sérieusement, tu en as fait assez pour aujourd'hui. Je te libère de tes obligations de demoiselle d'honneur. Va prendre ton dessert avec ton homme et Mark.

— Tu en es sûre ?

— Absolument. Après le repas, on trouvera bien un moment pour discuter ensemble.

Sans se le faire dire deux fois, elle rejoignit l'autre table.

— Ça ne vous embête pas que je vous rejoigne pour le dessert ?

Ryder tira une chaise pour qu'elle s'asseye à côté de lui.

— Pourquoi ? Tu t'es fait virer de la table des mariés ?

— Non. Reva s'inquiétait de vous laisser seuls trop longtemps, alors j'ai accepté d'aller voir ce qui vous amusait autant.

Les yeux de Mark pétillèrent.

— Je lui racontais la fois où tu as couru toute nue dans la maison à Noël.

Elle haussa les épaules.

— Ah oui, la fameuse anecdote. Tu t'en souviens mieux que moi : j'avais trois ans.

— Oui, j'ai dû omettre ce petit détail.

— Ignore quatre-vingt-dix-neuf pour cent de ce qu'il te raconte, dit-elle à l'adresse de Ryder. Est-ce que tu veux nous accompagner au Wild Horse Saloon ? Reva souhaiterait rassembler toute la bande pour une nuit de folie en ville. Sauf qu'on reviendrait dans deux heures.

Une lueur de surprise traversa le regard de Ryder, mais il hocha la tête.

— Pourquoi pas ? À quoi ressemblerait un voyage à Nashville sans une visite dans un *honky tonk* ?

— Tu sais danser la country ?

— Si je dis non, est-ce que la soirée tombe à l'eau ?

Elle éclata de rire.

— Non, bien sûr !

— Callie est célibataire ? demanda Mark. Je l'ai vue zyeuter plusieurs fois dans notre direction.

— Oui, mais ce n'était pas toi qu'elle admirait.

Mark sourit.

— N'y aurait-il pas un peu de jalousie dans ta voix ? As-tu peur qu'elle lance les grandes manœuvres sur ton homme ?

McKenzie dressa le menton avec dédain.

— Moi ? Pas du tout. Pourquoi voudrais-tu que je sois jalouse ?

Pourquoi ? Parce que son frère la connaissait bien et qu'elle ne pouvait rien lui cacher : à tort ou à raison, elle ne supportait pas l'idée que Callie fasse des avances à Ryder.

— Je ne m'intéresse à personne d'autre qu'à toi, tu sais, dit ce dernier.

Comme pour illustrer ses paroles, il lui prit la main et lui déposa un baiser sur le bout des doigts.

Elle n'était pas dupe, c'était pour la galerie. Malgré tout, un frisson courut le long de son bras. Elle se perdit dans ses yeux d'un brun doré, en proie à un désir dévastateur.

Elle aurait tellement voulu y croire ! Ryder était tellement mieux que tous les hommes qu'elle avait fréquentés. Si seulement il était son petit ami, si seulement il avait *vraiment* voulu dire ce qu'il avait dit ! En tout cas, elle lui était reconnaissante d'être ici. Sans lui, cet événement familial aurait été un calvaire.

Elle le gratifia d'un sourire puis, cédant à une impulsion, se pencha pour l'embrasser.

— McKenzie !

Elle se figea avant de se tourner vers la voix qui venait de la héler.

Au milieu de la salle, un homme corpulent – Daniel Carter, l'oncle de Jeremy – était étalé par terre.

Ryder et elle se précipitèrent.

— Que s'est-il passé ?

— On ne sait pas. Tout allait bien, et puis au beau milieu d'une phrase il est devenu pâle et s'est effondré.

D'un geste, Ryder écarta l'attroupement et se pencha.

— Il respire, mais de manière superficielle.

Il déboutonna le haut de la chemise et écouta le cœur.

— La fréquence cardiaque est faible.

— Et son pouls filant, ajouta-t-elle, avant de poser les pieds de l'homme sur une chaise pour faciliter l'afflux de sang au cœur.

— A-t-il déjà eu des évanouissements de ce genre ? Des problèmes de santé avérés ? demanda Ryder.

— Diabète, hypertension, cholestérol élevé, énuméra la tante de Jeremy d'une voix tremblante.

La pauvre femme était elle-même sur le point de défaillir.

— On lui a posé un stent sur la coronaire droite il y a quelques années. Depuis, il allait bien. Et je n'ai pas souvenir de l'avoir vu s'évanouir, même avant son opération.

McKenzie hocha la tête.

— Vite, mon sac, dit-elle à Callie, la première personne dont elle croisa le regard en se redressant.

Elle gardait toujours avec elle un masque de bouche-à-bouche, au cas où. Tout en composant le numéro des secours, elle fit signe à son frère d'aider la tante de Jeremy à s'asseoir.

— Quelqu'un a un glucomètre ?

Il était improbable que la glycémie de Daniel ait chuté juste après le repas, mais il ne fallait écarter aucun scénario.

— Oui, moi, dit aussitôt une dame dans l'assistance.

Joignant le geste à la parole, celle-ci renversa son sac sur la table pour mettre plus vite la main sur une trousse contenant un glucomètre, un stylo auto-piqueur, un tube de bandelettes et quelques gants jetables.

McKenzie se pencha vers l'homme pour lui expliquer la situation : quoique inconscient, il entendait peut-être tout ce qui se passait autour de lui.

— Daniel, je vais vérifier votre glycémie. Dans un petit instant, vous allez ressentir une piqûre au doigt.

Son portable coincé entre l'épaule et l'oreille, elle dressa un compte rendu à l'urgentiste tout en enfilant un gant. Puis elle inséra une lancette et une bandelette réactive dans l'autopiqueur, qu'elle planta dans l'index de Daniel. Elle appliqua ensuite la bandelette sur la gouttelette de sang qui perlait au bout du doigt.

Quelques secondes plus tard, l'appareil affichait le résultat : 261.

C'était beaucoup trop élevé, mais ils avaient la preuve que la syncope de Daniel ne venait pas de là. Le plus inquiétant, c'était son absence de réaction à la piqûre.

McKenzie croisa le regard de Ryder et devina qu'il pensait la même chose.

L'urgentiste au bout du fil l'informa qu'une ambulance partait, et elle tendit son portable à la personne à côté d'elle pour se concentrer sur le patient.

Ryder secoua légèrement celui-ci pour tenter de le faire réagir.

— Monsieur Carter ? Vous m'entendez ?

Rien.

Ryder frotta vigoureusement son poing contre le sternum de la victime. Ce geste énergique aurait normalement dû susciter un réflexe de douleur, mais Daniel ne réagit pas davantage. McKenzie lui tâta à nouveau le poignet, mais le pouls était à présent indécelable.

— Ryder, dit-elle d'une voix ferme pour attirer son attention.

Elle commençait à s'inquiéter pour de bon, mais il ne fallait surtout pas alarmer les autres. Elle pressa deux doigts sur la carotide sans réussir à localiser le pouls. Ryder posa une fois de plus l'oreille contre la poitrine de Daniel pour vérifier que la victime respirait. Puis il lâcha un juron en sourdine et commença aussitôt les compressions thoraciques.

McKenzie attrapa le masque de bouche-à-bouche dans son sac, déchira l'emballage en plastique et appliqua l'écran facial sur le visage de Daniel. Ryder comptait ses compressions à haute voix, et conformément au protocole, elle pratiqua deux insufflations au bout de trente poussées. Les doigts sur la carotide, elle tentait de localiser un pouls. Au bout du quatrième bouche-à-bouche, elle sentit son propre cœur faire un bond.

— J'ai un pouls ! Très léger, mais il est là.

— Dieu merci, dit quelqu'un dans l'assistance.

Elle se rappela alors qu'ils avaient un public : tandis qu'elle s'efforçait avec Ryder de sauver la vie de leur patient, elle avait complètement fait abstraction du reste du monde.

Pour autant, Daniel n'était toujours pas tiré d'affaire, tant s'en faut. Ryder poursuivit ses compressions, et lorsqu'elle se pencha pour souffler dans la bouche de l'homme, elle s'aperçut qu'il respirait de manière autonome. Elle attendit de voir s'il inspirait à nouveau, mais, comme le temps passait, elle pratiqua deux insufflations supplémentaires.

— L'ambulance arrive, dit quelqu'un.

La précision était inutile, tout le monde avait entendu les sirènes au loin, mais elle accueillit la nouvelle avec soulagement. Daniel devait être pris en charge au plus vite car il faisait un infarctus, elle en était sûre.

Comme la capacité respiratoire et le pouls étaient au mieux sporadiques, ils poursuivirent le bouche-à-bouche jusqu'à l'arrivée des secours. Au bout d'une ou deux minutes interminables, les sirènes s'arrêtèrent tout près et, au même instant, Daniel ouvrit les yeux.

Son regard était vague et confus, mais il bougea et prit une profonde respiration, puis une autre.

Ils avaient réussi !

— Daniel, vous êtes au dîner de répétition du mariage de votre neveu Jeremy. Je suis McKenzie Wilkes, la cousine de Reva. Je suis médecin, vous vous souvenez ? Vous vous êtes évanoui, mais tout va bien se passer. Les secours arrivent, ils vont vous conduire à l'hôpital pour qu'on vous examine.

— Oh ! chéri...

Incapable de rester plus longtemps assise, l'épouse de Daniel tomba à genoux et se pencha sur lui en pleurant.

— Je t'aime... Si peur... S'il te plaît...

McKenzie ne comprenait pas la moitié de ses paroles étouffées par les larmes, mais l'amour de cette femme pour son mari se passait de mots. Les yeux mouillés, elle n'en continua pas moins de surveiller les constantes du malade tandis que Ryder mettait les urgentistes au courant.

— Je vais bien, marmonna faiblement l'homme, qui tenta de se redresser pour s'asseoir. Simplement, j'ai une lourdeur à la poitrine. Une douleur vive.

En disant cela, il porta les mains à son cœur.

— N'essayez pas de parler, ordonna un urgentiste en lui posant un masque à oxygène.

Mis sous perfusion, Daniel fut bientôt chargé sur un brancard.

La tante de Jeremy et deux autres membres de sa famille l'accompagnèrent jusqu'à l'ambulance.

McKenzie et Ryder suivirent le groupe à une certaine distance, prêts à intervenir dans le cas improbable où on le leur demanderait. Une partie des convives se joignirent à la procession et regardèrent les secours charger la civière à l'arrière de la camionnette. Celle-ci démarra bruyamment, puis les proches de Daniel qui avaient suivi montèrent dans deux voitures pour se rendre à l'hôpital.

Lentement, tout le monde retourna dans la salle de réception avant de se regarder avec indécision, sans savoir quoi faire. Comment poursuivre la soirée comme si de rien n'était ?

Reva frappa des mains pour attirer l'attention.

— Si certains d'entre vous désirent aller à l'hôpital, pas de problème. L'essentiel est que Daniel se porte mieux. Nous, ajouta-t-elle en souriant, nous allons terminer le repas, emballer les restes et les emporter chez tante Roberta pour que tout le monde en profite au cours du week-end. Ensuite, nous prendrons des nouvelles de Daniel et déciderons si nous devons ou non annuler nos projets.

— Pas nos projets de mariage, je m'empresse de le préciser, dit Jeremy. Quoi qu'il arrive, ceux-là sont fermes et définitifs : demain, je t'épouse !

Il scella ces paroles d'un baisemain, tout le monde poussa un soupir de soulagement, et McKenzie sentit de nouveau la jalousie l'aiguillonner.

Paul l'avait-il jamais regardée avec une telle adoration ?

Pas depuis longtemps, en tout cas. D'ailleurs, elle était trop accaparée par son travail pour y faire attention. Ou alors, elle n'avait pas voulu se rendre compte qu'ils n'étaient plus raides dingues l'un de l'autre. Elle éprouvait beaucoup d'affection pour lui et était satisfaite de la vie qu'elle envisageait de partager avec lui, mais elle se demandait de plus en plus si elle ne s'était pas mise avec lui pour apaiser les inquiétudes de sa famille et si leur relation n'était pas fondée surtout sur l'habitude.

Ryder lui prit la main pour l'entraîner hors de la foule qui s'attardait à commenter les événements et le sang-froid avec lequel Reva avait réagi.

— Ça va ?

Elle le regarda en clignant les paupières, et son cœur cogna dans sa poitrine. Ce mec lui coupait le souffle. Littéralement.

— Oui, merci. Je me demandais juste pourquoi j'ai mis si longtemps à me rendre compte que tu es quelqu'un de bien.

— C'est une bonne question, et je me la pose souvent moi-même. Mais l'essentiel, c'est que tu aies fini par t'en apercevoir, n'est-ce pas ?

Ces paroles étaient bien sûr destinées à leur public, de même que ce qu'il fit ensuite – se pencher et lui effleurer les lèvres d'un baiser rapide –, mais cela la plongea dans un état de confusion totale.

Aurait-elle sciemment ignoré son attirance pour Ryder quand elle était en couple avec Paul ? Parce que cette gêne qu'elle avait éprouvée en sa présence, c'était ni plus ni moins de la tension sexuelle ! Elle se sentait tout électrisée et déçue que ce baiser ait été aussi bref. Elle aurait voulu embrasser Ryder pour de vrai, de même qu'elle voudrait faire avec lui beaucoup d'autres choses pour de vrai !

9

Après avoir longuement hésité, les futurs mariés et leur suite avaient quand même décidé de descendre en ville.

Aux alentours de 20 heures, l'emblématique *honky tonk* de la Seconde Avenue de Nashville était déjà rempli à craquer. Par chance, ils arrivèrent au moment où une table se libérait près du bar. Une partie de la petite bande, tous des hommes, s'installa autour d'une bière, soi-disant pour garder la table. Ryder, Jeremy et un troisième volontaire accompagnèrent toutefois les femmes sur la piste de danse.

Ryder serait volontiers resté avec les autres hommes, mais il devait admettre qu'il prenait plaisir à écouter McKenzie chanter la chanson sur laquelle ils dansaient. Elle se débrouillait bien et suivait parfaitement le rythme, contrairement à lui. Sur une piste de danse, il pouvait faire illusion avec des musiques lentes, mais la country était un style nouveau pour lui. Mais McKenzie avait insisté pour qu'il la rejoigne au début de la session de danse, et il n'avait pas eu le cœur de la décevoir. Par bonheur, les pas n'étaient pas si difficiles, et il commettait relativement peu d'erreurs. Sauf à présent : il venait de tourner à gauche alors qu'il aurait dû aller à droite, et McKenzie lui était rentrée dedans.

— Oups !

En riant, elle se rattrapa à son bras.

Sa paume était tiède contre sa peau. Tiède et brûlante à la fois, et ce contact électrisant fit battre son cœur plus vite, plus que ne le faisait l'effort physique. D'habitude, il parvenait à étouffer son attirance pour elle, mais ils se trouvaient dans un lieu public, sous le regard de tous, et il était censé être son petit ami. Un peu de sensualité rendrait l'illusion plus crédible.

— Désolé, dit-il avec un grand sourire.

— Pas de souci.

Au lieu de le lâcher, elle fit glisser le bout de ses doigts sur sa peau en une caresse légère, grisante, et il se prit à songer à ce que cela ferait si elle le touchait de la sorte sur la poitrine, le ventre… Et si, tout en le caressant, elle le contemplait avec cette flamme dans ses grands yeux verts. Oh oui, il n'imaginait que trop bien tout cela ! Il faudrait être aveugle pour ne pas remarquer la tension sexuelle qui animait son regard. D'ailleurs, s'il voulait bien l'admettre, cette tension avait toujours existé entre deux, sous-jacente et d'autant plus obsédante que McKenzie appartenait à un autre. Mais, justement, elle n'était plus en couple avec Paul et elle le dévisageait avec une passion indéniable.

Seulement, il était bien placé pour savoir qu'une femme sortant d'une relation est fragile, et qu'une amourette est souvent le meilleur pansement à un amour-propre blessé. Si quelque chose arrivait entre McKenzie et lui, elle finirait par se servir de lui, c'était obligé. Il en avait fait l'expérience et avait mis du temps à s'en remettre, alors prudence !

Pourtant, alors qu'ils dansaient, il se laissait gagner par l'énergie qui se dégageait d'elle, de son rire, et il ne se souvenait plus de rien, sinon qu'il avait envie d'elle.

— Tu t'en tires très bien, dit-elle.

Oui, il ne se débrouillait pas mal, du moins jusqu'à ce qu'elle lui lance ce beau sourire. Dès lors, il ne contrôla plus ses pieds et buta à nouveau contre elle.

Elle ouvrit de grands yeux, sa bouche forma un O, mais elle rit sans cesser de danser. Lorsqu'il la heurta une troisième fois, elle fronça les sourcils d'un air soupçonneux atténué par l'éclat amusé de son regard.

— Dis donc, je vais finir par croire que tu le fais exprès.

Il feignit l'innocence.

— Qui, moi ? Franchement, tu m'en crois capable ?

— Je ne sais pas. Il y a trois semaines, j'aurais dit non. Tu aurais tout fait pour m'éviter. Maintenant, en revanche…

En effet, il l'avait évitée. Parce qu'elle était en couple avec un autre et que, dès qu'il était avec elle, il avait envie de jeter tout bon sens aux orties pour la faire sienne…

À présent, McKenzie le dévisageait comme si elle avait envie de lui arracher ses vêtements. Était-ce vraiment ce qu'elle ressentait, ou était-ce une comédie destinée à sa famille et à ses amis ?

— Oui ? insista-t-il comme elle se taisait.

Un sourire fit pétiller les yeux de McKenzie.

— Eh bien, maintenant, je suis sûre que tu l'as fait exprès.

— Tu n'as sans doute pas tort, répliqua-t-il avec un grand éclat de rire.

L'animatrice interrompit leur conversation par de nouvelles instructions.

— OK, tout le monde ? Allez, on reprend depuis le début. C'est parti.

Cette fois-ci, il se concentra sur ses mouvements même s'il mourait d'envie de toucher McKenzie. Lorsque la chanson se termina, il fut récompensé de ses efforts car elle jeta les bras autour de lui avec un grand sourire.

— C'était formidable. Tu es formidable !

Oui, mais pas autant que de la tenir ainsi serrée contre lui. Ça, c'était vraiment formidable ! Tellement même qu'il sentait sa prudence vaciller et céder le pas au bonheur d'être ici en congé, détendu, en compagnie d'une belle femme qui flirtait ouvertement avec lui comme si elle songeait à d'autres types de danses autrement primitives.

— Ne dis plus jamais que tu ne sais pas danser la country, je ne te croirais pas.

— Être capable de suivre les instructions d'un animateur ne fait pas de moi un grand danseur.

Que dirait-elle s'il la gardait dans ses bras ? C'était si bon de la tenir tout contre lui. Oui, si bon qu'il devait s'efforcer d'empêcher les régions inférieures de son abdomen de réagir de manière indésirable.

Autour d'eux, tout le monde s'était mis à applaudir pour remercier l'animatrice. Les yeux dans les yeux, ils s'écartèrent l'un de l'autre et imitèrent les autres. Puis les musiciens se mirent à jouer une chanson lente. À côté d'eux, Jeremy attira Reva à lui. McKenzie baissa les yeux et se détourna pour partir, mais, sans réfléchir, Ryder lui attrapa la main.

— Eh là ! Pas si vite. Je viens de suivre un cours avec toi, ce n'est pas pour que tu files dès que j'ai l'occasion de te prouver que je n'ai pas deux pieds gauches.

— Tu en es sûr ?

Elle le dévisagea comme si elle avait envie de rester mais qu'elle n'osait pas de peur de lui imposer une danse qu'il lui proposerait par gentillesse. Auquel cas, ses craintes étaient mal fondées : il mourait d'envie de la tenir contre lui, et pour ce faire n'importe quel prétexte était bon.

— Absolument sûr.

Il l'attira contre lui et noua les mains au creux de son dos.

McKenzie lui arrivait juste sous le menton. Unis par le même rythme, leurs corps bougeaient en parfaite harmonie. Il avait déjà entendu cette chanson, mais il était sûr qu'il ne pourrait jamais plus l'entendre sans penser à McKenzie et à ce moment magique, sans se souvenir de son léger parfum fleuri qui lui chatouillait les narines.

Elle le rendait fou lorsqu'elle lui caressait la nuque de la sorte. Que serait-il arrivé si elle avait été célibataire lorsqu'ils s'étaient rencontrés ? S'il n'avait pas été obligé de noyer le feu qu'elle déclenchait en lui et avait au contraire laissé libre cours à ce brasier ?

— Merci, Ryder.

— Pour ne t'avoir pas marché sur les pieds ?

— Oui, et pour tout le reste. Pour avoir accepté de venir, pour avoir été parfait pendant le repas de répétition, pour avoir sauvé la vie de Daniel...

— On était deux sur le coup. Tu as joué un rôle largement aussi important que le mien.

— C'est gentil, mais je ne crois pas. Tu as été formidable.

La famille de Jeremy te prend pour un héros, la mienne aussi. Vraiment, c'est génial. Seulement…

— Seulement quoi ?

Elle redressa la tête et scruta son regard.

— Tout ceci n'est qu'une comédie.

Une comédie, se répéta McKenzie pour la dixième fois en cinq minutes. Ce qu'il se passait entre elle et Ryder n'était qu'une illusion. Lorsque Ryder lui souriait de la sorte, ça aurait été simple et tentant d'oublier qu'ils faisaient semblant, mais il n'était pas son petit ami. Elle venait de le rappeler autant à elle-même qu'à lui.

Malgré cela, Ryder continuait de sourire, preuve qu'il se fichait pas mal de ne pas être avec elle pour de vrai. Pour lui, cette tension sensuelle devait être la conséquence de la promiscuité entre deux corps jeunes et vigoureux, voilà tout. Cela dit, de quoi se plaignait-elle ? Jusqu'à présent, sa famille était dupe, n'était-ce pas l'essentiel ? Son plan marchait comme sur des roulettes, et elle, au lieu de s'en réjouir, la tête contre l'épaule de Ryder et les yeux fermés, elle résistait contre les larmes !

Oui, son plan était une réussite. Trop, même, puisqu'elle se laissait convaincre par l'illusion qu'elle avait contribué à créer. Elle adorait sa façon de la tenir contre lui, fermement mais pas trop fort non plus. Jamais elle n'avait vécu rien de tel. Elle ne se rappelait pas avoir appuyé la tête contre la poitrine de Paul, écouté les battements de son cœur en contrepoint à la pulsation d'une chanson d'amour. Ni avoir été aussi sensible aux notes épicées d'un parfum viril, ce qui la ramenait au moment où Ryder était revenu de la salle de bains fraîchement douché et rasé.

La chanson s'arrêta, et le groupe enchaîna sur une autre plus rapide.

Sans s'écarter l'un de l'autre, Ryder et elle gardèrent leur tempo. Elle ferma les yeux pour mieux savourer l'instant. Elle se sentait si bien en sa compagnie, tellement à sa place contre lui… Mais, pour parfaite qu'elle soit, cette alchimie n'était qu'une illusion. Le menton de Ryder lui effleura le sommet de la tête en une caresse légère qui la fit frissonner. Elle ouvrit les yeux et s'aperçut que Reva et Jeremy les observaient. Sa cousine dressa un pouce approbateur avec un grand sourire.

Dans quelques années, quand tout cela se serait tassé, elle dirait la vérité à Reva. Celle-ci comprendrait certainement. Qui voudrait se rendre à une réunion de famille seule, abandonnée et objet de pitié ? Peut-être aurait-elle la franchise de lui avouer qu'elle avait envié sa vie formidable et qu'elle s'était reproché sa jalousie. En attendant, c'était plus fort qu'elle. Chaque fois qu'elle hasardait un regard vers Reva et Jeremy et qu'elle les voyait aussi heureux l'un avec l'autre, elle sentait son cœur se serrer douloureusement.

Elle désirait connaître le bonheur d'être aimée. C'était ce à quoi elle aspirait : avoir quelqu'un avec qui rire, parler, partager les bons et les mauvais moments. Demandait-elle l'impossible ?

— À quoi penses-tu ?

Elle écarta la tête de l'épaule de Ryder et le regarda.

— À rien, pourquoi ?

— Tu es tendue, soudain. Tu es sûre que tout va bien ?

Décidément, aucun détail ne lui échappait.

— Oui. Je me disais juste que c'était agréable de passer du bon temps en famille, d'apprendre à te connaître, de danser avec toi.

— C'est vrai, mais ne confonds pas les apparences avec la réalité.

— Non, mais il est permis de rêver, non ?

Elle sentit qu'il se crispait. Ils avaient cessé de danser, même s'ils demeuraient proches l'un de l'autre, et pour un observateur extérieur ils devaient avoir l'air de discuter. De toute évidence, sa dernière remarque lui avait hérissé le poil. Elle aurait mieux fait de se taire.

Embarrassée, elle se contraignit à sourire.

— Bon, ça suffit les conversations sérieuses. Amusons-nous un peu.

Il était tout juste 11 heures lorsque Ryder et McKenzie regagnèrent la maison de Roberta. Celle-ci dormait déjà, de même que Jeff et sa famille. Toutes les lumières étaient éteintes à l'exception de celles du porche et de deux veilleuses. Mark n'était pas rentré avec eux. Il avait préféré poursuivre la fête, certain de trouver chez des amis un couchage plus confortable que le canapé de sa mère.

Ryder laissa McKenzie passer la première dans la salle de bains. Tandis qu'elle faisait sa toilette, il observa les posters de boys band sur les murs.

Il se l'imaginait bien avec Reva, chantant à tue-tête les derniers tubes du moment, la musique à fond. Sur la commode, une photo encadrée les représentait toutes les deux bras dessus bras dessous, McKenzie avec un ballon de volley et Reva en tenue de pom-pom girl.

Pourquoi McKenzie avait-elle décidé de vivre loin des siens ? La question se posait étant donné les liens très forts qui les unissaient. Par comparaison, sa famille à lui semblait tout à fait banale. Enfant unique de parents eux-mêmes enfants uniques, il n'avait jamais connu de grandes réunions familiales, jamais eu à partager sa chambre.

La porte de la salle de bains s'ouvrit, et McKenzie apparut sur le seuil vêtue d'un petit short de nuit qui disparaissait presque entièrement sous un grand T-shirt.

Il sentit son souffle se figer dans sa poitrine à la vue de ses jolies jambes et de son visage encadré de cheveux longs. Elle était belle, tout simplement. Et brillante. Et sexy.

Inconsciente de l'effet qu'elle produisait sur lui, elle se dirigea vers l'armoire pour y ranger sa robe.

— La place est libre.

Elle se tourna vers lui et se rendit compte qu'il observait la photo. Son regard fut alors traversé d'un éclat indéchiffrable qui lui parut bizarre.

Soudain, il comprit. Quel idiot de ne pas y avoir pensé plus tôt ! Pourquoi lui avait-il fallu autant de temps pour se rendre à l'évidence ? Paul avait été un petit ami de transition.

Il reposa la photo sur la commode.

— En général, je me pique d'être plutôt malin, mais là j'étais complètement à côté de la plaque.

— Ah bon ?

Le regard de McKenzie était celui d'un petit animal dans la lumière des phares.

— Oui. Au début, je me disais que tu étais partie à Seattle à cause d'un problème qui t'opposait à ta famille, mais à vous voir tous si proches les uns des autres je me suis rendu compte que je faisais fausse route.

— Comment ça ?

— Eh bien, tu t'es disputée avec ta cousine.

— Pas du tout, dit-elle d'un ton dédaigneux en s'affairant à ranger ses vêtements. Arrête de dire des bêtises.

— Tu crois ? Je savais que ce week-end te stressait, mais je le mettais sur le compte de ta situation sentimentale. À présent, je comprends. Que s'est-il passé entre toi et Reva ?

— Mais rien ! Rien n'est arrivé.

— Si, c'est forcé. Autrement, tu ne serais pas allée vivre à l'autre bout du pays.

Elle leva les yeux d'un air excédé.

— Tu me connais à peine, Ryder. Tu n'as pas passé vingt-quatre heures dans cette maison, alors épargne-moi ta psychologie de comptoir, veux-tu ?

— Il n'y a jamais rien eu entre Jeremy et toi ? Parce que j'ai l'impression qu'un homme s'est dressé entre toi et ta cousine.

McKenzie pouffa de rire.

— Moi, avec Jeremy ? Et puis quoi, encore ? On était à l'école ensemble, mais, comme les autres garçons, il n'avait d'yeux que pour Reva.

— Du coup, qu'est-ce qui vous a séparées toutes les deux ?

— Personne. Je suis sortie avec un homme quand j'étais à la fac, mais Reva ne s'est jamais intéressée à lui.

— Elle aurait voulu ?

— Non, pas à ma connaissance. Clay n'a pas rompu avec moi

à cause de Reva, Ryder. Il a trouvé une formation à Boston et moi une à Seattle. C'est tout.

— Vous êtes sortis ensemble pendant combien de temps ?

— Quelle importance...

Elle s'interrompit pour prendre une profonde inspiration :

— Sept ans.

Sept ans ! Dire que, pendant des semaines, il avait pensé que son principal rival était Paul. En fait, il s'agissait d'un homme dont il n'avait jamais entendu parler jusqu'à présent.

— Ce ne sont pas tes affaires, mais je suis sortie pendant sept ans avec un étudiant de médecine. On envisageait de s'installer ensemble à Seattle, ajouta-t-elle avec un haussement d'épaules. Sauf que, en définitive, il est parti à Boston. Il m'a prévenue au dernier moment. Ma famille s'est inquiétée de me voir partir si loin dans un endroit où je ne connaissais personne. Ils ne comprenaient pas que je voulais repartir de zéro et surtout échapper à leur pitié.

— Ils t'aiment. Ils voulaient t'aider après ta rupture. Ce n'est pas pareil.

— Qu'en sais-tu, Ryder ? Je doute sérieusement que qui que ce soit t'ait jamais pris en pitié. Tu sais quel est mon plus gros problème depuis que je suis rentrée ? Je suis jalouse comme ce n'est pas permis du bonheur de ma cousine. Enfin, entends-moi bien : je suis contente qu'elle épouse Jeremy. Seulement, qu'est-ce qui cloche chez moi pour que je n'arrive pas à garder un homme ?

Elle le fixait d'un regard brillant de colère blessée.

Il se tut, cherchant les mots justes en réponse à ses questions. Des questions qui faisaient écho à ses propres préoccupations.

Mais, en pleine lancée, McKenzie continua de lui jeter des mots à la figure.

— Félicitations. Tu as découvert que j'ai été larguée non seulement par Paul, mais par un autre homme à qui j'ai consacré sept ans de ma vie en pensant que j'allais l'épouser. Comme quoi, je suis facile à plaquer, ajouta-t-elle avec un soupir.

— Pas du tout, McKenzie. Tu te trompes.

— Oui, bon...

L'air soudain très fatigué, elle agita le bras vers la porte de la salle de bains.

— Va donc te changer avant de prendre le lit.

— Le tapis, tu veux dire ?

Elle le considéra, les yeux étrécis.

— Je dormirai *très bien* sur le tapis.

— Mais non, voyons, dit-il, regrettant sa blague idiote. C'est inutile, va.

McKenzie ne répondit pas. Le menton dressé, elle attendit qu'il parte dans la salle de bains.

Il était désolé de la tournure prise par cette conversation. Il aurait plus que jamais voulu la serrer dans ses bras, la consoler, lui ôter cette expression épuisée et malheureuse.

— Excuse-moi. Je suis désolé.

— Je n'ai ni besoin ni envie de ta pitié. Je vais très bien comme ça, merci.

Il prit son pantalon de pyjama et s'arrêta devant la porte de la salle de bains, cherchant les mots susceptibles d'apaiser la tension qui les opposait. Il ne voulait pas la mettre en colère, mais tout ce qu'il disait, tout ce qu'il faisait n'aboutissait qu'à ce résultat.

— Vraiment, je regrette d'avoir tiré des conclusions hâtives, McKenzie. Tu aurais dû me dire tout ça avant. Ça nous aurait évité des malentendus.

— Ben voyons ! Ça m'étonnerait qu'on t'ait plaqué, toi. Donc, comment pourrais-tu comprendre que je n'aie pas envie d'avouer que je n'arrive pas à garder un mec ?

Si, justement. Il la comprenait mieux qu'elle ne le pensait. Lui aussi avait été plaqué. Lui aussi avait eu le cœur brisé et avait été la cible de cette pitié qu'elle redoutait tant.

— Tes ex ne te méritaient pas.

Elle se détourna avec un haussement d'épaules.

— Dépêche-toi de faire ta toilette. La journée de demain va être longue.

Lorsqu'il revint de la salle de bains, il ne fut pas surpris de la trouver recroquevillée sur le tapis, faisant semblant d'être endormie.

Il s'approcha du lit, rabattit les couvertures comme s'il s'apprêtait à se coucher puis se pencha et la souleva dans ses bras.

— Eh, qu'est-ce que tu fais ? piailla-t-elle.

— Je te mets au lit.

— Pose-moi tout de suite. Tout de suite !

— À vos ordres.

Il l'installa sur le lit et ramena les couvertures sur elle tandis qu'elle le dévisageait bouche bée.

— Bonne nuit, McKenzie. Dors bien.

Elle lui répondit par un regard noir comme s'il représentait tout ce qui n'allait pas dans sa vie.

Lorsqu'il la voyait comme ça, les lèvres pincées, ses yeux verts brillants de colère, il n'avait qu'une envie : l'embrasser. L'embrasser à lui couper le souffle jusqu'à ce que le désir efface sa colère. L'embrasser pour lui faire oublier Paul, Clay et tous les hommes qui avaient compté pour elle. Jusqu'à ce qu'elle ne pense plus à aucun autre que lui. Mais il ne devait pas céder à cette envie, justement. Ni lui ni elle n'avaient besoin d'une relation de consolation vouée à un échec immanquable. Il fallait qu'il éteigne la lumière.

Il prit une profonde inspiration et tendit le bras vers l'interrupteur.

Allongé sur le tapis, il écouta la respiration de McKenzie.

D'abord sonore et saccadée, celle-ci se calma peu à peu. Pour autant, il savait qu'elle ne dormait pas. Comment réagirait-elle s'il lui prenait la main ? Est-ce qu'elle le rejetterait ?

— Moi aussi, j'ai été plaqué, dit-il soudain.

Son aveu tomba dans le silence.

— Je t'ai parlé d'elle dans l'avion. On s'est rencontrés à Pittsburgh. Je savais qu'elle sortait tout juste d'une relation difficile, mais je me suis retrouvé embringué avec elle dans une histoire passablement tumultueuse. J'étais fou d'elle. Lorsque je me suis rendu compte qu'elle s'éloignait de moi, j'étais prêt à tout pour la faire changer d'avis, ajouta-t-il non sans amertume. J'ai fini par apprendre qu'elle avait renoué avec son ex et même qu'ils avaient couché ensemble. Mais elle hésitait à rompre avec moi parce qu'elle redoutait les conséquences sur nos travaux de recherche.

Il s'interrompit pour prendre une profonde inspiration.

— Elle avait l'impression de se retrouver coincée avec moi et elle le supportait de moins en moins. Tant et si bien qu'elle a fini par craquer et qu'elle a lâché le morceau : elle sortait avec moi uniquement pour rendre son ex jaloux.

Il serra les poings si fort qu'il s'enfonça les ongles dans les paumes.

— Évidemment, j'étais furieux. Contre elle d'avoir manqué de franchise, mais aussi contre moi d'avoir été aussi stupide. Je me suis juré de ne plus jamais retomber dans le piège. De ne jamais laisser personne se servir de moi.

McKenzie n'avait pas bougé, mais il savait qu'elle avait entendu chacune de ses paroles.

Il détendit les doigts et relâcha lentement son souffle.

— Donc, quand tu prétends que je ne sais pas ce que ça fait d'être plaqué, désolé, mais tu te trompes. Je ne le sais que trop bien au contraire. Et je maintiens ce que je t'ai dit : tes ex sont des idiots qui ne te méritaient pas.

Le silence tomba à nouveau dans la chambre, et il se demanda si McKenzie allait lui répondre.

— Comme quoi, le monde est rempli d'imbéciles, finit-elle par commenter d'une voix douce.

— Tu es bien mieux sans eux, crois-moi.

Seigneur, n'avait-il rien d'autre que ces mots terriblement banals, même à ses propres oreilles ? Et pourtant c'était la vérité. Si ces types ne l'avaient pas chérie à sa juste valeur, oui, elle était mille fois mieux sans eux.

— Tu t'en rends compte, n'est-ce pas ?

— Et toi, est-ce que tu es mieux sans Anna ?

Elle avait retenu le prénom d'Anna ? Il ne se rappelait même plus l'avoir mentionné. Mais l'une des choses qu'il admirait chez McKenzie était son attention aux détails.

— Oui.

Et c'était vrai. Même s'il ne l'avait pas compris à l'époque, Anna n'était pas celle qu'il lui fallait.

McKenzie ne bougeait pas, sa respiration était régulière, mais il savait qu'elle ne dormait pas. Il attendit qu'elle réagisse, mais elle ne dit rien de plus.

Que devait-il en conclure ? Il n'avait rien fait de mal. McKenzie l'avait entraîné dans ce voyage, et il avait voulu se renseigner sur sa famille, voilà tout. Ses questions avaient été légitimes. De même, il ne regrettait pas de lui avoir raconté ses propres mésaventures sentimentales. Ainsi comprendrait-elle qu'il était plus vulnérable qu'il n'y paraissait. Il ne voulait pas qu'une femme se serve à nouveau de lui pour se consoler d'une relation malheureuse. Finalement, ça allait mieux en le disant.

10

McKenzie mit longtemps à s'endormir, mais, quand elle trouva enfin le sommeil, elle sombra comme une masse dans un néant sans rêves. Quand elle en émergea au matin, elle se redressa en sursaut.

Elle était seule dans la chambre. Par terre, au pied du lit, les couvertures étaient repliées proprement.

Elle fut soudain saisie d'un vertige de panique.

Ryder était déjà levé ? Depuis quand ? Où était-il ? Et s'il en avait eu assez de cette mascarade complètement dingue et était parti, vraiment parti ? Seigneur, non ! Tout mais pas ça. Elle voulait qu'il reste avec elle, pour tant de raisons ! D'abord, elle se sentait bien avec lui. Ensuite, il avait un succès fou auprès de sa famille. Ils étaient tous tombés dans le panneau de manière inespérée. Comment réagiraient-ils quand ils apprendraient la vérité ?

Elle n'avait pas non plus été franche envers Ryder. Elle ne lui avait pas tout raconté d'elle quand elle lui avait demandé de l'accompagner dans le Tennessee. Il avait accepté de lui rendre service sans connaître tous les tenants et les aboutissants de la situation. Il était en droit de lui poser des questions sur sa vie puisqu'elle l'avait plongé en plein dedans. D'ailleurs, ce n'était pas contre lui qu'elle s'était mise en colère, mais contre elle-même. Preuve que son passé lui restait encore en travers de la gorge. Au lieu d'en parler avec détachement, elle s'était apitoyée sur elle-même. Que pensait-il d'elle à présent ? Elle lui devait des excuses, et ce d'autant plus qu'elle l'avait plongé dans une situation de déjà-vu qui devait lui être hautement désagréable. Lui aussi avait été plaqué, et si cette Anna s'était servie de lui, elle-même faisait peu ou prou la même chose.

Elle s'habilla en vitesse afin de se mettre en quête de Ryder. Dans la cuisine, elle trouva sa mère, sa tante Myrtle, Julianna et quelques cousins, mais pas de Ryder.

Son cœur s'affola.

Ça y était, il était parti ! Elle allait prendre le premier vol pour Seattle pour le forcer à l'écouter…

Occupée à faire la vaisselle, sa mère se retourna en souriant.

— Bonjour.

— 'Jour…

L'esprit ailleurs, elle se dirigea droit vers la cafetière.

— Ton homme est dans le garage avec Mark et Jeff, dit Myrtle sans lever les yeux de ses mots croisés. Ils essayent de comprendre ce qui cloche avec ma voiture.

Submergée par le soulagement, McKenzie dut se retenir au plan de travail pour ne pas s'affaisser.

— Je me demandais où il pouvait être, dit-elle à personne en particulier.

— Myrtle se plaignait que son moteur faisait des bruits bizarres, alors ils sont descendus tous les trois pour y jeter un coup d'œil.

Ryder s'y connaissait en voitures ? Pourquoi pas, après tout. Il devait en savoir largement autant que Mark et Jeff. En tout cas, il n'était pas parti, c'était l'essentiel.

— Qu'est-ce qu'elle a, ta voiture, tata ? demanda-t-elle en ajoutant de la crème et du sucre à son café.

— Si je le savais, je n'aurais pas besoin d'eux.

Elle croisa le regard de Julianna, et toutes deux réprimèrent un sourire.

Le franc-parler de Myrtle était légendaire.

Elle s'adossa au plan de travail pour siroter son café et observa l'animation ambiante.

Mine de rien, les gens, les odeurs, le sentiment d'être ici chez elle, tout cela lui avait manqué.

— Je peux t'aider avec la vaisselle, maman ?

— Merci, ma chérie. J'ai presque fini.

Ryder, Mark et Jeff entrèrent sur ces entrefaites en parlant et en riant, les mains noires de cambouis.

McKenzie sentit sa gorge se serrer. Dieu merci, elle n'avait pas de café dans la bouche, autrement elle aurait fait une fausse route.

Oh ! Ryder, excuse-moi pour hier.

Elle aurait tellement voulu qu'il lui pardonne, qu'il sache qu'elle était désolée.

— Mark ! piailla Roberta alors que celui-ci s'approchait d'elle comme pour la serrer dans ses bras.

— Surtout, ne touchez à rien ! renchérit Julianna.

Myrtle fronça les sourcils par-dessus son journal.

— Vous avez l'air fin prêts pour vous rendre à un mariage, observa-t-elle d'un ton neutre.

— Je file me doucher, annonça Jeff depuis le couloir.

Mark se dirigea vers l'évier et se versa du liquide vaisselle dans le creux d'une main.

— Maman, je vais me débarbouiller ici avant d'emprunter ta salle de bains.

— Je t'interdis d'y mettre du bazar !

McKenzie gardait les mains serrées autour de sa tasse pour les empêcher de trembler. Ryder évitait de la regarder, comme s'il ne savait pas à quoi s'attendre avec elle. Lorsque leurs yeux se croisèrent, elle sentit son cœur palpiter et lui lança un sourire timide en guise d'offre de paix.

— Désolée, souffla-t-elle.

Il la gratifia d'un demi-sourire.

Oh ! Seigneur… Il n'était pas parti, il lui avait même rendu son sourire. Tout allait bien se passer. Au cours de la journée, elle trouverait bien un moment pour lui expliquer toutes ces choses auxquelles elle avait pensé la nuit dernière. Lui dire par exemple que chacun de ses sourires illuminait son univers et la réchauffait comme si elle offrait son visage au soleil. Qu'il faisait battre son cœur plus vite, que sa libido s'enflammait chaque fois qu'elle le voyait. Que rien de tout cela n'était artificiel.

Elle posa sa tasse et lui fit signe d'approcher.

— Viens, je vais t'aider à te nettoyer avant l'arrivée des filles.

Sans la quitter des yeux, il tendit les bras par-dessus l'évier.

Elle lui versa une giclée de liquide vaisselle sur les mains, ouvrit le robinet et vérifia la température du jet. Après s'être frotté et rincé les mains, il les lui présenta à nouveau pour un deuxième lavage. Cette fois-ci, au lieu de se contenter de le regarder, elle lui prit une main et entreprit d'ôter les taches brunes récalcitrantes avec un torchon. Ryder la dévisagea avec surprise mais la laissa faire sans rien dire.

Elle n'osait pas lever les yeux vers lui de peur que son regard ne trahisse ses sentiments.

Pourquoi son cœur s'affolait-il ? Elle lui nettoyait les mains, il n'y avait pas de quoi fouetter un chat.

Elle laissa tomber le chiffon dans l'évier, ouvrit à nouveau le robinet et s'attarda un instant pour savourer la tiédeur de l'eau sur leurs mains. Sans réfléchir, elle lui enlaça les doigts et les pressa doucement entre les siens. Lorsqu'elle referma le robinet à contrecœur, le rinçage avait duré bien plus longtemps que nécessaire. Elle se détourna pour saisir un torchon avec lequel elle lui tapota les mains.

— Merci.

— Je t'en prie.

Mue par une impulsion irrésistible, elle porta les mains de Ryder à ses lèvres.

Il ouvrit des yeux ronds, mais ne tarda pas à se ressaisir.

— Tu as bien dormi ?

— J'ai eu du mal à trouver le sommeil. J'avais trop de choses en tête.

Il hésita une brève seconde avant de sourire.

— Tu ne m'avais jamais dit que tu ronflais.

Elle fronça les sourcils, ravie malgré tout qu'il plaisante avec elle.

— Je ne ronfle pas !

— Si ! Et c'est adorable.

Il l'attira à lui en riant.

— Nous avons un public attentif, lui murmura-t-il à l'oreille.

Ah oui… Focalisée sur Ryder et sur le plaisir de l'avoir ici, dans la cuisine de sa mère, elle avait oublié ce détail.

Elle se contraignit à sourire.

— Tu joues la comédie à merveille. Continue comme ça.

McKenzie passa le reste de la matinée avec les autres demoiselles d'honneur à se faire maquiller, coiffer, poudrer, boucler, à tel point qu'elle en avait les yeux qui se croisaient. Mais le résultat était au rendez-vous : elles étaient toutes magnifiques avec leurs chignons et leurs robes d'un bleu suave. Toutefois, la véritable vedette, c'était Reva. Pour l'occasion, elle avait choisi une robe de dentelle à la taille ajustée soulignée par un joli ruban de couleur crème. Le décolleté mettait en valeur sa poitrine sans trop en révéler non plus. Bref, c'était une belle mariée qui n'aurait pas déparé une couverture de magazine.

Étonnamment, de toute la matinée, McKenzie n'avait pas éprouvé la moindre pointe de jalousie. Était-ce parce qu'elle pensait trop à Ryder ? Pourquoi n'avait-il pas pris au sérieux la tendresse avec laquelle elle avait tenu ses mains ? Une fois de plus, il avait cru tout bonnement qu'elle simulait. Bon sang, elle l'aurait étranglé ! Lorsqu'elle lui avait lavé les mains, elle avait réagi de manière sincère. Pourquoi ne s'en apercevait-il pas ?

— Merci d'être ici, lui dit Reva juste avant le début de la cérémonie.

McKenzie la serra dans ses bras en souriant.

— Il n'y a pas de quoi, ma chérie. Je n'aurais raté ton mariage pour rien au monde.

C'était la vérité. Elle était heureuse du mariage de sa cousine, heureuse de revoir sa famille et de faire le point sur sa vie. Heureuse surtout de passer ces quelques jours en compagnie de Ryder. Quoi qu'il arrive par la suite, elle se félicitait d'avoir eu l'occasion de le connaître, de l'embrasser. Et si ses baisers n'avaient pas été sincères, qu'est-ce que ce devait être lorsqu'il y mettait tout son cœur !

— Arrête, tu vas me faire pleurer, dit Reva.

Elles en restèrent là, car c'était au tour de McKenzie de faire son entrée.

La tête haute, avec un grand sourire pour le photographe, elle pénétra dans la chapelle et remonta l'allée en cherchant Ryder du regard. Lorsqu'elle le repéra dans l'assistance, un autre sourire jaillit sur ses lèvres, que Ryder lui rendit.

Sincère ou pas, sa réaction lui fit chaud au cœur. Il s'acquittait de son rôle à la perfection. Depuis le début, tout le monde n'y voyait que du feu. Dommage qu'il n'ait jamais été question d'autre chose pour lui…

À cette pensée, elle sentit son cœur se figer.

Et si, contrairement à elle, Ryder n'avait jamais éprouvé de vrais sentiments, de vrais désirs ?

Elle n'eut pas le loisir de s'attarder sur ces considérations. Déjà, la musique avait changé, et tous les invités s'étaient tournés vers l'entrée de la chapelle. Enfin, Reva fit son apparition et remonta l'allée jusqu'à l'autel où l'attendait son promis. La cérémonie se déroula sans incident, et les mariés échangèrent un baiser au milieu d'un tonnerre d'applaudissements. Puis McKenzie donna le bras à un garçon d'honneur avec qui elle sortit de la chapelle. Dehors, tout le monde prit la pose pour des photos de groupe, puis le photographe entraîna les mariés à part.

Libérée de ses obligations, McKenzie se mit en quête de Ryder dans le hall de réception.

— Tu cherches quelqu'un ?

— Oh !

Elle virevolta si vite sur elle-même qu'elle faillit perdre l'équilibre. Ryder lui saisit le coude pour l'empêcher de tomber.

— Désolé, je ne voulais pas te surprendre.

— Tu m'attendais ?

— Plus ou moins, oui.

Saisie de trac, elle respira profondément. Il fallait qu'elle lui parle, tout de suite, et seul à seul.

— Je… Je ne veux pas rester ici, Ryder. J'ai besoin d'air frais.

— Mais tu arrives tout juste de dehors.

— Viens, s'il te plaît, dit-elle en lui attrapant la main.

Avisant les mariés avec le photographe, elle prit la direction opposée et marcha jusqu'à un petit kiosque abritant un banc et entièrement recouvert d'un rosier grimpant aux fleurs d'un rouge profond.

— C'est magnifique, dit-elle.

— Oui, dit Ryder.

Elle se tourna vers lui et vit que c'était elle qu'il contemplait. Elle, et pas cet endroit de carte postale.

— Je suis désolée, Ryder. J'aurais voulu te parler ce matin, mais je me suis réveillée trop tard, et tu étais déjà levé. Ensuite, nous n'étions jamais seuls, et… Bref, j'aurais dû te parler de Clay. Seulement…

— Seulement ? insista-t-il comme elle hésitait.

— Eh bien, tu es un homme formidable. Aucune femme nantie d'un gramme de jugeote n'irait t'avouer qu'elle s'est fait plaquer par tous les hommes avec qui elle est sortie parce qu'elle ne valait pas le coup.

— Sérieusement, c'est ce que tu crois ?

— Je ne sais pas, dit-elle en haussant les épaules.

— Le problème est sans doute là. As-tu jamais envisagé que tes relations aient pu achopper pour d'autres raisons ?

Elle se mordilla la lèvre et regarda autour d'eux.

— Il est joli, ce coin, non ?

— C'est comme ça que tu règles tes problèmes ? En les éludant ?

— Bon, qu'est-ce que tu préfères ? Que j'évoque en détail ma rupture avec Clay ou celle avec Paul ?

Pourquoi s'énervait-elle contre Ryder ? Toute la journée, elle avait attendu le moment de lui faire savoir à quel point elle regrettait leur dispute de la veille, et voilà qu'elle s'emportait à nouveau.

Elle prit une profonde inspiration.

— Je ne veux parler de personne d'autre que toi, Ryder. Et de nous, de ce qu'il se passe entre nous.

— Ne va pas te faire des idées, McKenzie, répliqua-t-il en fronçant les sourcils. Il n'y a rien entre nous deux. Ta rupture est récente, alors tu ressens les choses avec plus d'intensité, voilà tout.

Elle ouvrit la bouche pour le contredire, mais il la fit taire en la prenant dans ses bras.

Elle entendit alors quelqu'un s'approcher.

— Tout va bien, ici ?

Bon sang, Reva ! Elle aurait dû se douter que le photographe choisirait cet endroit.

Plutôt que de répondre à sa cousine par des mots, car les mots lui manquaient à cet instant, elle prit dans ses mains le visage de Ryder et se haussa sur la pointe des pieds pour l'embrasser. Puisqu'elle ne pouvait pas s'exprimer par des paroles, au moins pouvait-elle le faire avec des gestes.

Ryder aurait dû repousser McKenzie. Il aurait dû se préoccuper du fait qu'il permettait une fois de plus à une femme de l'utiliser. Et, d'ailleurs, il s'en souciait vraiment. Mais il lui avait donné son accord pour qu'elle se serve de lui à toutes fins utiles. Donc, il lui rendit son baiser comme si elle l'avait embrassé avec sincérité, et non parce qu'ils avaient un public.

Le photographe toussota pour signaler sa présence.

Lentement, McKenzie s'écarta, les yeux vagues et les lèvres gonflées, puis elle se tourna vers sa cousine.

— Désolée, nous avions besoin de quelques minutes rien qu'à nous. Vous savez ce que c'est. Bon, ajouta-t-elle en prenant la main de Ryder, sur ce, on vous laisse la place.

11

— Ce baiser, dis donc ! J'ai bien cru que de la vapeur allait s'échapper de tes oreilles.

McKenzie afficha un sourire contraint. Reva n'avait pas voulu la mettre mal à l'aise en disant cela, mais le résultat était là. Le pire, c'était qu'elle ne pouvait pas se défiler. Assise avec les autres demoiselles d'honneur devant le hall de réception, elle était obligée de faire bonne figure malgré le rouge qui lui montait aux joues.

— Je dois convenir que Ryder embrasse très bien.

— Tu as couché avec lui, dis ? demanda Callie.

McKenzie fit celle qui n'avait rien entendu.

— Mais qu'attends-tu ? Vous dormez dans la même pièce. Ne me dis quand même pas que tu l'obliges à dormir par terre. Ce mec est chaud comme la braise, ajouta Callie en s'éventant le visage avec la main.

Justement. McKenzie n'avait jamais été du genre à papillonner et elle n'avait pas connu d'autre homme que Paul et Clay. Elle n'allait pas coucher avec Ryder simplement parce qu'ils partageaient la même chambre.

— Je ne pense pas que Ryder Andrews soit du genre à se laisser imposer quoi que ce soit.

Tout en parlant, elle jeta un coup d'œil dans sa direction, mais heureusement, en pleine conversation avec Mark, il ne faisait pas attention à elles.

— Il a l'air d'être quelqu'un de formidable, Kenz, renchérit

Reva. J'espère qu'on ne va pas attendre trop longtemps avant de célébrer ton grand jour.

McKenzie faillit s'étrangler.

— Commençons déjà par terminer le tien avant de planifier le mien, veux-tu ?

Les yeux de Reva se mirent à pétiller.

— Je le savais !

Par bonheur, la réception ne tarda pas à se terminer. Libérée de ses obligations, McKenzie put enfin se mêler aux autres invités comme elle l'entendait, mais la coordinatrice de mariage tapa soudain des mains.

— Votre attention, s'il vous plaît. Je demande à toutes les célibataires de bien vouloir approcher pour le jeté de bouquet.

De mauvaise grâce, McKenzie se joignit aux autres. Reva lui adressa un clin d'œil avant de se tourner pour lancer son bouquet des deux mains derrière elle. Plutôt que de se joindre à la mêlée, McKenzie recula et laissa Callie remporter le trophée. Lorsqu'elle retrouva Mark et Ryder, les deux hommes secouaient la tête d'un air désapprobateur.

— C'est dommage. Tu n'avais qu'à tendre le bras pour l'attraper.

— Je n'en voulais pas.

— OK, messieurs, à vous de jouer, annonça la coordinatrice. Veuillez vous approcher, s'il vous plaît.

— Franchement, Ryder, tu n'es pas obligé, dit McKenzie, embarrassée.

— Bien sûr que si.

Il se leva et se pencha vers elle pour un bref baiser de rigueur.

— Souhaite-moi bonne chance.

Consciente d'être sous le regard de multiples témoins, à commencer par son frère, elle lui sourit.

— Allez, vas-y.

Lorsque Ryder attrapa la jarretière, il se tourna vers McKenzie en la brandissant tel un précieux trophée sous les sifflets et les applaudissements. Souriant jusqu'aux oreilles, il fit rouler ses sourcils d'un air suggestif qui la fit rougir encore davantage.

— Regarde ce que je t'apporte, dit-il en faisant tournoyer la jarretière autour de son index.

— Tu es gentil, mais au cas où tu ne l'aurais pas remarqué, je n'en veux pas, pas plus que du bouquet.

Avec un grand sourire, il se pencha à son oreille.

— Bien sûr que si. Tout le monde va parler de cette jarretière au lieu du bouquet que tu n'as pas rattrapé alors qu'il est pratiquement tombé à tes pieds. Tu me remercieras plus tard.

C'était pour cela qu'il avait ramassé cette jarretière ? Pour lui sauver la face une nouvelle fois ? Elle n'avait jamais rencontré personne comme lui. Il ne cessait de la tirer d'embarras alors qu'il n'avait aucune raison de le faire. Du fond du cœur, elle aurait voulu le serrer dans ses bras.

— Maintenant, félicite ton homme.

Elle haussa les sourcils, avant de se rappeler qu'ils étaient le couple le plus surveillé à part évidemment les mariés.

— Félicitations, Ryder.

Avec un sourire béat, elle s'approcha de son oreille et murmura :

— Tu comptes la porter pour moi plus tard dans la soirée ?

Si MacKenzie avait voulu lui clouer le bec, c'était réussi. Ryder avait une dizaine de réponses dans la tête, mais il n'arrivait à en formuler aucune. Son cerveau s'était figé sur le fait qu'elle venait de flirter avec lui. Pour de vrai. Son instinct de préservation lui ordonnait de ne pas baisser la garde. C'était vraiment trop risqué.

Par bonheur, la valse des mariés fut annoncée, après quoi Reva dansa avec son père et Jeremy avec sa mère. Puis les convives furent invités à rallier la piste.

Fidèle à sa promesse de servir d'homme de compagnie à McKenzie, et sûr et certain qu'il n'avait pas d'autre motivation, Ryder se leva et lui tendit la main.

— Qu'en dis-tu ? Tu es prête à te faire écraser les pieds deux soirs de suite ?

Après une brève hésitation, elle posa sa main dans la sienne.

— Pourquoi pas ? Si on danse de la country, je veillerai simplement à ne pas t'avoir comme voisin de ligne.

McKenzie se disait qu'elle avait sans doute bu trop de champagne. Ou alors, Ryder était si bon acteur qu'elle finissait par se convaincre qu'il était vraiment amoureux d'elle. Peut-être encore était-ce la façon dont il la tenait contre lui lors des slows ou dont leurs regards s'accrochaient lors des danses plus rapides. Ou alors, cette attirance était tout simplement une réaction normale, inévitable en présence d'un homme beau et intelligent. Après tout, qu'en savait-elle ? Elle s'était plantée dans les grandes largeurs avec ses précédentes relations. Pourquoi ferait-elle mieux avec celle-ci qui n'était qu'un simulacre ?

Son corps réagissait à Ryder, à ses regards, ses caresses, ses rires. Chaque danse était comme un nouveau préliminaire qui aiguisait en elle une tension sensuelle et émoussait les raisons de ne pas coucher avec lui. Elle n'avait pas fait l'amour depuis quelque temps et elle ne se rappelait pas en avoir eu autant envie. S'il ne tenait qu'à elle, elle aurait reconduit sur-le-champ Ryder à la maison pour faire ce que tout le monde estimait qu'ils auraient déjà dû faire.

— À quoi penses-tu ?

Devait-elle lui avouer qu'elle s'imaginait en train de lui enlever ses vêtements ? Qu'elle voulait voir s'il était aussi bon au lit qu'elle le pensait ? Si elle le faisait, l'accuserait-il encore de ne pas savoir où elle en était ? Lui dirait-il qu'elle n'avait pas digéré sa rupture et qu'elle n'était pas capable d'analyser ses émotions avec discernement ?

Elle leva les yeux vers lui.

— À rien. Je me disais que le mariage de Reva se déroule à merveille.

Ryder haussa les sourcils comme s'il n'était pas dupe.

— Tu regrettes d'être venue ?

— Non, pas du tout.

Du moins, jusqu'à présent. En dirait-elle autant si elle ne cédait pas à son attirance pour Ryder ? Passerait-elle le reste de sa vie à regretter ce qu'il aurait pu arriver ?

Beaucoup plus tard, au moment de se coucher, McKenzie tournait encore ces questions dans sa tête lorsqu'elle sortit de la salle de bains et vit Ryder allongé par terre comme les autres soirs. Elle hésita un instant sur le seuil, ne sachant ce qu'elle regretterait le plus : se coucher et s'endormir seule, ou l'inviter à la rejoindre quitte à ne pas fermer l'œil ? Il l'avait entendue entrer et devait se demander pourquoi elle demeurait plantée là, car il ouvrit les yeux, ses beaux yeux couleur de miel qui brillaient à la lueur de la lampe de chevet.

Elle sentit sa gorge se serrer.

Elle voulait faire l'amour avec lui. C'était dingue, d'accord. Ils ne formaient pas vraiment un couple, et de retour à Seattle la réalité reprendrait ses droits. Elle était prête à parier que Ryder se remettrait à l'éviter. Mais demain était un autre jour. Pour l'heure, Ryder était là, dans sa chambre, et il la regardait de ses yeux magnifiques. Même si cet éclat de désir était dû à la promiscuité, quelle importance, au fond ? Elle avait envie de lui.

Il ne disait rien, ne bougeait pas, il se contentait de la regarder s'approcher. Quoi qu'elle fasse, il la laisserait faire. Si elle se couchait, il n'aurait pas le moindre commentaire ou geste déplacé. Il la laisserait passer la nuit avec ses regrets.

Non, impossible ! Ce soir, une brûlure sensuelle se répandait en elle comme de la lave. Elle le désirait à mourir.

Plutôt que de l'inviter à la rejoindre au lit – il dirait sûrement non –, elle se pencha sur lui pour joindre ses lèvres aux siennes puis l'enfourcha.

Ryder saisit impulsivement les hanches de McKenzie.

Entre eux, la tension sexuelle s'était accumulée tout au long de la soirée, du week-end, et même davantage s'il y songeait, mais il ne s'était pas attendu à ce qu'elle y donne suite ce soir. Il avait pensé que, du moment qu'il ne disait rien, elle se contenterait de se coucher et de s'endormir. Demain, ils repartiraient à Seattle, après quoi il veillerait à ne pas trop croiser son chemin, le temps de parvenir à maîtriser son attirance pour elle.

Car son désir échappait à sa volonté. Ou alors, il était en train de rêver, et ces longs cheveux qui le caressaient, ce baiser avide, n'existaient pas ailleurs que dans sa tête.

Quelle importance, au fond ?

Il enfouit les doigts dans l'épaisseur de sa chevelure soyeuse et l'attira à lui pour l'embrasser plus profondément. Elle ondoyait contre lui avec une insistance endiablée, et il se retenait de lever les hanches à sa rencontre. Il aurait voulu se débarrasser de ses vêtements et de la couverture, être nu contre elle, plonger en elle. En d'autres circonstances, il l'aurait coincée sous lui et aurait pris le contrôle des événements, mais un reste de bon sens lui interdisait de profiter de la situation. Au contraire, il devrait l'arrêter, lui rappeler son état émotionnel vulnérable.

— McKenzie ! On ne devrait pas. Avec le mariage, tu as les nerfs à vif. Demain, tu le regretterais.

— Non. Le mariage n'a rien à voir là-dedans. J'en ai envie. J'ai envie de toi.

— McKenzie…

À quoi bon lutter ? C'était comme si cet instant était l'aboutissement inéluctable de ce week-end, voire de tout ce qu'il s'était passé entre eux depuis leur rencontre. Quoi qu'il en soit, il était de toute façon bien incapable de l'arrêter. Au contraire, il utilisa ce qu'il lui restait de volonté pour s'empêcher d'agir à la place de McKenzie.

C'était à elle de dicter chaque étape, peu importe lesquelles. Ce qu'il arriverait serait uniquement de son initiative à elle, rien qu'à elle.

Incapable de résister davantage, il lui effleura le dos et prit ses fesses en coupe.

— Touche-moi, murmura-t-elle. S'il te plaît, Ryder, touche-moi.

Il ne demandait que cela.

Tremblant d'impatience, il lui passa son T-shirt par-dessus

la tête, révélant une poitrine ronde parfaitement galbée. Il se haussa pour prendre entre ses lèvres un mamelon rose, qu'il aspira doucement. Gémissante, McKenzie resserra les cuisses et posa les mains de part et d'autre de la tête de Ryder pour lui faciliter l'accès aux trésors qu'il avait découverts. Il caressa, titilla ses seins jusqu'à ce que, n'y tenant plus, elle s'arque sur lui, en appui sur ses genoux, et empoigne son T-shirt. Il redressa le torse afin qu'elle le déshabille plus facilement, puis McKenzie s'écarta pour ôter son short de nuit tandis qu'il jouait à nouveau avec ses seins. Mais, lorsqu'il posa la main sur la ceinture de son pantalon de pyjama, elle la couvrit de la sienne.

Oh non…

— Je n'ai pas de protection, dit-elle avec déception.

Il sourit, soulagé.

— Moi, si. Dans mon portefeuille.

Un mélange d'émotions traversa le visage de McKenzie.

— Ah… Oui, bien sûr.

Le bras déjà tendu vers la chaise où il avait posé ses affaires, il interrompit son geste.

— Pourquoi ? Tu aurais préféré que je réponde par la négative ? On n'est pas obligés de le faire si tu n'en as pas envie.

— Si, j'en ai envie. Beaucoup, même. Seulement…

Elle ferma les yeux.

— C'est normal que tu aies pensé à ça. Je suis contente que tu aies une protection… Mais enfin, ça me rappelle que tu as beaucoup plus d'expérience que moi en la matière.

Il ne put réprimer un soupir d'autodérision.

— Tu serais surprise de savoir à quand remonte la dernière fois que j'ai été intime avec une femme.

Prise d'une pudeur soudaine, McKenzie hocha la tête faute de mots.

Elle se sentait bête d'avoir de tels scrupules. Quelle importance qu'il ait fait l'amour récemment ou non ? Ce soir, il était question d'eux, seulement d'eux. Elle avait envie de lui et il avait envie d'elle, du moins pour l'instant. C'était bien suffisant, non ?

Forte de cette pensée, elle tira sur son pantalon de pyjama.

Le souffle coupé, elle contempla ses larges épaules, ses pectoraux bien dessinés, son ventre plat et ferme marqué d'un sillon de poils sombres.

— Tu es sûr d'être un chirurgien cardiaque et pas un athlète professionnel ?

Ryder haussa les sourcils.

— Quand on est au fait des bénéfices d'un peu d'exercice et d'une nourriture saine, on est bien placé pour prendre soin de son corps, non ?

— Peut-être, mais tu es le seul collègue qui me donne envie de faire ça, dit-elle en faisant courir l'index le long de son torse, de son abdomen, jusqu'à la ligne sombre qui partait du nombril.

Ryder eut une inspiration saccadée et les muscles de son ventre se contractèrent, pour le plus grand plaisir de McKenzie. Mais, lorsqu'elle tendit les doigts vers la partie de son corps qu'elle convoitait le plus, il lui saisit la main pour arrêter son geste.

— Pas encore. Si tu me touches à cet endroit, je ne vais pas pouvoir me retenir.

À ces mots, elle se sentit parcourue d'un délicieux frisson.

— Et alors ? Ce n'est pas le but ?

Il secoua la tête.

— Mon but est de commencer par t'embrasser et caresser chaque recoin de ton corps.

Ces paroles allumèrent un feu d'artifice dans le creux de son ventre.

— Oh...

Il lui sourit, mi-ironique, mi-sérieux, les yeux brillant comme jamais.

Aucun homme ne l'avait encore regardée de la sorte, avec une telle expression de virilité possessive. Elle était sienne, et il s'apprêtait à revendiquer son trophée : elle.

Allongée sur le dos aux côtés de Ryder, McKenzie haletait, le souffle court. Tout doucement, elle émergeait d'une volupté comme elle n'en avait jamais connu. Ça avait été un éblouissement, jamais elle n'avait rien vécu de tel. Et pourtant ils s'étaient retenus pour éviter de réveiller toute la maisonnée. À plusieurs reprises, elle aurait voulu crier de plaisir. Et elle l'aurait sûrement fait lors de son dernier orgasme si Ryder n'avait étouffé son gémissement d'un baiser avant de basculer avec elle dans l'extase.

Quelle ironie, ce faux petit ami dépassait de cent coudées les hommes avec qui elle était sortie pour de vrai ! Cet homme était incroyable. Purement et simplement incroyable. Beau, intelligent, adorable, et en plus merveilleux au lit : il savait exactement comment la faire réagir au quart de tour. Elle avait l'impression que son corps avait un mode d'emploi que Ryder maîtrisait sur le bout des doigts.

— C'était bien mieux que je ne l'aurais cru, murmura-t-il.

Elle sentit son sourire béat se dissiper. Encore haletante, elle tourna la tête vers lui, le cœur battant à tout rompre.

— Pourquoi ? Tu t'attendais à être déçu ?

— Pas du tout, dit-il avec un petit rire. Au contraire, j'étais sûr que tu serais merveilleuse, et tu l'as été. Encore plus que je ne le pensais.

— Tu te rattrapes bien.

— Non, c'est la vérité. Il n'y avait rien de médiocre dans ce qu'on a partagé.

Elle lui sourit avec émotion.

— Merci.

Non, décidément, elle n'avait jamais rencontré un tel homme. Personne avant lui ne lui avait donné l'impression d'être une amante accomplie, sexy. Même si elle n'était pas encore redescendue sur terre des hauteurs où il l'avait emmenée, elle posa une main sur la poitrine de Ryder et sentit son cœur, qui battait sur un rythme aussi désordonné que le sien. Elle se pencha pour l'embrasser.

— McKenzie, je ne pense pas qu'il faille…

— Chut ! murmura-t-elle. Je sais que c'est trop tôt, mais je veux juste te toucher. En prenant mon temps, cette fois-ci.

Elle voulait engranger le plus de souvenirs possible avant que le soleil ne se lève et qu'il ne soit l'heure de repartir.

Le lendemain, McKenzie se réveilla seule. Comme les jours précédents, Ryder avait été plus matinal qu'elle.

Elle avait eu une panne d'oreiller, ce qui était normal après cette nuit agitée, mais c'était largement l'heure de se lever. Dommage. Elle aurait bien aimé sommeiller contre Ryder, blottie entre ses bras.

Elle avait adoré faire l'amour avec lui. Tellement même que ça l'effrayait. À peine un mois plus tôt, elle était en couple avec un autre homme dont elle envisageait de partager la vie. Elle avait demandé à Ryder de l'accompagner au mariage de Reva justement parce qu'elle ne voulait pas se remettre avec quelqu'un d'autre. Elle n'aurait jamais rêvé d'entamer quoi que ce soit avec lui, et encore moins de faire les choses qu'ils avaient faites cette nuit !

Toutefois, inutile de s'emballer. Ryder était quelqu'un de formidable, un amant merveilleux, mais de là à croire qu'il veuille davantage que ce week-end avec elle… Et elle, d'ailleurs ? Elle n'avait pas besoin d'un homme dans sa vie. Elle s'était dit que, de retour à Seattle, elle prendrait du temps pour profiter de sa vie, de son métier.

Oui, mais ça, c'était avant qu'elle ne couche avec Ryder. Maintenant, où en était-elle ?

Hum, il lui fallait un café, et vite ! Et d'abord une douche.

Lavée et maquillée, elle se rendit dans la cuisine où se trouvaient déjà sa mère, Mark, Jeff et sa famille. Et Ryder.

Aussitôt, elle ne vit que lui.

Comme les autres, il lui dit bonjour à son entrée, mais il daigna à peine la gratifier d'un regard.

Pourquoi ? Regrettait-il déjà cette nuit ? À moins qu'il ne sache pas quelle suite donner aux événements ?

Oui, c'était sans doute ça. Il était aussi désorienté qu'elle et ne savait pas quelle conduite adopter. C'était réciproque, d'ailleurs. Elle venait de vivre une nuit de sexe époustouflante, la meilleure de sa vie, mais avec un homme qui avait accepté de sortir avec elle uniquement pour lui rendre service. Comment se comporter avec lui, à présent ? D'autant plus que sa famille guettait leurs moindres gestes et paroles.

— Tu t'es couchée tard la nuit dernière.

Elle pouvait faire confiance à son frère pour relever ce genre de détails.

— Je suis encore réglée sur l'heure de Seattle.

— Je n'arrive pas à me faire à l'idée que tu t'en ailles déjà, dit Roberta avec un soupir. Je n'ai pas envie que tu partes.

— Moi non plus. Mais j'adore vivre à Seattle. Vous devriez me rendre visite.

— Avec plaisir, dit Mark.

Son frère fut le seul à relever l'invitation, ce qui ne l'étonna pas. Roberta n'avait pas été capable de monter dans un avion depuis la mort de son mari, et il était peu probable qu'elle y arrive jamais.

McKenzie serra sa mère contre elle et l'embrassa.

— Je reviendrai bientôt, promis. Sans doute à Noël, si j'arrive à m'arranger avec mes collègues pour obtenir quelques jours.

— Ce serait formidable, dit Roberta en lui tapotant le bras.

Puis elle se tourna vers Ryder qui n'avait rien perdu de la scène.

— Vous êtes invité, bien entendu.

— Merci, dit-il avec un demi-sourire. J'ai apprécié cette première visite.

« *Première* visite » ? Fallait-il en conclure qu'il y en aurait d'autres ? Était-ce juste une parole en l'air, ou avait-il vraiment envie de revenir ?

Oh là là, elle avait mal à la tête. Tout ça, c'était sa faute. Elle ne pouvait s'en prendre qu'à elle-même de s'être fourrée dans cette situation. Et pourtant elle ne regrettait rien. Venir seule, ça aurait été bien pire.

Elle se versa une tasse et s'attabla en faisant comme si elle n'accordait pas plus d'importance que ça à la présence de Ryder à ses côtés.

Elle n'avait jamais éprouvé pareille gêne avec Clay ou avec Paul, ou du moins elle ne s'en souvenait pas. Cela dit, elle n'avait jamais vécu avec eux une nuit comme la précédente. Elle hasarda un coup d'œil vers Ryder dans l'espoir qu'il lève les yeux et lui accorde un sourire, n'importe quoi, en signe que tout allait bien entre eux et qu'ils pourraient rester amis. Mais en vain.

La matinée avait passé rapidement, ponctuée de visites de proches et d'amis venant dire au revoir. En route vers l'aéroport, McKenzie était en plein désordre émotionnel entre la perspective de devoir à nouveau monter en avion et son incertitude au sujet de ce que Ryder éprouvait pour elle.

Les mains crispées sur le volant, elle lui jeta un coup d'œil.

— Merci d'être venu, Ryder.

— Il n'y a pas de quoi.

— Ma famille t'a adoré. Grâce à toi, ce week-end a été formidable. Je te suis vraiment redevable.

— Oui, je suis content que tout se soit bien passé.

La conversation aurait sans doute dépassé le stade des banalités polies si le téléphone de Ryder n'avait pas sonné.

Elle devina que c'était un appel de l'hôpital. Lorsque Ryder eut raccroché, il passa un autre coup de fil pour prendre des nouvelles d'un patient.

Le faisait-il pour éviter de lui adresser la parole ? Redoutait-il qu'elle se fasse des idées, qu'elle attende trop de lui ? Ne savait-il pas qu'elle avait presque autant peur d'entamer une autre relation que de monter dans un avion ?

Un soupir lui échappa.

Il avait amplement rempli sa part du contrat, que demander de plus ? Qu'il sorte avec elle quelque temps et la laisse tomber comme les autres ? Non, mieux valait en rester à cette nuit merveilleuse. Mais reprendre sa vie comme si rien ne s'était passé entre eux, ça ne lui disait rien non plus. Elle aurait voulu… Elle ne savait pas trop quoi, mais sûrement pas que Ryder recommence à la snober.

Arrivés à l'aéroport avec une heure à tuer, ils trouvèrent des places à proximité de leur terminal, mais la présence d'autres personnes près d'eux leur interdisait la moindre conversation un peu sérieuse. Ryder s'éloigna un instant, revint avec un livre et se mit à lire.

D'accord, il n'avait pas envie de lui parler. Sans doute pensait-il qu'ils n'avaient plus rien à faire ensemble ?

Elle n'aurait demandé qu'à penser à des choses positives, mais ses pensées positives tournaient toutes autour de Ryder.

Le vol s'annonçait joyeux...

Le cœur serré, elle fouilla dans son sac et avala un anxiolytique. Dormirait-elle sur son épaule cette fois-ci ?

Eh bien, si c'était le cas, elle s'épargnerait cinq heures de silence gênant.

Une fois installés dans l'avion, il se tourna vers elle avec un air de sollicitude inquiète.

— Ça ira ?

Elle hocha la tête, émue qu'il la regarde pour de bon.

— Oui, je crois.

Mais elle changea d'avis lorsque l'avion commença à se mettre en place sur la piste. Les symptômes familiers revinrent à la charge : palpitations, difficultés respiratoires, tremblements et sueurs froides, la totale.

Allons, tout allait bien. C'était ridicule, à la fin !

Malgré cela, elle avait de plus en plus de mal à tenir immobile sur son siège.

— Ça va aller, dit Ryder en lui saisissant la main. Prends une grande inspiration et relâche-la lentement. Vas-y...

C'était la première fois qu'il la touchait depuis la nuit dernière, et la brûlure de sa peau sur la sienne faillit la faire gémir. Son pauvre système nerveux en surcharge s'affolait à son contact. Bêtement, elle contempla leurs doigts enlacés, s'efforçant de former les mots pour lui demander à quoi ce week-end allait les mener. Cette conversation lui permettrait de se distraire du décollage imminent. Cela dit, les réponses de Ryder risquaient de la plonger dans un désarroi d'un autre ordre. Elle avait le cœur gros à la perspective de ne plus le voir, de ne plus passer du temps avec lui…

— Tu as une famille formidable, McKenzie. Je les aime beaucoup.

Elle s'efforça de sourire, touchée qu'il prenne la peine de lui faire la conversation pour la distraire.

— Eux aussi, ils t'aiment bien. Ma mère serait ravie de t'avoir comme gendre.

Ryder lui jeta un bref regard sombre.

Bon sang, qu'avait-elle dit ? Il fallait qu'elle se taise, ou elle lui lâcherait des folies du même genre. Par exemple qu'elle n'avait jamais connu une telle intimité physique et qu'ils avaient placé la barre si haut qu'elle désespérait déjà de l'atteindre à nouveau. Ou alors qu'elle ne demanderait qu'à vivre avec lui si elle n'était pas sûre de la manière dont cela se terminerait.

Le pilote annonça le décollage, et elle enfonça les doigts dans son siège.

Elle serait vraiment étonnée que Ryder l'embrasse cette fois. Il devait avoir hâte de rentrer à Seattle, loin d'elle et de toute cette mascarade. Seulement, cette nuit avec lui n'avait rien eu d'une mascarade. C'était même tout le contraire…

Allons, pas d'enfantillage. La nuit dernière, ça avait été du sexe. Du sexe incroyable, certes, mais sans plus.

Tandis que l'avion accélérait sur la piste, elle sentit son ventre se serrer et agrippa son siège à s'en blanchir les phalanges. Elle dut faire pitié à Ryder, car il lui prit la main et la pressa dans la sienne. Elle se concentra sur leurs deux mains serrées, et comme par magie, son angoisse s'apaisa assez pour qu'elle s'affaisse sur son siège, ferme les yeux et fasse défiler dans sa tête les événements des derniers jours.

Quoi qu'il arrive, elle était heureuse d'avoir assisté au mariage de Reva, d'avoir rendu visite à sa famille et d'avoir fait ce voyage avec Ryder. Son seul regret était d'avoir attendu la dernière nuit pour coucher avec lui.

À cette pensée, elle serra la mâchoire, puis inspira et expira profondément tandis que l'avion prenait son envol.

Cette fois, Ryder ne l'avait pas embrassée. Comme quoi, elle serait sotte de penser qu'il y avait quoi que ce soit entre eux. Au fond, mieux valait ne pas se bercer de faux espoirs. « Jamais deux sans trois », disait la sagesse populaire.

12

Ryder enfila à son épaule la bride du sac de McKenzie en plus du sien.

— C'est bon ?

Elle dégagea la poignée de la valise qu'il venait de récupérer du carrousel, hochant la tête.

— Oui, merci. Donne-moi ça, je peux le porter. Tu n'es pas obligé de t'en charger.

— Pas de souci, je le tiens.

Lui servir de bagagiste avait un avantage : il pouvait la raccompagner à sa voiture, à défaut de la ramener chez lui pour lui faire l'amour à n'en plus finir. Ce qui aurait été la dernière chose à faire. Au fond, qu'importe qu'elle ait couché avec lui dans l'excitation générale du mariage ou tout simplement parce qu'il avait été au bon endroit au bon moment : à peine un mois plus tôt, elle avait eu l'intention de faire sa vie avec un autre homme. Faire office de petit ami le temps d'un week-end, passe encore, mais entamer une relation de transition pour lui faire oublier son ex, alors là, jamais de la vie ! Il avait retenu la leçon avec Anna.

D'ailleurs, la veille, il avait flirté dangereusement avec la ligne jaune. Désormais, comment pourrait-il la regarder sans la voir accroupie au-dessus de lui dans une danse sensuelle qui faisait chavirer son univers ? Il avait toujours désiré McKenzie. La différence, à présent, c'était qu'il allait le faire en connaissance de cause. Il lui en coûtait d'en rester là, mais il le fallait. Tous deux avaient passé un excellent week-end, bien meilleur même que ce à quoi il s'était attendu, mais les meilleures choses ont une fin.

Il l'aida à charger ses bagages dans le coffre, puis il lui fit face.

Elle demeura plantée devant lui, jouant avec son trousseau de clés d'un air indécis.

— Encore merci d'être venu. Merci pour tout, en fait.

— Je t'en prie.

— Je, euh... Bon, je vais y aller.

Elle se haussa sur la pointe des pieds et lui planta une bise rapide au coin des lèvres.

— Je ne sais pas pourquoi tu as accepté de venir, mais tu m'as vraiment sauvé la mise. Merci.

— Je t'en prie, répéta-t-il.

Elle le considéra avec une légère nervosité.

— Donc, ça nous mène où, tout ça ?

Il fouilla ses yeux verts. Quelle réponse désirait-elle, au juste ?

— Mieux vaut ne pas tenter le coup. Ça ne marcherait pas entre nous.

Les statistiques le prouvaient : la plupart des relations de transition ne durent pas six mois.

McKenzie eut un sourire désabusé, comme si elle avait su ce qu'il allait dire et qu'elle était au fond d'accord.

— Mais cette fausse relation n'était pas mal du tout, j'avoue. Plutôt fantastique, même.

En effet. Tellement fantastique qu'il lui semblait au-dessus de ses forces de ne plus jamais la tenir dans ses bras.

— Donc...

Elle s'interrompit pour respirer un bon coup.

— C'est maintenant qu'on se quitte pour reprendre notre vie telle qu'elle était ?

— Oui.

— Franchement, tu crois que c'est possible après... Enfin, tu sais, dit-elle en tripotant ses clés de plus belle.

— Non, sans doute que non.

Elle parut soulagée par cette réponse.

— Moi non plus. Mais j'espère qu'on restera amis. En tout cas, je te suis reconnaissante du fond du cœur…

Elle se tut comme si elle hésitait à ajouter quelque chose.

Quoi ? Merci encore ? Il ne voulait pas de sa gratitude. Non, il voulait… Il voulait quoi, au juste ? Au fond, il n'en savait rien. Il devait s'estimer heureux d'avoir eu ce week-end pour mieux connaître McKenzie, approcher au plus près cette femme qui avait capturé son imaginaire. Ce serait toujours mieux que rien.

— Au revoir, McKenzie.

Elle le dévisagea d'un air choqué puis hocha la tête et marmonna des paroles d'adieu. Alors qu'il se penchait pour déposer un baiser sur le coin de sa bouche, elle lui tendit la main avec brusquerie.

Il considéra fixement cette main tendue vers lui.

Cette fois-ci, fini les faux-semblants : ils étaient de retour dans la dure réalité. Mais, entre eux, il n'avait été question de rien d'autre, non ? C'était ce qu'elle désirait, et il avait été assez fou pour accepter.

Il lui serra donc la main en se demandant si ce n'était pas la dernière fois qu'ils se touchaient.

Elle s'écarta tout de suite, scruta ses yeux un bref instant puis s'engouffra dans sa voiture.

Plutôt que de rejoindre la sienne, il la regarda s'éloigner.

Comment pouvait-elle lui manquer déjà alors que ce qu'ils avaient vécu ensemble ne reposait sur rien de réel ?

McKenzie ne pouvait l'ignorer, Ryder s'était remis à l'éviter. Depuis leur retour, trois semaines plus tôt, il ne lui avait pour ainsi dire pas adressé la parole.

Elle n'aurait pas dû s'en soucier le moins du monde. Au contraire, elle devrait lui être reconnaissante de déployer autant d'efforts pour s'assurer que leurs chemins ne se croisent pas. De la sorte, il leur épargnait les regrets et les rencontres gênantes. Malgré tout, elle ne pouvait s'empêcher d'éprouver un pincement au cœur à le voir s'éloigner ainsi. Non, la situation actuelle n'était ni simple ni satisfaisante.

Tout à l'heure, par exemple, alors qu'on venait de la biper au sujet d'un nouveau-né en soins intensifs, elle était tombée sur lui. Comme d'habitude, il n'en avait pas fallu plus pour que son cœur bondisse. Elle lui avait souri, mais il s'était contenté de la saluer d'un léger hochement de tête avant de s'en aller sans un mot.

Mine de rien, son comportement la faisait souffrir. Comment pouvait-il l'ignorer à ce point alors qu'ils avaient fait l'amour et qu'ils avaient terminé la nuit enlacés dans son lit ? Qu'ils avaient échangé des regards et des baisers tout au long du week-end, que… Ah, zut, mieux valait s'arrêter là. Ryder lui avait rendu service, point final. Il ne lui avait jamais rien promis, jamais laissé entendre qu'il désirait quoi que ce soit d'autre…

Le bip de son portable interrompit ses pensées, et lorsqu'elle consulta le message, son cœur se serra pour une tout autre raison.

Qu'elle le veuille ou non, Ryder et elle allaient être contraints de se retrouver. La petite Sawyer Little était hospitalisée d'urgence pour détresse respiratoire.

McKenzie alla à la rencontre des ambulanciers qui transportaient le bébé aux urgences. Ryder la rejoignit en chemin, et sa présence à côté d'elle augmenta l'intensité de l'instant. La prise en charge commença aussitôt.

— Seigneur, pas d'arrêt cardiaque, chuchota McKenzie en réalisant l'échographie du cœur de Sawyer.

Par bonheur, les sites chirurgicaux avaient bonne allure. L'aorte reconstruite recevait un flux normal par l'artère pulmonaire proximale. En revanche, les veines pulmonaires étaient soumises à une pression exagérée : défaut parfois observé en pareil cas, mais ce ne devait pas être la cause de cette détresse respiratoire. Beaucoup plus préoccupant était l'œdème pulmonaire. Était-il signe que la pompe cardiaque fonctionnait mal et que du liquide s'était accumulé dans les poumons du bébé ? Quoi qu'il en soit, il fallait placer cette petite en réanimation le plus vite possible.

Elle ordonna plusieurs tests et prises de sang en vue d'une mise en culture afin de cibler au plus vite la nature du problème, soit infectieuse dans le cas d'une pneumonie, soit fonctionnelle si la pompe cardiaque était inefficace. Dans un cas comme dans l'autre, la vie de Sawyer était en jeu.

— Je vais aspirer le fluide, dit Ryder.

La ponction effectuée, l'examen continua, tant et si bien que tout le corps du pauvre bébé paraissait relié à des fils et des tubes.

— Je ne vois toujours pas de caillot, mais son rythme cardiaque est saccadé.

— OK, je vais lui prescrire un inotrope, répondit-elle.

Dans le même temps, Ryder demanda des médicaments supplémentaires.

— Ryder !

Le rythme cardiaque de Sawyer venait de chuter brutalement.

Soucieuse d'agir vite, McKenzie prépara la perfusion de médicaments et l'intubation. Pendant deux bonnes heures, ils travaillèrent quasiment non-stop pour que le petit cœur ne lâche pas. Son état enfin stabilisé, Sawyer fut placée en soins intensifs néonatals.

— Je peux rester avec elle, proposa Ryder.

Elle le regarda comme pour dire : « Ça ne va pas la tête ? »

— Je ne pars pas, si c'est ce à quoi tu veux en venir.

— Ne sois pas ridicule. Tu es fatiguée, et moi, je serai là de toute façon.

— Non, je reste, répliqua-t-elle, obstinée.

Les yeux étrécis, Ryder la considéra un instant avant de se résigner à l'idée qu'elle ne changerait pas d'avis.

— Comme tu voudras. Mais ça m'embête que tu te mettes sur le dos des responsabilités inutiles.

— Sawyer est ma patiente, point final. Ce qui t'embête, c'est surtout de devoir travailler avec moi.

Ryder pinça les lèvres mais ne chercha pas à la contredire. Pourquoi l'aurait-il fait, d'ailleurs, puisque c'était la vérité ?

Ryder ne comprenait pas l'entêtement de McKenzie. Qu'essayait-elle de prouver ? Sa garde était terminée, elle aurait dû rentrer chez elle. Au lieu de cela, elle n'avait pas quitté le chevet du bébé, résolue à être disponible jusqu'à l'arrivée des résultats.

Il les abandonna toutes les deux pour s'occuper de ses autres patients. À son retour, sans surprise, McKenzie était encore là, assoupie dans un fauteuil, mais prête à réagir à la moindre alarme sonore signalant une anomalie dans les constantes vitales du bébé. Elle n'ouvrit pas les yeux à son entrée, mais le rythme de sa respiration changea, preuve qu'elle ne dormait pas vraiment et qu'elle faisait exprès de l'ignorer. Eh bien, tant pis. Manifestement, elle aussi était d'accord pour qu'ils s'évitent, sinon pourquoi aurait-elle fait semblant d'être endormie ?

Il vérifia les constantes de Sawyer et passa en revue la douzaine de moniteurs qui surveillaient l'état du bébé. Alors qu'il se détournait pour s'en aller, le téléphone de McKenzie sonna. Devinant qu'elle avait le laboratoire au bout du fil, il s'attarda pour connaître les résultats des tests.

Elle raccrocha et leva vers lui ses beaux yeux verts.

— La numération leucocytaire de Sawyer s'élève à 27 000.

Il fit la grimace.

Normalement, ce taux n'aurait pas dû dépasser 10 000.

— C'est une pneumonie, donc.

McKenzie hocha la tête.

— Le laboratoire va faire tester l'échantillon que tu as prélevé, mais nous n'aurons pas les résultats avant quelques jours. Je vais aussi demander un dépistage de l'ARN viral de l'échantillon. Ensuite, je m'entretiendrai avec les parents de Sawyer.

Elle jeta un coup d'œil au bébé branché à une multitude presque irréelle de fils et de tubes.

— Les pauvres, ils doivent être terrifiés, murmura-t-elle si bas qu'il faillit ne pas l'entendre.

Il n'était pas surpris de cette réaction. McKenzie était quelqu'un de bien, soucieuse de son métier, de ses patients. Sans réfléchir, il lui prit la main et le regretta aussitôt.

C'était étonnant comme sa peau si fraîche pouvait incendier son être tout entier.

Elle le regarda, interloquée, et retira sa main.

— Ryder, je... Je dois parler aux parents de Sawyer.

Sur ces mots, elle le quitta, pour revenir avec les Little.

Toute la sympathie de Ryder allait vers le jeune couple. Ils avaient vu pire lors de la première opération de Sawyer, mais ils devaient quand même être impressionnés de la voir ainsi connectée à tant d'appareils.

— Viens, dit-il à McKenzie. Laissons-les un instant avec leur fille.

Ce disant, il la prit par le coude pour la faire sortir. Plusieurs infirmières étaient présentes à l'accueil des soins intensifs, mais il n'en avait cure. À tort, sans doute. En tout cas, c'était assez révélateur qu'il ne puisse pas marcher à côté de McKenzie sans lui toucher le bras.

Devant l'ascenseur, elle se dégagea.

— Où allons-nous ?

— À la cafétéria. Depuis quand n'as-tu pas mangé ?

Elle lui répondit par un regard vide.

— C'est ce que je pensais. Allez, viens te mettre quelque chose sous la dent, ou tu vas finir par dormir debout.

Il crut d'abord qu'elle allait lui dire de se mêler de ses affaires, mais elle soupira.

— Je ne dirais pas non à une tasse de café, en effet.

Malgré la tension qui les opposait, il ne put s'empêcher de sourire.

— Eh bien, quoi ?

— Rien... Toi et ton café.

Elle haussa les épaules et le suivit en silence jusqu'à la cafétéria, où ils firent la queue pour quelques petites choses à grignoter autour d'une table.

— Comment va ta famille ?

— Bien. Ils m'ont demandé de tes nouvelles.

Il la dévisagea, stupéfait. Ce qui l'étonnait, ce n'était pas tant le fait qu'ils aient posé la question, mais qu'elle l'en informe.

— J'ai dit la vérité à Mark. Au début, il était furieux, mais il a fini par comprendre. Il a même trouvé l'idée géniale.

— Ton frère est un brave type.

— La plupart du temps, oui. Il a dit la même chose de toi.

— Quoi ? Que je suis un brave type ?

Elle hocha la tête en ôtant l'opercule de son yaourt.

— Il a dit que tu devais être quelqu'un de bien pour avoir accepté de faire semblant d'être mon petit ami.

— Bah, ce n'était pas si terrible que ça.

— Mais pas si bien que ça non plus ?

Parlait-elle de sexe ? Parce que ce qu'il avait vécu avec elle avait été mieux que bien : inoubliable.

Il soutint le regard de McKenzie, qui baissa les yeux.

— Désolée. Je n'aurais pas dû te poser la question.

— Pourquoi ?

Elle prit une profonde inspiration avant de se lancer.

— Parce que, malgré tout ce qui est arrivé entre nous, tu m'évites à nouveau.

Il accusa le coup. Il ne supportait pas de lui faire de la peine, mais continuer à la fréquenter, c'était la porte ouverte à de gros ennuis.

— C'est compliqué, dit-il en désespoir de cause.

— Si on n'avait pas couché ensemble, tu penserais autrement ?

Il regarda fixement son propre yaourt.

Certes, il la désirait toujours autant, mais ce qui lui manquait le plus, c'était son intelligence, son rire communicatif, ses beaux yeux verts qui révélaient si facilement ses pensées. Dire qu'il avait cru suffisante la leçon avec Anna… Quel idiot d'avoir imaginé pouvoir sortir avec elle sans craindre les répercussions.

— Non, McKenzie. Mon avis serait le même.

Et ce n'était que la triste vérité.

13

McKenzie passa la nuit à l'hôpital. Au petit matin, quand elle se décida enfin à rentrer chez elle, l'état de Sawyer demeurait stable, mais sans signe d'amélioration. Celle-ci avait été placée sous sédation légère de manière à réduire ses besoins en oxygène et faciliter ainsi la ventilation artificielle, mais pour cette raison elle n'avait pas repris connaissance. D'ailleurs, l'aurait-elle fait même sans sédation ?

Alors que McKenzie se rendait au parking, son téléphone sonna.

L'espace d'un instant, elle fut saisie de l'espoir fou que c'était Ryder. Mais non, pourquoi l'aurait-il appelée ? Dans sa voiture, elle sortit son portable, s'attendant à un message de l'hôpital ou de Reva.

Quelle ne fut pas sa surprise en lisant sur l'écran le nom de Paul.

— Tu m'as manqué.

Prise de court par l'aveu de Paul, McKenzie ouvrit de grands yeux et but une gorgée de vin faute de savoir quoi répondre.

Une chose était sûre, elle ne pouvait pas dire qu'il lui avait manqué. Ryder, en revanche…

Stop ! Elle ne devait pas s'aventurer dans cette direction.

Devant son silence, Paul eut un rire nerveux.

— J'espérais t'avoir manqué au moins un peu ?

Sauvée par l'arrivée du serveur, elle se jeta sur son repas

comme une affamée. Tout en enfournant une fourchette garnie de patate douce, elle observa son ex.

Paul était un bel homme, et quelqu'un de bien, là n'était pas la question. Seulement, son cœur ne faisait pas de soubresauts lorsqu'elle le voyait. Pas comme avec...

Voilà qu'elle recommençait.

— J'ai commis une erreur, McKenzie. Je ne sais pas à quoi je pensais lorsque j'ai rompu. J'espérais sans doute qu'une courte séparation nous permettrait de nous préparer à la prochaine phase de notre relation.

Elle le dévisagea, intriguée.

— Quelle phase ?

— Eh bien, le mariage, les enfants...

— Nous avions déjà débattu de tout ça.

— Oui, mais toujours comme d'une éventualité abstraite, pour un avenir plus ou moins lointain. Pendant des mois, j'ai essayé de te faire cerner la question, mais à chaque fois tu te dérobais.

Pendant des mois, vraiment ? Elle n'avait pas le souvenir de telles discussions. Tout au plus se rappelait-elle de vagues plans sur la comète. Comme elle n'envisageait pas de diminuer sa charge de travail, cette indécision lui convenait.

— Rien ne pressait.

— Pourquoi ? Tu n'étais pas plus impatiente que ça qu'on se marie ?

Elle ouvrit la bouche pour le contredire mais la referma sans rien dire.

Son histoire avec Paul avait commencé lorsque sa mère l'avait inscrite à cette soirée de *speed dating*. Avec le recul, ne s'était-elle pas réfugiée dans cette relation pour avoir la paix ?

— Tu ne t'es jamais vraiment impliquée dans notre couple, dit-il encore. Je me suis souvent demandé si c'était à cause de moi ou de ton ex. Maintenant, je me dis qu'il a dû se retrouver devant le même mur que moi. Tu refuses de te laisser aimer.

Elle leva les yeux au ciel.

N'importe quoi, vraiment... Elle les avait aimés, au contraire. Et Clay, et Paul. Et Ryder. C'étaient eux qui l'avaient quittée.

Pétrifiée par une pensée soudaine, elle fixa Paul.

Ce qu'elle avait éprouvé pour Clay et pour l'homme attablé en face d'elle, c'était de la tendresse, de l'affection. Pas de l'amour. Elle avait été aussi inaccessible émotionnellement pour ses ex que l'homme dont elle était amoureuse l'était pour elle.

— Je suis désolée, Paul, dit-elle en repliant sa serviette. Tu es quelqu'un de bien, mais si tu comptais que nous nous remettions ensemble ce soir, je suis obligée de te décevoir.

Il n'était plus question pour elle de se contenter d'une relation ronronnante avec Paul ou avec quiconque. Elle méritait mieux et elle était décidée à s'en donner les moyens.

McKenzie ne se lassait pas du marché de Pike Place. C'était un plaisir de flâner entre les étals par ce temps magnifique. Sans se presser, elle se rendit à son café préféré, puis elle s'arrêta chez un fleuriste pour s'acheter un énorme bouquet. Un petit vent vif lui fouettait le visage et charriait un air marin qu'elle respirait à pleins poumons. Avant de rentrer, elle décida de faire un crochet par la jetée.

Elle adorait cette ville. Peut-être retournerait-elle un jour à Nashville puisque les siens vivaient tous là-bas, mais Seattle resterait toujours sa ville de cœur, celle où elle avait choisi de faire sa vie. Au bout de la jetée, elle s'arrêta et scruta la houle à la recherche de phoques. Appuyée contre la rambarde, elle discerna au loin un bateau de pêcheur, écouta les mouettes et la rumeur de la ville et du port.

Elle appréciait d'avoir un jour de repos, même si ses chances de rencontrer Ryder étaient quasiment nulles en dehors du travail.

Elle ferma les yeux et aspira une grande goulée d'air iodé.

Il fallait qu'elle lui parle, qu'elle lui dise ce qu'elle avait sur le cœur. Ryder valait bien le risque d'une rebuffade et, s'il acceptait de sortir avec elle, il valait le risque de finir plaquée, le cœur brisé. Il méritait qu'elle se confronte à ses peurs et à ses incertitudes.

Était-il à l'hôpital aujourd'hui ? Ou chez lui ? Ailleurs ? Il habitait tout près, mais cette discussion était trop importante pour qu'elle tente sa chance au hasard.

Le regard perdu sur les flots, elle serra son bouquet contre elle et, le cœur tambourinant dans sa poitrine, elle sortit son portable de sa poche et composa son numéro.

Lorsqu'il répondit, elle sentit sa poitrine se gonfler de joie.

— Tu connais la bonne nouvelle ? annonça-t-il d'entrée de jeu.

Non… Enfin, si : la bonne nouvelle, c'était qu'il avait décroché. À présent qu'elle entendait sa voix dans l'appareil, elle souriait comme une idiote.

— La numération leucocytaire de Sawyer est tombée à 9 000. Je lui ai retiré son respirateur, et elle tient le coup.

— C'est génial ! Tu es à l'hôpital ?

— Non, je viens de rentrer chez moi pour me doucher et manger quelque chose. Mais j'y retourne peut-être ce soir.

Il était chez lui…

Elle se mit aussitôt en route dans cette direction.

— C'est formidable pour Sawyer. Ses parents doivent se sentir revivre !

— En effet. Si tout va bien, elle pourra sortir de l'hôpital dans quelques jours.

— Je passerai la voir demain et j'en profiterai pour dire bonjour à ses parents, si je les vois.

— Oui, ça leur fera plaisir. Et sinon toi, ça va ? demanda-t-il après un bref silence.

— Oui. Je reviens d'une balade au marché de Pike Place. Il fait un temps magnifique, et c'est un plaisir de marcher par ce beau soleil. Donc, oui, tout va très bien.

Désarçonné par l'appel inopiné de McKenzie, Ryder posa son portable sur le placard de la salle de bains.

Le téléphone avait sonné alors qu'il sortait de la douche, et lorsqu'il l'avait entendue au bout du fil, il s'était senti pousser des ailes. Mais sa réaction était sans doute à mettre sur le compte de la bonne nouvelle qu'il lui avait annoncée.

Une petite course à pied lui éclaircirait les idées, et Dieu savait qu'il en avait besoin. Cette brève discussion avait exacerbé le fait qu'elle lui manquait.

Dans sa chambre, il enfila un pantalon de survêtement. Il passa un T-shirt et, sans même prendre le temps de se sécher les cheveux, enfila des chaussettes et une paire de baskets. Alors qu'il nouait ses lacets, la sonnerie de l'Interphone retentit.

— C'est moi, McKenzie.

Elle était en bas de l'immeuble !

Il sentit sa main trembler.

— Non, ce n'est pas une bonne idée.

— Ryder, je ne pars pas sans avoir discuté avec toi. Laisse-moi entrer.

Malgré lui, il s'entendit dire :

— C'est bon... Le code est sept, sept, six, sept.

Il regretta aussitôt de lui avoir donné accès. Ils n'avaient pas besoin de se trouver seuls entre quatre murs. Cette conversation pouvait tout aussi bien se dérouler dehors.

Lorsqu'elle frappa, il lui ouvrit avec l'intention de lui proposer une promenade, mais devant son sourire éblouissant il oublia tout, même de respirer.

— Ça va ? dit-elle en entrant. C'est joli, chez toi.

Il referma la porte et se tourna vers elle en clignant des yeux tandis qu'elle regardait autour d'elle.

— Qu'est-ce que tu fais ici ?

— Je te l'ai dit : je suis venue te parler.

— On vient de se parler au téléphone.

Il remarqua alors ce qu'elle tenait à la main et plissa le front.

— Jolies fleurs. Elles sont pour moi ?

McKenzie baissa les yeux vers le bouquet multicolore et éclata de rire.

— Pourquoi pas ? Elles conviennent aux circonstances. Tiens.

Elle lui tendit les fleurs, mais il ne les saisit pas.

— Quelles circonstances ? Je ne te comprends pas.

— Tu ne me facilites pas la tâche, dis donc.

Elle prit une profonde inspiration.

— Mon cher Ryder, je suis folle de toi, tu me manques, et je suis là pour te poser une question importante : veux-tu être mon petit ami ce week-end, mais pour de vrai cette fois ?

Seigneur ! Elle était devenue carrément folle !

McKenzie n'avait pas du tout tablé sur ce scénario. Elle avait cru que son discours était clair et net dans sa tête, mais, lorsqu'elle avait vu Ryder, elle n'avait pensé qu'à lui jeter les bras autour du cou et lui dire combien il lui avait manqué.

— McKenzie, tu sais ce que je ressens.

— Justement, non, l'interrompit-elle en agitant les fleurs devant lui. Je sais seulement que ton ex t'a fait souffrir et que, du coup, tu n'as pas envie de hasarder quoi que ce soit avec moi.

Il tendit la main pour lui prendre le bouquet.

— Donne-moi ça. Tu me mets mal à l'aise.

— Bien.

— Quoi ? Me mettre mal à l'aise, c'est bien ?

Devant la mine perplexe de Ryder, elle eut du mal à garder son sérieux.

— Tout à fait.

— Désolé, mais j'ai du mal à te suivre.

Elle le regarda en souriant.

Oui, elle le mettait mal à l'aise, et de la façon la plus merveilleuse qui soit.

— Tu ne vois donc pas ? Si tu étais à l'aise avec moi, tu ne serais pas déchiré au sujet de tes sentiments pour moi, tu ne ressentirais pas le besoin de m'éviter sans cesse.

— Mais non ! Tu dis n'importe quoi. Je n'ai pas envie de sortir avec toi, un point, c'est tout.

— Ah bon ? Tu n'éprouves rien pour moi ? Et ce qu'il s'est passé pendant le mariage de ma cousine, alors ?

— Il ne s'est rien passé, justement. Je faisais semblant.

— Semblant de quoi ? Rien de ce qui est arrivé durant ce week-end n'était factice, hormis dans notre tête. D'ailleurs, tout le monde a vu la vérité à part nous.

— Quelle vérité ?

— Eh bien, que nous sommes faits l'un pour l'autre.

Ryder ferma les yeux en soupirant.

— Tu es venue pour me tourmenter, c'est ça ?

Ses paroles jetèrent le doute dans l'esprit de McKenzie, mais elle se rappela qu'il utilisait son précédent avec Anna pour la tenir à distance.

— Oui, peut-être bien. Hier soir, Paul m'a invitée au restaurant. Il voulait qu'on se remette ensemble.

L'expression de Ryder s'assombrit.

— Alors, que viens-tu faire ici avec ces fleurs ?

Elle fit un pas vers lui.

— Je ne veux pas retourner avec Paul.

Ryder accueillit cette déclaration par un long silence.

Comment lui expliquer ce qu'il avait dans la tête, dans le cœur ? La dernière fois qu'il avait ouvert son cœur à une femme, mal lui en avait pris. Amoureuse d'un autre, elle s'était servie de lui pour se rapprocher de son ex.

Devant son hésitation, McKenzie fronça les sourcils.

— Crois-tu que c'est facile pour moi ? Tu n'es pas le seul à abriter ton cœur derrière des remparts, Ryder. Tu n'imagines pas à quel point j'ai le trac de te raconter ça. Avec toi, je joue gros : si je te perds, j'aurai du mal à m'en remettre. Mais je suis prête à prendre le risque.

Le cœur battant à tout rompre, il la dévisagea.

— Je suis fou de toi depuis le début, lâcha-t-il. Sais-tu ce que ça fait d'être raide dingue de quelqu'un d'inaccessible ? C'est ce que j'éprouvais, jusqu'au jour où tu m'as proposé d'être ton petit ami. Enfin, ton petit ami pour de faux.

McKenzie pâlit d'un seul coup.

— Je ne savais pas. Tu m'évitais sans cesse, je croyais que j'avais fait quelque chose qui t'avait contrarié.

— Tu étais avec un autre.

— Tu ne m'as jamais laissé entendre que tu ressentais quoi que ce soit pour moi.

— Je t'ai parlé d'Anna. J'avais peur de retomber dans la même erreur avec toi. Ça n'a pas été facile, mais je suis arrivé à garder mes distances, à brider mes sentiments. Je ne voulais pas tomber amoureux de toi.

— Et pourtant, c'est ce qu'il s'est passé, dit-elle en souriant.

— Oui. Avec le recul, c'était évident.

— Non, ça n'avait rien d'évident. Pas pour moi, en tout cas. Je n'en ai pas cru mes oreilles quand tu m'as annoncé que tu m'accompagnerais à Nashville.

— Je n'allais pas te laisser partir avec un escort qui aurait pu profiter de ta vulnérabilité.

— Eh bien, tu me vois en ce moment dans un état vulnérable. Mon petit ami pour de faux m'a pris mon cœur pour de vrai. Je le lui donne, s'il le veut, il n'a qu'à dire oui.

Le souffle court, McKenzie attendit la réaction de Ryder.

À son regard, elle avait l'impression qu'il l'aimait, mais comment en être sûre s'il ne le lui disait pas de vive voix ?

— Je t'aime, McKenzie.

— Dis-le-moi encore, insista-t-elle en nouant les bras autour de son cou. Encore et encore et encore.

— J'en ai bien l'intention. Je suis fou de toi.

Ryder prit ses lèvres pour un long baiser fougueux et possessif qui la laissa pantelante. Jamais personne ne l'avait aimée comme Ryder, elle en était sûre à présent. Elle ferait tout pour le garder, mais elle savait sans l'ombre d'un doute qu'il ne la laisserait pas tomber.

— Je te le dirai chaque jour pour le restant de nos vies, ma chérie. Et même, je vais faire mieux ! Je vais te le montrer séance tenante.

Et il se mit aussitôt en devoir de le faire.

SUSAN CARLISLE

Troublante mission en montagne

Traduction française de
ANNE DAUTUN

BLANCHE

HARLEQUIN

Titre original :
REUNITED WITH HER DAREDEVIL DOC

Ce roman a déjà été publié en 2021.

1

Convoquée par son boss, Dana Warren poussa la porte vitrée de l'US Forest Service avec excitation. Après des années de travail, son heure sonnait enfin ! Un feu s'était déclaré dans la forêt nationale de Deschutes, au sud-ouest de Bend, dans l'Oregon. Étant donné qu'il fallait éteindre les départs d'incendie avant qu'ils puissent venir en grossir un plus vaste, Dana et son équipe étaient sur les rangs pour le prochain parachutage.

Elle s'était entraînée en vue d'un tel moment, et elle était prête, dopée par une poussée d'adrénaline à l'idée de sauter en parachute. C'était ce qu'elle adorait, sa raison de vivre. Il n'y avait guère de femmes au sein des pompiers parachutistes. Mais elle avait tenu la dragée haute aux hommes et conquis leur respect, ce qui l'avait rendue fière de sa promotion.

Elle gagna le bureau du gestionnaire de feux.

— Qu'est-ce qu'on a sur les bras, Gus ? lança-t-elle.

— Pour le moment, rien pour toi. Mais ça va bientôt venir.

Elle hocha la tête. Gus ne se trompait pas souvent. Son job consistait à déterminer ce qui alimentait un incendie, la vitesse du vent, et à convoquer les pompiers parachutistes nécessaires pour le combattre.

Avant qu'ils puissent poursuivre, Leo Thomas, le directeur du Redmond Air Center des pompiers parachutistes à Redmond, fit son apparition.

— Ah, Dana, tu es là ! Parfait. Viens dans mon bureau.

Déposant son sac à dos sur une chaise proche du seuil, Dana suivit Leo dans la pièce.

— Tu sais, mon équipe est prête, et dès que tu...

Elle s'interrompit net, incapable de terminer sa phrase.

Travis.

Le visiteur se leva de sa chaise adossée au mur.

— Dana. Je... Euh... Je ne m'attendais pas à te voir.

Il lui ôtait les mots de la bouche ! Pour une surprise, c'en était une ! Elle pensa tourner les talons, mais elle l'avait déjà fait une fois, et elle tenait à prouver qu'elle avait mûri. Pourtant, les mots restaient coincés dans sa gorge. La dernière fois qu'elle avait vu Travis, elle avait été assez stupide pour essayer de l'embrasser. Le comble aujourd'hui, elle restait plantée là, à le dévisager.

— Vous vous connaissez ? demanda Leo.

— Oui, on se connaît, répondit-elle sans détourner les yeux.

Travis carra les épaules en homme qui reprend ses esprits.

— Dana et moi avons travaillé ensemble pendant un été. Il y a longtemps...

— D'où votre expérience, commenta Leo.

— J'étais combattant du feu pendant les vacances scolaires, et pendant l'année sabbatique qui a précédé mon entrée en fac de médecine.

Tout en contournant son bureau, Leo hocha la tête.

— Je vois. Je parie que la commission médicale a trouvé ça intéressant, lors de votre entretien d'embauche.

— En effet. Ils ont apprécié mon expérience dans les interventions d'urgence en milieu sauvage.

— Je te sollicite pour une mission spéciale, Dana, reprit Leo. Je veux que tu emmènes le Dr Russell dans un endroit situé au sud de Mount Bachelor chez un de ses patients très fragile qui a refusé d'être évacué, mais dont l'état de santé est préoccupant. Pour ne rien arranger, le pont qui mène chez lui a brûlé, et l'incendie se dirige vers sa cabane.

Dana lança un coup d'œil à Travis. Ses yeux bleus la fixaient.

— Pourrais-je te parler seul à seul, Leo ? demanda-t-elle.

Avec un soupir, Leo reporta son attention sur Travis.

— Vous voulez bien patienter dehors un instant ?

Travis se dirigea vers la porte. Toujours aussi grand et athlétique qu'autrefois, il s'était étoffé, et son jean gainait des jambes puissamment musclées. S'il avait été doté du physique dégingandé de l'adolescence, il avait à présent la silhouette bien découplée d'un homme mûr. Avec ses cheveux noirs et son regard bleu intense, il était très séduisant et paraissait capable d'affronter n'importe quelle rude épreuve exigée par la future équipée – comme le voulait le job de tout pompier parachutiste. Ce qui la déconcertait le plus était que Travis conservait le pouvoir de lui mettre les nerfs à vif.

Quand la porte se referma sans bruit, Dana se tourna vers Leo. Si elle acceptait cette mission, son équipe devrait partir sans elle.

— Ça va être au tour de mon équipe de partir en intervention, dit-elle. Le job que tu me proposes relève plutôt d'une mission de sauvetage pour les services de secours.

— Ton équipe n'a pas encore été appelée. Si elle vient à l'être, Ricky pourra prendre la tête des opérations. Le Dr Russell ne peut pas solliciter les services de secours sans d'abord connaître l'état de son patient. Le vent se lève, et la cabane de ce vieil homme en pleine forêt est difficile d'accès. Vu l'étendue de l'incendie en cours, tous les hélicoptères disponibles sont mobilisés, et il faut d'abord évaluer la situation avant d'en demander un. À vous deux, vous devriez pouvoir sortir le bonhomme de là. Une fois là-bas, je veux aussi que tu dégages un coupe-feu autour de la cabane en te faisant aider par le Dr Russell.

Dana étouffa un soupir. Elle ne voulait pas céder la direction de son équipe ! Elle voulait faire son job, et n'avait aucune envie d'être la nounou d'un homme devant lequel elle s'était ridiculisée. Cela ne ferait qu'ajouter de l'humiliation à son chagrin.

— Écoute, Leo, tu sais que j'attends d'avoir ma chance avec l'équipe. Est-ce que quelqu'un d'autre ne pourrait pas se charger de Trav... du Dr Russell ?

— Un homme est seul là-haut en pleine montagne, Dana. Même si c'est un vieux bougon qui a refusé de partir quand il l'aurait dû, ce n'est pas une raison pour ne pas tout tenter pour le sauver. Il se peut qu'il ait besoin d'une dialyse, tu as un diplôme de secouriste, et tu connais le secteur, donc tu es parfaite pour cette mission.

— La moitié de nos hommes ont la même formation. L'un d'eux pourrait s'en charger.

— Mais c'est à toi que je confie le soin de veiller à ce que le Dr Russell rejoigne son patient sans encombre puis de les ramener sains et saufs, et tu es la meilleure pour ce travail. Le Dr Russell m'affirme que cet homme a besoin d'aide en urgence, sinon, il ne survivra peut-être pas. Tu sais ce que tu as à faire, alors fais-le. Rappelle le Dr Russell.

— Es-tu certain qu'il est encore capable de sauter en parachute ? Je ne tiens pas à me retrouver avec deux éclopés sur les bras s'il est blessé, dit Dana, écœurée.

— Qu'attends-tu pour lui poser la question ? demanda Leo.

Dana ouvrit la porte d'un geste brusque, et lorsque Travis entra, elle perçut de l'inquiétude dans son regard. Craignait-il qu'elle ait influencé Leo ? Elle lui décocha un regard noir.

— Ton dernier saut en parachute date de quand ?

— Trois mois. Je saute plusieurs fois par an. Je suis tout à fait capable d'assumer la situation.

— Nous avons changé de méthode. Nous utilisons des BLM, maintenant.

— Les ailes rectangulaires ? J'ai déjà utilisé ce genre de parachute. Je n'ai pas une grande expérience, mais j'ai sauté deux ou trois fois avec une aile.

— Je suis content de l'entendre, commenta Leo.

Dana réprima un soupir.

— Bon. Présente-toi ici dans deux heures, prêt au départ. Le vent devrait se lever cet après-midi.

— Je serai prêt, dit Travis, toujours aussi ferme.

Hochant la tête, elle gagna le seuil.

— Sois à l'heure.

Après avoir récupéré son sac à dos sur la chaise, elle sortit, les mâchoires serrées. Elle venait d'agripper la poignée de la portière de sa camionnette lorsque des doigts se posèrent sur son épaule. C'était Travis. Elle s'empourpra.

— C'est sympa de te revoir, Dana. Je ne savais pas que tu travaillais ici. Je suis impressionné de voir que tu as continué le parachutisme et que tu as grimpé les échelons. Ça ne me surprend pas, remarque, étant donné ton intelligence et ton instinct...

Elle frissonna. *Oh ! pourquoi, mais pourquoi Travis a-t-il toujours ce pouvoir sur moi ?* Elle aurait dû mûrir, surmonter son béguin pour lui. Que devait-il penser ? Sûrement qu'elle se comportait de manière aussi puérile qu'autrefois.

Il fallait qu'elle prenne ses distances. Qu'elle s'isole pour se ressaisir avant d'avoir à passer vingt-quatre heures d'affilée avec lui.

— Eh oui, je suis toujours pompière para, et il y a trois ans que je travaille sur cette base. Bon, il faut que j'y aille si je dois être de retour ici dans deux heures.

Travis hocha la tête.

— Bien sûr. À plus.

Comme elle démarrait, elle jeta un coup d'œil dans le rétroviseur et vit qu'il la suivait du regard.

Travis avait été sidéré de revoir Dana. À leur dernière entrevue, il l'avait, sans le vouloir, blessée, et il s'était senti mal de l'avoir humiliée. Il avait blessé dans ses sentiments une jeune femme qu'il disait son amie, et c'était la dernière chose qu'il aurait voulue !

S'il n'avait pas gardé le contact au fil des ans, cela ne signifiait pas pour autant qu'il l'avait oubliée. Il avait beaucoup réfléchi. Et s'il n'avait pas eu de petite amie à l'époque ? Et s'il ne s'était pas apprêté à faire médecine ? Et s'ils s'étaient embrassés pour de bon ?

Dana avait toujours eu quelque chose de spécial à ses yeux. Cet été-là, elle avait été une grande amie et sa coéquipière. Ils avaient travaillé dur, mais il y avait aussi eu des rires, et une camaraderie qu'il n'avait jamais retrouvée par la suite. C'était la meilleure époque de sa vie qu'il évoquait avec nostalgie et attendrissement.

Dana avait changé, et en même temps, elle restait la même, faisant toujours preuve de caractère et de détermination. Si la jeune fille indomptée qu'il avait connue était devenue pleinement femme, elle était aussi transformée par le métier très physique qu'elle exerçait, ce qui exaltait sa séduction.

Ses yeux bruns chaleureux étaient si parlants ! Il y avait lu le choc qu'elle avait ressenti en le découvrant dans le bureau de Leo. Il n'était pas surpris par sa réaction, ayant lui aussi éprouvé le même. Et ils devraient le surmonter. En dépit de leur passé, il devait se fier à elle pour l'aider à ramener le vieux Gunter afin qu'il reçoive les soins dont il avait besoin.

Deux heures plus tard, Travis se garait à nouveau devant le vaste bâtiment aux hautes fenêtres étroites, avec les mots « US Forest » sur le côté. Il prit sa trousse médicale et descendit de voiture en regardant autour de lui.

Pas de Dana, mais elle était là car il était garé près de sa camionnette. Alors qu'il gravissait le perron de la caserne, la porte s'ouvrit, livrant passage à Dana.

— Il faut faire vite car le vent se lève, dit-elle en descendant l'escalier. Allons à Cache pour prendre notre équipement.

Au bas des marches, elle lui adressa un regard acéré.

— Dans cette équipée, c'est moi qui donne les ordres, ne l'oublie pas.

— Bien, madame !

Ils se dirigèrent vers le bâtiment adjacent à l'immeuble principal où étaient stockés provisions et équipements. Elle désigna un membre de l'équipe, derrière le comptoir en bois.

— Art t'aidera pour l'équipement, expliqua-t-elle. Rappelle-lui de te donner une tenue antifeu.

— Entendu, dit Travis en s'éloignant.

Lorsqu'elle le rejoignit un moment plus tard, une chemise jaune vif, un pantalon de treillis vert foncé, un sac noir et une combinaison de saut étaient posés devant lui sur le comptoir.

Elle lui remit une petite radio.

— Il m'en faut une ? demanda-t-il.

— Oui. Le protocole a changé. Tout le monde en a une.

Il hocha la tête.

— Un changement bienvenu, à mon avis. Cela aurait dû être fait plus tôt, dit-il en s'emparant de la chemise et du pantalon. Je vais enfiler ça.

À son retour, Art avait ajouté sur le comptoir, en double exemplaire, des sacs de couchage, des couvertures antifeu, des popotes, des batteries, des strappings, des kits de premiers secours, des poches à eau, ainsi que des fusées éclairantes et des casques.

Dana avait réuni leurs provisions : nourriture sous vide et rations de survie.

— Je n'ai pas à t'apprendre à faire ton paquetage, j'imagine ? dit-elle, ne voulant rien laisser au hasard.

Travis lui décocha un sourire ironique.

— Non, je crois que ça ira.

Dix minutes plus tard, ils enfilaient l'un et l'autre leur pantalon puis Travis ajusta ses bretelles tandis que Dana enfilait la lourde veste fauve. Elle prit soin de relever le col en forme de cône et Travis en fit autant.

Il fut surpris de voir qu'elle ne protestait pas alors qu'il lui tenait son parachute pour qu'elle glisse les bras dans les courroies. Elle lui rendit la pareille. Puis ils assujettirent leurs liens de chevilles et leurs mousquetons de poitrine.

— Ta sangle est trop lâche, dit Dana, venant près de lui.

Sa senteur fraîche parvint aux narines de Travis qui la reconnut aussitôt. Très professionnelle, Dana tira sur la sangle jusqu'à ce qu'elle soit bien serrée autour de son torse puis elle s'empressa de s'écarter.

— Je sais faire ça, dit-il.

— Peut-être, mais tu es sous ma responsabilité, et je tiens à te ramener tel que tu es parti.

Il eut un large sourire.

— J'ai un ange gardien, alors.

— Non. Je suis seulement une pompière parachutiste fiable.

Travis ajusta son équipement.

— J'avais oublié à quel point cet équipement est encombrant et barbant.

— Tu seras content de l'avoir une fois au sol.

— Je n'en doute pas, dit Travis d'un ton léger.

Pour qu'elle soit moins guindée et tendue. Ils pouvaient sûrement « cohabiter » pendant une journée, tout de même !

Travis fixa le Velcro de la combinaison de saut aux chevilles et aux poignets et accrocha à sa taille sa sacoche personnelle. Puis il prit son casque et suivit Dana à l'extérieur qui se dirigea vers l'avion attendant sur la piste.

— On s'y rend en Cessna ? Pas en Sherpa ?

— Il n'y a que nous, on n'a pas besoin d'un avion plus grand, dit-elle en montant à bord.

Le guetteur les salua d'un signe et délesta Travis du gros sac d'approvisionnement avant qu'il prenne place sur le banc à côté de Dana.

Ils bouclèrent leurs ceintures et, quelques instants plus tard, l'appareil roulait sur la piste. Dana, tête renversée en arrière, avait fermé les yeux, s'isolant de Travis qui l'examina. Elle avait laissé pousser ses cheveux châtains qui lui encadraient le visage. Il y avait de fines ridules aux coins de ses yeux. Était-ce à cause de lui que ces marques étaient apparues ?

Dans le bureau de Leo, il avait apprécié sa tenue très simple – T-shirt, pantalon de treillis et bottes solides qui auraient paru peu seyants sur une autre, mais que Dana portait bien. Sa tenue soulignait les courbes de son corps qui s'était épanoui de façon très féminine Car il n'avait pu s'empêcher de remarquer que sa chemise noire se tendait sur ses seins généreux.

Y avait-il « quelqu'un » dans sa vie ? Avait-elle trouvé le bonheur qui, en ce qui le concernait, s'était dérobé à lui ?

Le regard anéanti qu'elle avait eu le jour où il l'avait repoussée l'avait hanté longtemps. Hélas, leur amitié aussi était morte ce jour-là.

Travis était si concentré sur sa vie future, à l'époque, qu'il n'avait pas perçu l'intérêt de Dana. Il ne pensait qu'à son entrée en faculté de médecine et à son projet de demander en mariage sa petite amie de longue date. Dana et lui étaient de bons amis, des partenaires dans une profession exigeante et éreintante qui s'étaient laissé entraîner trop loin dans la fièvre d'un instant.

C'était leur dernier parachutage de la saison, et ils venaient d'aider à éteindre un incendie particulièrement difficile. Ils fêtaient leur succès lorsqu'il l'avait attirée dans ses bras et qu'elle s'était pendue à son cou. En un quart de seconde, leurs lèvres s'étaient retrouvées toutes proches, mais il avait détourné la tête avant que leurs bouches ne se rencontrent. Puis il l'avait relâchée en reculant d'un pas. « Dana, je ne peux pas. »

Le regard dévasté de Dana avait été éloquent. « Oh ! pardon ! Je suis désolée, tellement désolée. »

Le lendemain matin, en la cherchant pour lui dire adieu, il n'avait pas été surpris de ne la trouver nulle part. Mais il avait été déçu qu'elle n'ait pas osé l'affronter.

Il aurait peut-être dû gérer l'incident autrement. Mieux agir, éviter de la blesser dans ses sentiments car elle était plus jeune que lui. Sur le moment, il s'était dit que si elle était furieuse, elle l'oublierait d'autant plus vite. Pourtant, il avait pensé à elle. Plus souvent qu'il ne l'aurait cru.

Son regard glissa vers ses lèvres. Lorsqu'elle avait essayé de l'embrasser, il avait d'abord été surpris, puis flatté, et avait été déçu que le baiser n'ait pas lieu. Même s'il s'était aussi senti coupable : il n'aurait pas dû avoir des sentiments pour Dana alors qu'il comptait en épouser une autre.

Si proches qu'ils aient pu être, il y avait maintenant entre eux un fossé.

Dana ouvrit les yeux.

— Pourquoi me fixes-tu ? demanda-t-elle.

Il eut un sourire jusqu'aux oreilles. C'était bien l'attitude directe dont il avait gardé le souvenir. Il cria pour dominer le bruit du vent et du moteur de l'avion.

— J'aurais cru que tu serais habituée à ce que les hommes te regardent !

— Mes équipiers ne me fixent pas.

Travis haussa les épaules.

— Je ne travaille pas avec toi.

— Aujourd'hui si. Alors, arrête.

Le guetteur se mit debout et tendit la main, doigts écartés. Il forma avec les lèvres les mots :

— Cinq minutes.

Travis regarda par le petit hublot. Au loin, de la fumée montait dans le ciel, mais le vent la rabattait loin d'eux. Il voulait rejoindre la cabane pour repartir avec M. Gunter, et le pire scénario serait que le vent change de direction, avec pour seuls obstacles entre eux et lui les broussailles et les arbres secs hautement combustibles.

Dana se leva pour gagner la porte que le guetteur venait d'ouvrir et Travis suivit. Elle accrocha sa corde de parachute et posa les pieds sur la marche. Il fit de même, mais resta en retrait à l'intérieur. Quand le guetteur toucha Dana à l'épaule, elle sauta et Travis l'imita presque aussitôt.

Il adorait sauter en parachute. D'abord, il y avait les battements chaotiques de son cœur emballé, le sifflement furieux du vent à ses oreilles, la poussée d'adrénaline. Puis, très vite, il n'y avait plus que le silence, le tiraillement léger de l'air, et la liberté. La beauté de la terre vue du ciel.

Il regarda Dana, dont la voile bleu clair et blanc n'était pas très loin en dessous de lui, et il ne lui fallut pas longtemps pour la rejoindre. Au jugé, elle devait atteindre tout juste le poids limite de cinquante-quatre kilos, et porterait donc l'équivalent de son poids en équipement quand ils entameraient leur marche. Elle était décidément hors norme !

Il repéra l'instant où un courant d'air la happa, l'entraînant vers un bouquet d'arbres. Malgré le système qui lui permettait de se diriger et lui octroyait un meilleur contrôle, il put voir, avant de se préparer à atterrir à son tour, que sa voile accrochait une branche.

Relevant les genoux en souplesse, il atterrit et roula sur le côté avant de se remettre debout pour ramener son parachute, le rassemblant entre ses bras. Avec des gestes sûrs et efficaces, il enleva son casque et ôta le harnais puis, abandonnant le tout à terre, il alla vers Dana.

Elle était suspendue à environ deux mètres du sol. Elle se

balançait d'avant en arrière en tentant d'agripper le tronc de l'arbre. Travis vit qu'il pouvait lui toucher les chevilles.

— Déboucle et laisse-toi tomber. Je te reçois.

— Oublie ça, je peux me débrouiller, marmonna-t-elle.

— On n'a pas de temps à perdre, alors ne t'entête pas. Tu accepterais un coup de main d'un gars de ton équipe, non ?

Avec un soupir, elle rassembla une longueur de corde et la clipsa à sa combinaison de saut.

— D'accord.

Travis mit un pied devant l'autre et leva les bras. Elle se raidit, se tenant aussi droite que possible avant de déclipser. Pour ralentir sa chute, il la retint par la taille alors qu'elle glissait entre ses bras. Les mains de Dana se posèrent brièvement sur ses épaules et, dès qu'elle toucha terre, il la relâcha en s'écartant.

Elle tira sur le parachute.

— Il faut que je décroche la voile.

— On ne peut pas tout simplement la laisser là ?

Elle lui décocha un regard aigu.

— Tu devrais savoir qu'il faut rapporter tout ce qu'on emporte dans une forêt nationale pour donner l'exemple aux visiteurs et ne pas ajouter de combustible pour le feu. D'ailleurs, j'en aurai besoin une fois que j'aurai réparé les déchirures.

Elle commença à ramener la toile et l'ajout de la force musculaire de Travis leur permit de dégager le parachute quand il était coincé. Enfin, il fut à terre et Dana le replia.

Ce fut seulement alors qu'il vit la coupure sur sa joue.

— Tu es blessée.

— Je vais très bien, dit-elle en ôtant son casque. Il faut qu'on range nos combinaisons de saut.

Travis n'avait pas encore vu leurs sacs d'équipement, gisant au milieu de la prairie, non loin de l'endroit où ils avaient atterri, balancés hors du Cessna par le guetteur. Travis rattrapa Dana qui l'avait devancé.

— Laisse-moi t'examiner !

Comme elle ne ralentissait pas, il la retint par un bras.

— Laisse-moi voir ça.

Elle se dégagea vivement.

— Ne me touche pas, s'il te plaît.

Ses yeux se dilatèrent, comme si elle était gênée d'avoir manifesté une émotion.

— Il faut qu'on y aille, reprit-elle d'une voix égale.

— Cesse de faire des histoires et laisse-moi voir ça, dit-il en lui relevant le menton. Comment est-ce arrivé ?

— Une branchette a cédé lorsque je tirais sur la toile. J'ai été stupide.

— Elle a manqué ton œil de peu. Je prends ma trousse.

Il alla fouiller dans son sac d'équipement à la recherche de sa trousse et en sortit compresses et eau stérilisée, puis il revint vers Dana.

— Je vais nettoyer ta blessure et voir ça d'un peu plus près.

À sa surprise, elle lui présenta son visage et il entreprit d'ôter le sang séché autour de la blessure. Puis il prit un tube de crème antiseptique et un pansement papillon.

— Si nous étions en ville, je préconiserais un ou deux points de suture pour éviter une cicatrice.

— Oh ! ce n'est pas grave.

Elle était beaucoup trop jolie pour garder une marque, pensa Travis.

— Je vais serrer le pansement le plus possible. Ça suffira peut-être.

— Bon, tu as fini ? demanda-t-elle, bougonne, un instant plus tard. Il faut se mettre en route…

2

Dana jeta un coup d'œil en arrière, vers Travis, tout en essuyant d'un revers de main son front en sueur. Le temps chaud du mois d'août n'avait pas sa préférence, mais c'était la pleine saison des incendies, et elle adorait son travail. Celui qu'elle aurait dû être en train de faire au lieu de servir de guide à Travis ! Celui-ci restait stoïque tandis qu'ils avançaient péniblement dans la prairie, vers un bosquet.

Ils étaient seuls, loin de tout et en terrain sauvage. Décidément, sa vie avait pris un tour inattendu ! Mais dans deux jours, elle y mettrait bon ordre après avoir ramené Travis à bon port. Ensuite, dans le meilleur des cas, ils se croiseraient une fois par an à l'épicerie et échangeraient un bonjour.

Elle ajusta sur son épaule la lanière de la tronçonneuse qu'elle portait en bandoulière. Travis avait paru surpris de la voir sortir l'outil de son sac avant d'y fourrer sa combinaison de saut et son parachute.

— Tiens ! Juste au moment où je me disais que ce serait sympa de trimballer une tronçonneuse, hop, tu en sors une ! avait-il plaisanté. On va vraiment avoir besoin de ça ?

— Il faut parer à toute éventualité. J'ai aussi demandé à Art des retardateurs de feu.

— J'avais oublié ce que c'était de transporter tout ce barda. Avec une provision d'eau en plus !

— Pas de récriminations, docteur. C'est toi qui as demandé à venir.

— En effet. Je voulais seulement faire la conversation.

Et aborder éventuellement LE sujet dont elle ne voulait pas discuter ? Pas question.

— Elle n'a rien d'une nécessité, dit-elle en continuant à marcher.

— Pourquoi m'en veux-tu de devoir m'emmener chez Gunter ? Je ne comprends pas pourquoi ça te contrarie.

— Cela ne m'étonne pas.

Elle était injuste envers Travis et s'en rendait compte, mais c'était plus fort qu'elle. Alors qu'elle rêvait de mener sa propre équipe sur le terrain, elle faisait la nounou – si noble que fût le but de leur équipée. Pour ne rien arranger, elle était prise de court par la réapparition de Travis dans sa vie. Sur les nerfs, elle n'arrivait pas à garder les idées claires.

— Mon équipe va être parachutée pour la première fois, et ce n'est pas moi qui la dirigerai.

— Hé, je comprends que tu sois déçue et je suis navré de te gâcher la fête.

Ce n'était pas la première fois qu'il perturbait les règles du jeu. Autrefois, elle avait eu envie de disparaître dans un trou de souris après avoir tenté de l'embrasser. En un bref instant de faiblesse, elle avait oublié les projets d'avenir de Travis, s'était laissé emporter par la fièvre du moment. Trahie par son propre cœur, elle s'était trompée. Le rejet de Travis s'était ajouté à celui que lui avaient infligé ses parents, et elle s'était encore davantage fermée aux autres. Quelques années auparavant, elle s'était ouverte assez pour accueillir Ryan, et avait « pris une claque » une fois de plus. Plus jamais ça ! Son amour, désormais, c'était son travail. Il ne lui réservait ni déceptions ni frustrations.

— C'est comme ça, on n'y peut rien, dit-elle.

— J'ignorais que tu opérais toujours à la caserne de Black Butte.

— Je l'ai quittée trois ans pour aller à Bend, avoir de l'expérience ailleurs, puis je suis revenue.

Il y eut un long silence comme s'il s'attendait à ce qu'elle développe.

— Tu vis toujours avec ton grand-père ? ajouta-t-il.

— Il est mort il y a deux ans.

— Navré de l'apprendre. Je sais que vous étiez proches.

Son grand-père l'avait élevée, mais elle n'aurait pas dit qu'ils étaient proches. Il avait fait son devoir lorsque ses parents, partis poursuivre leur rêve de devenir musiciens, l'avaient laissée chez lui. Rêve qui avait pris fin quand ils étaient morts dans un accident de car.

Dana hâta le pas, mettant de la distance entre elle et Travis, peu désireuse de ressasser l'histoire de sa vie. Son travail était de le conduire chez Gunter, pas de ranimer leur amitié. Il l'avait blessée. Même si ce n'était pas intentionnel, elle l'avait vécu comme un nouveau rejet et elle ne voulait pas risquer que cela se reproduise.

Dans une montée, elle se retourna pour voir comment il se débrouillait. Il n'était pas bien loin. Vu l'allure qu'elle avait adoptée, elle lui tirait son chapeau.

Elle avait contacté la base par radio avant d'entamer leur randonnée et leur avait indiqué la route qu'elle comptait suivre. Elle avait aussi demandé un rapport météo car un front de mauvais temps s'installait plus vite que prévu. Elle et Travis devaient continuer à ce rythme s'ils ne voulaient pas dormir sous la pluie ou un orage accompagné de foudre.

— Il nous faut deux heures de marche pour arriver dans le secteur de Gunter, et une heure de plus pour rejoindre sa cabane, je pense. Nous devrions être là-bas ce soir.

— Parfait. Comme ça, s'il faut l'emmener, nous serons fixés demain matin, lorsque la météo nous sera favorable.

Après avoir localisé la piste, ils s'y engagèrent.

— Je sens de la fumée, non ? dit Travis.

— Oui, mais elle vient de très loin.

— J'aime mieux ça. Où est-on, ici, au fait ?

— Sur la piste de Fuzztail Butte.

— Quand on s'arrêtera, je regarderai sur ma carte.

— Insinuerais-tu que tu as besoin de repos ? s'enquit Dana en contournant un gros rocher.

Travis le contourna à son tour.

— Je serai prêt à m'arrêter quand tu le feras, dit-il.

Elle n'ajouta rien et continua à marcher.

— Dis-moi un peu ce que tu deviens, Dana.

Cela intéressait-il réellement Travis ? Ils avaient été si bons amis ! Mais pendant peu de temps, car elle avait tout gâché.

— Je vais bien.

— Ça, je le vois. Je veux savoir comment ces huit ans se sont passés pour toi.

Depuis qu'elle avait essayé de l'embrasser ? Ou depuis qu'il l'avait rejetée et qu'elle avait fui ?

— Et si on commençait plutôt par toi ? Es-tu marié avec deux enfants et un chien ? demanda-t-elle avec ironie.

— D'accord, je commence, mais à condition que tu promettes de me parler un peu de toi.

Elle eut un vague murmure. Pourquoi s'obstinait-il à vouloir connaître son passé ?

— Je me suis marié avec Brittney, reprit Travis. Nous avons divorcé presque trois ans plus tard, et je n'en suis pas fier. Je n'ai pas d'enfants, mais j'espère en avoir un jour. Bon, à toi.

Dana perçut son amertume sous-jacente. Son mariage avait été un échec et, malgré elle, elle eut de la peine pour lui car il avait beaucoup misé sur le grand et bel avenir qu'il projetait.

Elle entama une descente tandis qu'un grondement d'eau tumultueuse leur parvenait, l'obligeant à hausser le ton.

— J'ai terminé l'école forestière puis travaillé comme pompière pendant mes années d'étude, et j'ai été engagée à temps plein ensuite.

La première de sa famille à aller à l'université et à terminer ses études qu'elle avait payées elle-même, son grand-père n'ayant pas les moyens de l'aider.

— Tu vois, là, notre voyage devient plus sympa, commenta Travis d'une voix plus gaie. Moi, je suis de retour à Redmond depuis six mois.

— Je l'ignorais.

Si elle l'avait su, elle aurait regardé par-dessus son épaule partout où elle allait !

— Je m'en suis douté en voyant ta mine dans le bureau de Leo, dit-il avec un léger rire. Le monde est petit.

— C'est ça. Ou la faute à un mauvais karma, marmonna-t-elle.

— J'ai fini médecine à l'université de Californie du Sud.

— La classe… Moi, je jardine quand j'ai le temps.

— Ni mari ni enfants ?

— Non.

Elle n'avait trouvé personne qui ait soutenu la comparaison avec Travis. Ou ait voulu rester.

— J'habite dans une résidence d'appartements en terrasse, poursuivit-il. Pas ma tasse de thé… Je déteste le lieu.

— Tu n'as jamais aimé vivre enfermé.

— Exact. Ça n'a pas changé.

— Qu'est-ce qui a changé chez toi, alors ? demanda-t-elle, réellement curieuse de le savoir.

— J'ai cessé de voir la vie en rose.

« J'aurais dû m'y attendre », pensa Travis. C'était bien de Dana de poser une question dérangeante. Il la regarda avancer sur la piste étroite, telle une guerrière, se déplaçant en terrain accidenté sans effort apparent.

Il en oubliait presque le paquetage qui pesait sur son dos, où étaient logés des équipements de survie et l'outil à main – un Pulaski – qu'il utiliserait pour établir un pare-feu. Il déplaça la sacoche de fournitures médicales qui lui ceignait le torse, conscient de la bouteille d'eau accrochée à sa ceinture qui battait contre sa cuisse. Il avait oublié qu'il fallait faire preuve d'une sacrée énergie en terrain sauvage.

Dana semblait aussi fraîche qu'un matin de printemps, mais pour sa part il était à la peine. Il refusait pourtant de mendier une pause, ne voulant montrer aucune faiblesse.

— On va s'arrêter en bas, près du ruisseau, pour boire un coup et se reposer, annonça Dana à mi-pente.

Travis dissimula son soulagement. Parvenue au cours d'eau, Dana déposa la tronçonneuse et son sac à dos avant de s'asseoir sur un rocher. Prenant sa bouteille, elle avala plusieurs longues gorgées.

Fasciné, Travis observa le filet d'eau qui lui coulait le long du cou. Ils étaient tous les deux en nage et poussiéreux, mais il ne pensait qu'à ce filet d'eau qui disparaissait sous le T-shirt. Il y avait eu quelque chose entre Dana et lui, autrefois, et il le sentait toujours. Hélas, elle semblait devenue susceptible. Avait-elle cette attitude tout le temps, ou seulement envers lui ? Au demeurant, cela n'avait aucune importance. Dana était du genre à vouloir une relation stable et durable, ce qu'il ne pouvait ni ne voulait offrir. Son bref et décevant mariage l'avait guéri de cette envie.

Il se débarrassa de son équipement sur un rocher. Ayant gagné le bord du cours d'eau, il s'agenouilla et s'aspergea le visage. Le liquide était délicieusement frais sur sa peau échauffée.

Rejoignant Dana, il but une grande gorgée d'eau puis, assis, il l'observa, allongée dans un rayon de soleil, les yeux clos. Depuis leurs retrouvailles, c'était la première fois qu'elle semblait paisible. Était-elle toujours aussi à cran ?

— Combien de temps encore pour arriver chez Gunter ?

Dana répondit sans ouvrir les yeux.

— La limite de sa propriété devrait se trouver au sommet de la montée. À partir de là, il nous faudra encore une heure. La marche sera plus ardue parce qu'il n'y a pas de piste.

— Super, ça promet d'être amusant, dit-il, sarcastique.

— Nous avons bien progressé, et je veux être là-bas avant le crépuscule.

Elle entrouvrit les paupières et enchaîna :

— Dis-moi pourquoi le US Forest Service entreprend cette excursion spéciale ?

— Parce que je les ai convaincus qu'ils sauveraient la vie d'un homme.

— Qui est ce M. Gunter ?

— Un de ces entêtés qui ne veulent pas entendre raison. Il refuse d'admettre qu'il est sur le chemin d'un incendie et qu'il est gravement malade. Quand j'ai repris le cabinet de mon prédécesseur, j'ai hérité de lui comme patient et je l'ai au téléphone chaque semaine, sauf depuis huit jours. Comme il a les reins malades, il faudra bientôt le mettre sous dialyse, et je crains qu'il n'ait atteint ce stade.

— Quand l'incendie s'est étendu, il s'est retrouvé coincé, c'est ça ?

— C'est ça.

Travis sortit sa carte et vint s'asseoir près d'elle.

— Tu veux bien me montrer où nous sommes ? Comme dit le proverbe, si on n'est pas le chien qui mène la meute, on ne voit pas la route.

— Tu me traites de chien ? demanda-t-elle avec un regard noir – mais le coin de sa bouche esquissait un sourire.

Il fut heureux de voir qu'elle retrouvait son humour !

— Pas du tout ! J'aimerais avoir une idée de l'endroit où nous sommes et de notre direction.

Elle lui prit la carte des mains et l'étala sur le rocher. Au bout d'un instant, elle lui désigna un lieu.

— Nous sommes ici, et nous allons là.

— Merci, dit Travis qui mémorisa la zone. Comment se fait-il que tu connaisses si bien ce secteur ?

— J'y ai combattu des incendies quand je dépendais de la base de Bend, et j'y fais des randonnées à l'occasion.

— Tout s'explique. Connais-tu M. Gunter ?

— Non, j'en ai juste entendu parler.

— Je sais qu'on ne t'a pas laissé le choix, mais tout de même, j'apprécie que tu sois venue.

Dana se remit debout.

— Cela fait partie du job. Bon, il faut qu'on reparte.

— Je porterai la tronçonneuse pendant le reste du trajet.

— Je peux m'en charger, dit-elle avec une intonation quelque peu mordante.

— Je n'en doute pas, mais j'aimerais faire ma part.

Elle le considéra un instant, puis hocha la tête.

— D'accord. Si tu insistes…

Ils achevèrent l'ascension de la pente et débouchèrent dans une petite prairie dont l'herbe sèche crissait sous leurs pas.

— Il y a des chances pour qu'on se prenne une douche, lança Dana par-dessus son épaule.

Quelques secondes après, un éclair zébrait le ciel, et elle allongea le pas.

— Il ne faut pas qu'on reste à découvert.

Travis la rattrapa, la tronçonneuse tressautant sur son épaule. Ils avaient presque rejoint les arbres lorsqu'un coup de tonnerre retentit, accompagné d'éclairs. Dana s'immobilisa, le nez en l'air, tel un animal qui sent le danger. Il la dépassa, mais elle le retint par un bras.

— Attends. Autant éviter de s'engager sous les arbres. Ça pourrait gagner les frondaisons.

— Le feu ?

— Oui. Quelque chose a été touché.

Elle parla dans la radio accrochée à son épaule.

— Allô, la base ? Ici Dana, dit-elle, avant de préciser leur localisation. La foudre a frappé dans mon secteur. Un guetteur peut-il voir de la fumée, ou y a-t-il une indication d'impact sur les écrans de contrôle ?

Travis sentait la fumée, à présent. Il y avait des années qu'il n'avait pas combattu un incendie, et il n'était pas pressé de s'y remettre.

— Dana, il y a une petite ligne de fumée à environ un kilomètre de là où tu es, au nord-est, dit une voix dans la radio.

— Je m'en charge. Terminé.

Dana prit la tronçonneuse à Travis et se mit en route.

— J'espère que tu n'as pas perdu ton savoir-faire.

Sans attendre de réponse, elle s'engagea sous les arbres, et Travis n'eut pas d'autre choix que de suivre. Ils louvoyèrent entre les arbres à une vitesse qu'il aurait crue impossible à atteindre. Plus ils avançaient, plus l'odeur était forte, et de la fumée était en suspension dans l'air. Tout à coup, des flammes jaillirent devant eux.

Dana posa la tronçonneuse.

— Je vais abattre ces deux arbres, dit-elle. Toi, tu commences à faire un pare-feu derrière moi.

Travis enleva son sac à dos et dégagea le Pulaski, un outil combinant la pioche et la hache, avant de sortir son casque et ses lunettes de protection. Puis il tira de sa poche arrière ses gants en cuir. Dana ajusta son casque puis dénoua le bandana jaune qu'elle portait autour du cou pour se masquer le nez et la bouche. Sortant d'une poche le bandana marine qu'il avait apporté, Travis l'imita.

Il se hâta de gagner l'endroit indiqué et se mit à déblayer le sol de ses débris, dégageant une large zone de terre pour que le feu, manquant de combustible, meure en l'atteignant. Il dégoulinait de sueur, mais il continuait.

La tronçonneuse gronda et, très vite, Dana attaqua un arbre en feu. Quelques instants plus tard, il entendit le craquement du tronc qui tombait. Levant les yeux, il la vit gagner un autre arbre incendié et renouveler la manœuvre. En un rien de temps, il fut lui aussi à terre. Travis continua à déblayer et creuser.

— Travis ! cria Dana. Allons élaguer ces arbres, ensuite on terminera le coupe-feu et on sécurisera la zone.

Elle s'attaqua à un premier arbre. Elle travaillait vite, en habituée, et il ne s'étonnait pas qu'elle ait gagné le titre de chef d'équipe. Il s'approcha d'une branche en flammes et l'éteignit à l'aide d'une batte à feux, un outil qui rappelait un balai très efficace. Un craquement bref fut son seul avertissement lorsqu'une petite branche enflammée atterrit sur son avant-bras. Il la rejeta d'un geste vif, mais un trou aux bords noircis s'était formé sur sa chemise. Il avait sûrement une brûlure au second degré, au moins, mais pas le temps de s'en occuper. Serrant les dents, il continua sa tâche.

Dana avait fini de couper les branches de l'arbre tombé, et elle débita le tronc pour qu'il achève de brûler sous contrôle. Puis elle éteignit la scie électrique. Travis continuant à battre, elle se joignit à lui. Les flammes une fois éteintes, elle retira ses gants et s'accroupit pour tâter le sol afin de s'assurer que le feu ne renaîtrait pas.

— Continue le pare-feu…, lança-t-elle. Je te rejoins quand j'aurai terminé.

Elle n'attendit pas qu'il réponde pour se remettre à sa tâche.

Elle le rejoignit alors qu'il déblayait le secteur des arbres incendiés et ils œuvrèrent de concert. Quand elle déclara que le feu était tout à fait éteint, le crépuscule était là.

Dana but une gorgée d'eau à sa bouteille puis regarda alentour, aux aguets de la moindre fumée.

— Je suis impressionnée de voir que tu n'as pas perdu ton savoir-faire, dit-elle.

Il se désaltéra aussi avant de répondre :

— Il serait plus juste de dire qu'il a resurgi dans l'urgence. J'avais oublié la dose d'énergie qu'il faut pour ce travail.

— Tu n'envisagerais pas de changer de carrière, par hasard ? demanda-t-elle avec un sourire, ses yeux et ses dents prenant un éclat particulier dans son visage noir de suie.

— Non. J'ai découvert que je peux avoir la même poussée d'adrénaline en m'occupant d'un patient.

Il remonta son casque et s'essuya le front avec son bandana.

— Si j'ai bonne mémoire, ta mère n'était pas ravie que tu sois pompier.

— Elle pensait que c'était dangereux. Mais qu'aurait-elle pu y faire ? J'étais déjà adulte et j'avais besoin d'un travail.

— Je parie qu'elle se vante que tu sois médecin, pas vrai ?

— Oh ! ça oui ! Elle le claironne à qui veut l'entendre.

— Et ton père ?

— Pareil.

Tout à coup, Dana fut jalouse de Travis qui avait toujours ses parents. Ses parents à elle auraient-ils été fiers d'elle s'ils lui avaient accordé un peu d'attention ?

— Tes parents habitent toujours Redmond ?

— Mon père, oui. Ma mère est en Californie. Ils ont divorcé juste après mon entrée en fac de médecine. Leur couple ne tournait plus rond et le divorce a été moche. Il faut croire que c'est le lot de ma famille, les mariages malheureux.

— C'est triste, ce que tu dis là.

— Oui, dit Travis, récupérant ses outils. Mais non moins vrai. Mon mariage s'est avéré un piège.

— Quel piège ?

— Le genre qui présente bien, mais manque de substance.

— Tu l'aimais, non ?

— J'aimais ce que je croyais qu'elle était, et j'ignorais peut-être ce qu'était l'amour. Va savoir… Cela n'a plus d'importance.

S'interrompant, Travis soupira.

— Tu as toujours le don de me faire dire ce que je préférerais garder pour moi. On n'a même pas passé un jour ensemble que, déjà, je vide mon sac.

Il regarda autour d'eux.

— On sera chez Gunter ce soir ?

— Il fera nuit avant qu'on arrive.

Dana prit son paquetage. Elle aurait aimé continuer à parler, éprouvant le besoin d'en savoir plus sur Travis. Malgré tout, elle se souciait encore de lui.

— J'aimerais avoir un toit au-dessus de la tête pour m'abriter des éléments. Je m'inquiète pour M. Gunter.

— Alors, on continue.

— D'accord.

Quinze minutes plus tard, ils étaient de nouveau en pleine forêt, Travis portant la tronçonneuse.

— Au fait, tu as bien travaillé, dit-elle. J'ai été contente du coup de main.

Il eut un sourire jusqu'aux oreilles.

Ils marchaient encore en pleine forêt au coucher du soleil et Dana fut soulagée d'atteindre le petit chemin plein d'ornières menant à la cabane de M. Gunter.

— Si tu marchais devant ? dit-elle en apercevant de la lumière dans la cabane. M. Gunter te connaît. Je ne tiens pas à ce qu'on se fasse tirer dessus.

— Bonne idée, commenta Travis. J'espère qu'il a quelque chose de chaud à nous offrir.

Il n'était pas le seul. Les émotions et les efforts de la marche commençaient à peser sur elle.

— Il est au courant de ta venue ? s'enquit-elle.

— J'ai tenté de téléphoner, mais sans pouvoir le joindre. Je vais réessayer.

Travis sortit son mobile pour composer un numéro. Dana

perçut la sonnerie, mais personne ne décrocha. Travis remit le téléphone dans la poche de son pantalon.

— On va tenter notre chance.

— De se faire canarder ?

Dana ne plaisantait qu'à moitié. Avec des reclus comme M. Gunter, on pouvait s'attendre à tout.

Ils avancèrent vers la cabane, Travis appelant M. Gunter d'une voix forte, mais il n'y eut aucune réaction. Quand ils s'engagèrent sous le petit auvent de l'entrée, Travis appela de nouveau. Toujours pas de réponse. Il frappa. Rien. Ayant gagné une petite fenêtre, il jeta un coup d'œil à l'intérieur.

— Oh ! bon sang !

Lâchant la tronçonneuse, il ouvrit la porte et entra. Dana, qui l'avait suivi, s'immobilisa sur le seuil.

Un homme gisait sur un lit étroit dans un coin de l'unique pièce. Même à la faible lueur de la lanterne, elle pouvait voir qu'il avait le teint cireux.

Travis se débarrassa de son sac à dos par terre et, un genou au sol, près du lit, plaça deux doigts sur le cou du malade pour tâter son pouls.

— Il est vivant.

M. Gunter ouvrit les yeux.

— Docteur Russell ? Que faites-vous ici ? marmonna-t-il.

— Je suis venu vous sortir de cette montagne en flammes, dit Travis en sortant sa trousse.

— Vous n'auriez pas dû, murmura M. Gunter.

— Allons, allons, pas de bêtises. C'est ce qu'un médecin fait pour son patient, même le plus têtu.

Travis conservait un ton léger, mais, à ses gestes rapides, Dana percevait son inquiétude.

— Vous faites plus que votre devoir, dit le vieil homme.

Dana était du même avis. Elle qui avait connu Travis huit ans plus tôt, en quoi était-il différent aujourd'hui ? La vie l'avait-elle beaucoup changé ? Elle avait été impressionnée par ce qu'elle avait vu au cours des heures écoulées. Y avait-il d'autres découvertes à faire ?

— Monsieur Gunter, quand avez-vous commencé à vous sentir mal ? demanda Travis.

— Juste après le repas.

Travis rabattit la couverture et palpa le mollet du patient. Dana vit le reflux de liquide sous le derme.

— Vous faites de la rétention d'eau, dit-il en prenant son stéthoscope. Rythme cardiaque irrégulier, difficultés respiratoires. Vous avez une insuffisance rénale, monsieur Gunter. Exactement ce que je craignais. Il faut qu'on vous sorte d'ici et qu'on vous mette sous dialyse le plus vite possible.

M. Gunter tenta de se redresser.

— Je ne peux pas quitter ma maison.

— Vous n'avez pas le choix, dit Travis, lui posant une main sur le torse pour l'obliger à se rallonger. Où sont vos médicaments ?

Le vieil homme désigna une boîte en bois accrochée près de la porte de derrière.

— J'y vais, dit Dana.

Ayant ouvert la boîte, elle s'empara des cinq flacons qu'elle contenait et les déposa sur le lit. Travis les examina et sortit deux comprimés d'un flacon.

— Dana, tu veux bien voir s'il y a un peu d'eau potable ?

— Il y a un puits dehors, dit M. Gunter en désignant la porte de derrière.

En gagnant la partie cuisine, elle prit une carafe puis sortit par la porte de derrière en la laissant ouverte pour avoir de la lumière.

Elle trouva un puits à pompe à main non loin du seuil. Elle l'activa après avoir placé la carafe sous le robinet et l'eau ne tarda pas à couler. Elle rentra puis remplit un verre avant de s'approcher du lit.

M. Gunter la regardait, mais c'est à Travis, qui l'aidait à se redresser, qu'il s'adressa.

— Qui est la jolie fille ?

— Elle s'appelle Dana Warren. Elle fait partie de l'US Forest Service. Elle m'a guidé jusqu'à vous.

Travis fit avaler les comprimés à son patient.

— Vous n'auriez pas dû venir, répéta M. Gunter.

— Je n'arrivais pas à vous joindre. Dans votre état, il n'est pas bon de rester ici. Si l'incendie atteint le secteur...

— Ils disent ça tous les ans, mais il y a cinquante ans que je vis dans cette cabane et ça n'arrive jamais.

— Peut-être, mais il n'en demeure pas moins que vous avez besoin de soins médicaux.

Dana était impressionnée par le calme de Travis. Pour sa part, elle avait envie de secouer le vieil homme comme un prunier tant il se montrait têtu.

— Cette fois, le feu se dirige par ici, dit-elle.

— On verra ça, mademoiselle, répondit M. Gunter en la fixant.

— Je m'appelle Dana.

Travis décocha un regard d'avertissement à Dana.

— Peux-tu essayer de dénicher du potage ou quelque chose de léger pour mon patient ?

— Je ne veux pas qu'une employée du gouvernement mette le bazar dans ma cuisine, marmonna le vieil homme. Je n'ai pas confiance dans les fédéraux.

— Vous pouvez vous fier à elle, dit Travis, qui prenait son tensiomètre. De toute façon, vous n'êtes pas assez costaud pour l'en empêcher. J'espère que vous accepterez qu'on partage votre repas et je veillerai à ce que ça vous soit remplacé quand on sera en ville. Bon, maintenant, détendez-vous.

Peu ravi, le vieil homme obéit à Travis. Dana, prenant sa radio, se dirigea vers la porte.

— Je vais voir ce que je peux nous mitonner, mais d'abord, je fais mon rapport.

— Oui. Demande à la base d'envoyer les secours. On aura besoin d'un hélicoptère dès le lever du jour.

— Compte sur moi.

Dana sortit sous le porche pour passer son appel puis, après un bref entretien, rentra.

— Le temps s'améliore. L'hélicoptère sera là demain matin. Nous devons le rejoindre sur un terrain d'atterrissage improvisé, un champ à environ trois kilomètres d'ici, au sud-est. J'espère que vous avez un moyen de transport, monsieur Gunter.

— Un quad dans l'appentis, derrière...

— Ce n'est pas ce que j'espérais, mais on s'arrangera.

Travis saisit le poignet du vieil homme pour lui prendre le pouls. Dana s'affairait dans le coin-cuisine quand elle perçut le chuchotement de M. Gunter.

— J'ai besoin de faire pipi.

— Parfait, dit Travis, se levant de la chaise qu'il avait rapprochée du lit. Vous devez vous débarrasser de cet excès de fluide. Je serais fâché que vous mouriez après tout le mal que je me suis donné pour arriver ici. J'ai même dû éteindre un feu.

M. Gunter laissa échapper un petit rire.

— Éteindre un feu...

— Eh oui, répliqua Travis en l'aidant à se mettre debout...

Dana sourit. Travis savait s'y prendre. Il avait « un bon contact », comme on dit. Beaucoup de femmes avaient dû en faire l'expérience, mais elle n'en ferait pas partie.

3

Travis jeta un coup d'œil vers Dana tandis que son patient marchait à côté de lui. Elle avait souri puis arboré un air interdit. À quoi avait-elle pensé ?

Selon son expérience, les femmes s'intéressaient à l'argent, au statut social ou à une partie de jambes en l'air. Parfois aux trois à la fois. Dana, elle, avait une personnalité unique. Elle effectuait un rude travail en faisant preuve de courage et de compétence, avec une détermination peu commune.

Pourtant, il avait surpris chez elle des éclairs de sollicitude inquiète pour lui et pour M. Gunter. Malgré lui, elle le fascinait. Il avait envie de savoir ce qui la motivait dans la vie, ce qu'elle était devenue. Elle ne s'était pas montrée très bavarde pendant leur équipée. Lui était-il arrivé quelque chose ? Quelqu'un lui avait-il fait du mal ?

Quand il remit M. Gunter au lit, Dana avait placé une casserole sur le feu et examinait le contenu d'un mini-réfrigérateur. Elle en sortit du fromage.

Quelques instants plus tard, M. Gunter s'étant endormi, Travis s'approcha de Dana et lui parla à voix basse.

— Ça sent bon.

— C'est de la soupe provenant de boîtes de conserve. Rien d'extraordinaire.

— Pour quelqu'un qui a faim, ça l'est. Et je suis affamé. Comment puis-je t'aider ?

— En remplissant deux verres d'eau. Je servirai la soupe, et je mettrai une assiette de côté pour M. Gunter.

Pendant qu'il s'exécutait, Dana coupa du fromage, le disposa sur une assiette qu'elle plaça sur la petite table située sous une fenêtre. Comme elle se retournait, elle se heurta à Travis.

Une sorte de courant électrique parcourut le bras de Travis et gagna l'ensemble de son corps. Il fut surpris par cette réaction de trouble sensuel. Bon sang ! Il ne s'y attendait pas du tout.

— Désolée... C'est tout petit, ici, dit-elle en s'écartant vite.

Puis elle apporta leurs assiettes sur la table. Il tira une chaise pour s'asseoir et ses genoux heurtèrent ceux de Dana quand il prit place. Elle déporta vivement les jambes sur le côté. De quoi avait-elle peur ?

— Hum... C'est bon, dit-il, avalant une cuillerée.

Dana l'imita.

— Qualité gastronomique, si tu veux mon avis, ajouta-t-il.

— N'exagère pas ! Comment va M. Gunter ?

— Plus mal que je ne le craignais. J'ai bien fait de venir le chercher car l'incendie est le moindre de ses soucis.

Dana posa une main sur son bras à l'endroit où il s'était brûlé.

— Ne t'en fais pas, demain, on le sortira d'ici.

Grimaçant, Travis retira son bras. Dana baissa les yeux et fronça les sourcils.

— Tu t'es brûlé... Pourquoi n'as-tu rien dit ?

— Parce qu'on n'avait pas de temps à perdre à me soigner.

Lui prenant la main, elle amena son bras vers elle et déboutonna le poignet de la chemise.

— Tu aurais dû en parler, dit-elle en relevant la manche. Oh ! Travis ! Ça doit faire mal.

— Je ne prétendrai pas le contraire, dit-il, mâchoires serrées.

— Je vais nettoyer ça et te faire un pansement tout de suite.

— Pas question. Pour le moment, tu finis de manger. Je vais nourrir M. Gunter et, ensuite, tu pourras me rafistoler.

— Soit, mais à la condition que je m'occupe de M. Gunter pendant que tu rinces la vaisselle. Tu as mal.

— Seulement si j'y pense.

« Autrement dit, tout le temps, sauf quand je pense à toi », songea-t-il.

— Tu n'as rien pris ?

— Un ou deux comprimés analgésiques tout à l'heure.

— Bon, tant mieux.

— J'avais entendu parler de ces cabanes isolées en plein bois, mais je n'y étais jamais entré, reprit-il pour détourner la conversation.

— Beaucoup ont été construites comme postes de guet anti-incendie par les gars du CCC pendant la Grande Dépression.

— CCC ?

— *Civilian Conservation Corps.* Le Corps Civil de Protection de l'Environnement était un programme lancé par le président Franklin Roosevelt pour donner du travail aux jeunes chômeurs.

— Tu en sais des choses !

— J'ai appris ça à l'école forestière. Comme j'aime l'histoire, je me suis beaucoup documentée sur les forêts nationales.

— Tu aimes ce que tu fais, de toute évidence...

— Oui, j'aime mon travail.

— Et j'aime le mien. C'est la seule chose que j'ai réussie.

Dana observa un instant Travis avant de désigner M. Gunter d'un mouvement de tête.

— Il est évident que tu es bon dans ta partie.

— Merci. J'aime à croire que je le suis.

— La seule chose que tu as réussie... Ce n'est sûrement pas vrai.

Cette discussion allait plus loin qu'une simple conversation, pensa Travis.

— Tous les projets que j'avais, en dehors de faire médecine, se sont écroulés. Quand je suis revenu à Redmond, j'ai cessé de faire des plans, et je me suis contenté de prendre ce qui vient.

— C'est plutôt triste, je trouve.

— Mais plus réaliste.

L'heureux mariage, le bon job, la maison avec piscine, des enfants... Comme rien n'avait tourné comme prévu, il avait renoncé.

Même si la conversation devenait inconfortable, il aimait discuter avec Dana. C'était la première fois qu'elle se montrait ouverte depuis leurs retrouvailles. Pendant toute la journée, elle avait maintenu de la distance entre eux, bloquant tout retour à leur ancienne amitié, et il avait envie de retrouver leur aisance d'autrefois.

Ayant fini son potage, il s'écarta de la table, et Dana rassembla la vaisselle.

— Je m'occupe de ça pendant que tu te douches.

— C'est toi qui donnes les ordres, maintenant ? demanda Travis, gardant un ton léger.

— Il me semble avoir été claire à ce sujet avant qu'on parte.

Il eut un petit rire.

— Exact. Mais je devrais prendre le relais puisque nous sommes chez mon patient.

Dana s'approcha de lui.

— Possible, mais je pense garder ma position.

Travis fit un pas en avant. Il y eut un vacillement dans le regard de Dana, mais elle ne bougea pas. C'était une femme forte, aujourd'hui.

— Voici ce que je te propose : dans la cabane, c'est moi qui mène la barque. Au grand air, c'est toi.

— D'accord, mais à condition que tu me laisses désinfecter et panser ta brûlure. Je ne veux pas avoir deux éclopés sur les bras.

— Affaire conclue, dit Travis, tendant la main.

Dana la considéra comme si elle se demandait s'il serait sans danger de la saisir. Pour finir, elle glissa une main dans la sienne. Sa paume n'avait pas la douceur de celle d'une citadine qui mène la belle vie. Il y avait de la force et de la détermination dans sa poigne. Il fut traversé par l'idée qu'il pouvait compter sur elle. Elle était du genre à soutenir sans faillir quelqu'un qu'elle aimait, dans les bons comme les mauvais moments.

— Je vais faire manger M. Gunter pendant que tu te laves. J'ai repéré une douche artisanale fixée au mur extérieur. J'imagine que le baril qui sert de réservoir est plein d'eau de pluie. Utilise-la sans compter, elle n'est pas potable. Il y a le puits, pour ça.

— Ça promet d'être rafraîchissant, commenta Travis, avec une grimace.

Elle eut un petit rire dont le son argentin le ravit et lui donna envie de le réentendre.

— Élégante façon de dire « glaçant jusqu'aux os ». D'autant que la température peut chuter drôlement, par ici, la nuit tombée. Même en plein été.

Une douche glacée lui éclaircirait peut-être les idées en ce qui concernait Dana. Et il serait ravi de se débarrasser de sa couche de suie.

Elle gagna le coin-cuisine.

— Et fais attention à cette brûlure, s'il te plaît.

— OK. *boss*.

— Oh ! je n'aime pas trop ce ton-là ! répliqua-t-elle.

Travis sourit jusqu'aux oreilles.

— Mille pardons, mais tu viens de donner un ordre dans la cabane.

Dana esquissa un sourire en coin.

— J'essaierai de faire en sorte que ce soit le dernier.

Alors qu'il sortait par la porte de derrière, elle lança avec un rire dans la voix :

— Économise l'eau chaude !

Le petit habitacle à trois parois, dont l'une était le mur de la cabane, était juste à droite du perron de derrière. Travis s'était déjà lavé dans des endroits improbables, mais jamais de cette manière-là. Il y avait au-dessus de sa tête, sur une plate-forme, un large baril dans lequel était vissé un pommeau de douche, et le sol était constitué de gravier.

Après avoir posé sa torche sur le banc, Travis se déshabilla et suspendit ses vêtements au clou fiché dans le mur latéral, plaçant ses bottes à côté. Il prit le savon sur le banc, ouvrit le robinet et s'engagea sous le jet en réprimant un cri. Coupant l'eau, il se savonna, puis il retint sa respiration avant de rouvrir le robinet pour se rincer. Il y avait quelque chose de libérateur dans une douche en pleine nature. Si seulement l'eau n'avait pas été aussi glacée ! S'étant essuyé avec son T-shirt de rechange, il enfila son pantalon et ses boots à la va-vite, puis se hâta de rentrer pour achever de se rhabiller près du fourneau.

Dana, assise près de M. Gunter, le regarda bouche bée quand il apparut.

— Douche revigorante ?

— Le mot est faible, répliqua Travis qui renfilait son T-shirt tout en savourant le regard choqué mais intéressé qu'elle portait sur son torse.

— Je suis très fier de cette douche, dit M. Gunter, qui avait meilleure mine, en se calant contre les oreillers.

— Elle est très bien, répliqua Travis en s'empêchant tant bien que mal de claquer des dents. J'aurais juste préféré de l'eau chaude.

— Elle l'est quand le soleil brille.

Travis offrit son dos à la chaleur du fourneau.

— Je m'en souviendrai la prochaine fois...

— Je peux vous apporter autre chose, monsieur Gunter ? demanda Dana en se levant, l'assiette vide à la main.

— J'ai encore besoin d'aller faire un tour dehors.

Voyant que le vieil homme tentait de se lever, Travis se précipita vers le lit pour l'aider. Puis il l'accompagna dehors.

À leur retour, il remit le vieil homme au lit, puis se rassit sur la chaise qu'il avait occupée pendant le repas. Dana avait disposé son « attirail » sur la table.

— Bon. À ton tour de te faire soigner. Pose ton bras ici.

— S'il te plaît..., enchaîna Travis d'un air entendu.

— S'il te plaît...

Il installa son bras bien à plat, et elle examina la brûlure sans le toucher. Avait-elle peur de le faire ?

— C'est une brûlure au second degré, presque au troisième. Une chance que ce ne soit pas pire.

— Heureusement que j'ai rejeté la branche, dit Travis, heureux de la voir inquiète pour lui.

— Tu aurais dû en parler, dit-elle d'un ton de reproche.

— À quoi bon ? On n'avait pas le temps de s'occuper de ça.

Elle tâta du bout du doigt le pourtour de la brûlure.

— C'est sensible ?

— Oui.

— Il faut espérer que la cloque ne crèvera pas. Sinon, tu auras vraiment très mal, dit-elle en tamponnant la peau voisine de la lésion avec une compresse imbibée d'alcool.

— Tu te tracasses, hein ? dit-il d'un ton taquin.

Elle leva les yeux sur lui puis les baissa de nouveau. Après avoir éventé la peau lésée pour la sécher, elle ouvrit un étui de compresses stériles qu'elle imbiba de pommade avant de les placer sur la brûlure.

— Quand il faudra les changer, tu apprécieras qu'elles se retirent facilement.

Ayant pris un rouleau de gaze, elle le déroula autour de la zone lésée jusqu'à ce qu'elle soit bien recouverte.

— Veille à garder ça au sec et bien propre, surtout.

— Tu es certaine de ne pas être médecin, en plus ?

— Oui. Ma vocation, c'est pompière parachutiste. Mais je prends très au sérieux mon rôle de secouriste, et j'ai fait une formation.

— Je parie que tu prends très au sérieux la plupart des choses.

— Que veux-tu dire par là ?

Travis nota qu'elle serrait les mâchoires.

— Tu riais et souriais facilement, autrefois. Aujourd'hui, plus tellement.

Elle ne fit aucun commentaire alors qu'elle fixait le pansement avec de l'adhésif puis elle rangea ses affaires.

— Je vais me doucher. C'est un vrai cadeau quand je suis sur le terrain. D'habitude, je n'ai pas droit à un bain pendant des jours.

— Dit celle qui n'est pas encore passée sous un jet glacé.

Après avoir jeté un coup d'œil du côté de M. Gunter, il se rapprocha du fourneau.

Elle pouffa. De nouveau cette « musique ». Ce joli rire qui le prenait aux tripes, et qui surgissait au moment où il s'y attendait le moins.

Rassemblant son sac d'effets personnels et sa torche, Dana se dirigea vers la porte de derrière.

— Je t'ai laissé mon T-shirt de rechange comme serviette ! lança Travis.

Un instant plus tard, le cri aigu qui parvint à ses oreilles le fit sourire.

Dana pénétra dans la cabine de douche, savourant la pleine lune qui la dispensait d'utiliser sa torche. Le T-shirt de Travis était suspendu à un clou, mais elle n'avait pas l'intention de s'en servir. Il y avait, dans l'idée d'utiliser ce sous-vêtement contre sa peau, quelque chose qui la perturbait. La tiédeur résiduelle du tissu. La senteur de Travis. Le fait qu'il avait toujours un impact sur elle.

Pendant le dîner, elle avait trouvé en lui un compagnon charmant – triste, cependant, quand il avait confié sa déception sur sa vie. Il avait paru s'intéresser à ce qu'elle disait. Et aujourd'hui, ils avaient œuvré ensemble comme autrefois, et ce qui la minait, c'était qu'il lui plaisait toujours.

Lorsqu'il était rentré après sa douche, torse nu, elle l'avait dévoré des yeux. Il s'était maintenu en forme, de toute évidence. Elle avait essayé de ne pas le fixer, mais sans grand succès. Il avait été conscient de son intérêt et c'était ce qui la perturbait le plus.

S'engager dans une relation avec Travis, ce n'était pas un chemin qu'elle avait intérêt à suivre car, dans moins de vingt-quatre heures, ils retourneraient à leurs vies respectives.

En se plaçant sous le jet, elle ne put réprimer un cri aigu. Travis avait raison, l'eau était glacée ! Elle se savonna en claquant des dents puis, ses cheveux sentant encore la fumée, il fallut trois shampoings pour chasser l'odeur.

Avec une grande inspiration pour se donner du courage, elle rouvrit le robinet et se rinça. Frigorifiée, elle attrapa le T-shirt de Travis et se sécha, appréciant qu'il soit doux et assez grand pour remplir son office. Ce fut avec des doigts tremblants de froid qu'elle remit ses sous-vêtements et son T-shirt.

— Aïe ! cria-t-elle alors que son petit orteil heurtait le pied du banc.

La porte de la cabane s'ouvrit aussitôt et Travis apparut au coin de la douche.

— Dana ? Est-ce que ça va ?

Travis s'immobilisa, et elle se figea en l'observant. Pourquoi ? Elle n'en savait rien. Elle était habituée au manque d'intimité. Mais là, ce n'était pas un garçon de l'équipe mais *Travis* qui était face à elle. Un frisson la parcourut, qui n'était dû ni à la température de l'eau ni à la fraîcheur de la nuit. Même dans la faible lumière, le regard de Travis révélait qu'il appréciait ce qu'il voyait.

— Désolé. Aurais-tu vu un ours ? Tu as crié.

— Je me suis cogné le petit orteil contre le banc.

Comme il ne faisait pas mine de rentrer, elle ajouta :

— Tu me fixes encore.

— C'est ce que les hommes font devant une femme à demi vêtue.

— Pff ! Tu n'y avais jamais fait attention, avant.

— Mais si ! Je n'étais pas libre, et nous étions coéquipiers. Le moment et le lieu étaient mal choisis, dit-il avec de la tension dans la voix. Cela ne signifie pas que j'étais indifférent.

Le cœur de Dana fit un bond. Si sa raison n'avait pas envie d'entendre ces mots, son corps, lui, y était sensible.

— Tu veux bien rentrer, que je finisse de m'habiller ?

— Ne mets pas trop longtemps, sinon je vais m'inquiéter.

Prendre cette douche n'avait peut-être pas été la meilleure des idées, d'autant que le regard de Travis lui mettait le corps en feu. Jamais il ne l'avait regardée avec autant d'intensité. Elle se hâta de mettre son pantalon et ses bottes.

Quand elle revint dans la cabane, Travis était occupé à prendre les signes vitaux de M. Gunter qui somnolait. Elle rangea ses affaires sans faire de bruit.

— Il faut qu'on prenne un peu de repos. On devra se lever tôt pour rejoindre l'hélicoptère.

— Vas-y. Je vais le veiller, cette nuit, dit Travis qui avait tiré son fauteuil près du lit de M. Gunter.

— Tu vas avoir besoin de dormir, toi aussi, dit-elle en sortant son sac de couchage.

— La journée a été chargée, j'en conviens.

— Réveille-moi à 2 heures et je te relaierai.

Dana déroula son duvet près du fourneau et se glissa à l'intérieur. Quelques secondes plus tard, elle s'était débarrassée de son pantalon qu'elle posa sur ses autres effets, empilés près du sac. Le bras replié en guise d'oreiller, elle ferma les yeux.

— C'était bon de te revoir, Dana.

Elle ne voulut pas lui répondre, mais songea qu'elle allait mettre un certain temps pour s'endormir.

Quelques secondes plus tard, lui sembla-t-il, le parquet craqua près d'elle. Elle ouvrit les yeux. Deux pieds en chaussettes étaient dans son champ de vision. Son regard remonta vers de longues jambes, un derrière rebondi, des hanches étroites, un dos large et des épaules bien découplées.

— Il est quelle heure ?

— 3 heures du mat.

— Je croyais t'avoir dit de me réveiller à 2 heures.

Elle se mit debout, remontant le sac de couchage sur ses hanches.

— Tu ronflais si joliment que je n'ai pas eu le cœur de te réveiller, dit Travis. J'ai un peu dormi dans le fauteuil.

— Veux-tu te retourner pendant que j'enfile mon pantalon ?

— Bien sûr. Je vais remettre du bois dans le feu.

Il prit une des bûches empilées près du fourneau.

— Je dois faire attention à quoi, pour M. Gunter ? demanda-t-elle en finissant de s'habiller.

— Réveille-moi s'il a de la fièvre ou s'il s'agite.

Dana s'approcha du lit alors que Travis se retournait de nouveau.

— Prends mon duvet, dit-elle. Inutile d'en sortir un autre.

Travis se réveilla en percevant du mouvement dans la cuisine et vit que le ciel était encore noir de l'autre côté de la fenêtre. Il enfila son pantalon sans sortir du duvet, ce qui lui arracha un gémissement rauque. Il était courbaturé par les efforts de la veille et le fait d'avoir dormi à même le sol, deux choses qui ne faisaient guère partie de son ordinaire ! Se faufilant hors du sac de couchage, il s'étira.

Comme Dana lui tournait le dos, il put examiner un instant sa silhouette élancée et musclée. Elle avait noué ses cheveux sur la nuque en catogan, mais des mèches s'en échappaient pour glisser sur son visage, et elle les chassait d'un geste impatienté.

Elle coupait du fromage avec des gestes efficaces et précis et une casserole chauffait sur le feu. Comme si elle s'était sentie observée, elle regarda par-dessus son épaule.

— Bonjour, dit-il tout en désignant M. Gunter. Comment ça s'est passé, cette nuit ?

Il passa la main sur sa barbe de trois jours qui le picotait. Il avait besoin de se raser, mais il devrait attendre son retour à la civilisation.

— Bonjour. Le petit déjeuner sera prêt dans un instant. Je réchauffe quelque chose pour le malade.

S'asseyant près de M. Gunter, qui arrivait tout juste à garder les yeux ouverts, Travis prit ses signes vitaux.

Dana les rejoignit, un bol à la main.

— Un reste du bouillon d'hier. Il a passé une bonne nuit et a dormi tout le temps.

— Tant mieux. Je vais le faire manger, dit Travis. Prends quelque chose de ton côté.

Pour une fois, elle accepta ce qu'il suggérait, mais M. Gunter n'avala pratiquement rien.

— Je vais appeler la base pour confirmation du point de rendez-vous, dit Dana.

Travis songea qu'il mangerait un morceau plus tard.

— Si je ne suis pas ici à ton retour, c'est que je suis allé m'occuper du quad...

Il avait lancé le moteur lorsque Dana apparut à l'angle de la maison. Après l'avoir coupé, il vérifia les niveaux d'essence et d'huile.

— Si je pouvais dénicher une ou deux planches pour les fixer en travers du conteneur utilitaire et poser le matelas dessus, on transporterait plus commodément notre malade. On pourrait aussi utiliser nos sacs de couchage, plus chauds que ses couvertures.

Dana vint se planter de l'autre côté du véhicule.

— Je crois que ça pourrait marcher.

— Il ne sera pas à la fête pendant le trajet.

Travis regarda autour de lui, mais, n'apercevant aucune planche, il se dirigea vers l'abri de jardin et Dana lui emboîta le pas.

Derrière le petit cabanon, Travis trouva du vieux bois de

charpente. Il emporta deux planches jusqu'au quad et les cala sur le conteneur métallique large et bas situé derrière le siège.

— Je crains que ce ne soit pas assez stable, dit-il.

— Et si on fixait des traverses pour les maintenir en place ?

— Ça conviendrait, à condition de dénicher des clous, un marteau et une scie.

— Il doit y en avoir quelque part. M. Gunter en a besoin pour survivre tout seul ici.

Dana s'engagea vers le fond du cabanon, suivie par Travis. Après avoir mis la main sur une scie, elle poussa vers lui une grosse boîte rouillée.

— Vois s'il y a un marteau et rejoins-moi.

Il trouva un marteau abandonné sur un banc et revint vers le véhicule.

— Je vais chercher une autre planche, dit Dana. Il faut qu'on parte vite car l'hélicoptère ne pourra pas attendre, surtout si le vent se lève.

— C'est prévu au programme ?

— Oui. Et il faut qu'ils nous prennent tous les trois à bord.

Un instant plus tard, elle était de retour. Il scia les deux bouts de planche nécessaires. Mettant en place ces traverses de façon qu'elles occupent la largeur de la plate-forme, il les cloua pendant que Dana maintenait les planches en longueur.

— Il ne nous manque plus que des cordes, dit-elle.

— J'en ai vu dans l'appentis.

Travis eut tôt fait de revenir et, ensemble, ils assujettirent la plate-forme sur le conteneur à l'aide de la corde pour qu'elle soit stable. Satisfait, Travis jaugea le résultat.

— Ça me paraît aller.

— Je vais ranger les outils. Va chercher M. Gunter.

Travis se rendit dans la cabane.

— Il faut que nous partions, monsieur Gunter.

Le vieil homme ouvrit les yeux.

— Il faut vous asseoir dans le fauteuil à bascule. Vous pouvez y arriver ?

— Bien sûr que je peux. Je peux même marcher jusque-là.

Le vieil homme fit un mouvement pour se lever, mais en vain, et Travis dut l'aider à s'installer dans le fauteuil. En fait, son patient surestimait ses forces ! Pendant qu'il soutenait M. Gunter, il entendit rugir le moteur du quad que Dana venait garer devant la maison. Ayant installé M. Gunter, Travis transporta le matelas jusqu'au quad. Après l'avoir disposé sur la plate-forme, il retourna chercher son patient.

Dana avait rassemblé leurs paquetages et l'attendait.

— Je vais t'aider à le mettre dessus.

À eux deux, soulevant et poussant à la fois, ils allongèrent M. Gunter sur le matelas. Dana retourna dans la cabane pour chercher le reste de leurs affaires tandis que Travis couvrait le vieil homme avec un duvet.

Puis il installa un des sacs devant le volant, l'autre devant aller entre les jambes du conducteur. Ils lièrent le drap à l'arrière et à l'avant du conteneur pour que M. Gunter soit en sécurité avant de caler la tronçonneuse aux pieds du vieil homme.

— Tu conduiras, dit Travis, ce sera plus facile pour toi d'être à l'avant. On va vraiment être à l'étroit !

Il s'assit dans le quad et Dana prit place devant lui, au volant, le dos plaqué contre son torse et ses cuisses contre les siennes. Ses cheveux effleuraient le menton de Travis.

— Prêt ? demanda-t-elle.

— Prêt.

Travis glissa un bras autour de la taille de Dana qui, prenant une profonde inspiration, mit le contact puis démarra.

Il était loin d'être insensible à ce contact avec Dana, mais il n'avait pas l'intention d'en tirer parti. Il l'avait meurtrie une fois et ne récidiverait pas.

Malgré le terrain accidenté, Dana tentait d'éviter les ornières, espérant épargner les cahots à M. Gunter. Du coup, ils n'allaient pas vite. Le jour se levait et ils risquaient de manquer l'hélicoptère.

Ils roulaient sous un tunnel d'arbres aux larges troncs, assez hauts pour bloquer la lumière, et le vent agitait le faîte des frondaisons. Dana avait une conscience aiguë du corps de Travis pressé contre le sien.

Même dans ses rêves les plus fous, elle n'aurait pas imaginé pareil scénario ! Elle tenta d'oublier Travis. Ne s'était-elle pas juré que plus jamais un homme n'accaparerait ses pensées ? Il était inenvisageable de souffrir à nouveau à cause d'un homme. Il était trop dur de s'en remettre. Elle devait contenir ses émotions, se concentrer sur son travail, sur le devoir bien accompli. Jusqu'ici, cela lui avait réussi.

— On est encore loin ? demanda Travis, son souffle et ses lèvres lui effleurant l'oreille.

— Pas très.

Encore quelques kilomètres, le retour à la maison, et adieu Travis !

Une bourrasque tourbillonna autour d'eux et une légère odeur de fumée lui vint aux narines. L'incendie se déplaçait-il plus vite ?

— Fumée...

Travis l'avait sentie aussi.

Heureusement, l'étroit chemin devenait moins accidenté, et elle put accélérer jusqu'à quitter le bois et s'engager dans une prairie. Elle était assez vaste pour que l'hélicoptère de secours fasse descendre une nacelle pour M. Gunter, mais n'autorisait pas un atterrissage. En zone de forêt dense, les sauvetages étaient problématiques.

Dana arrêta le quad au milieu du champ et coupa le moteur. Un vrombissement de rotors le remplaça, indiquant que l'hélicoptère n'était pas loin. Bon timing...

En descendant du quad, elle veilla à ne pas toucher Travis. Elle entra en contact radio avec le pilote de l'hélicoptère pour l'avertir qu'ils étaient au rendez-vous, tandis que Travis dénouait le drap qui avait maintenu M. Gunter. Le vieil homme avait de nouveau le teint cendreux, mais ses yeux étaient ouverts.

— Ils envoient la nacelle ! dit-elle.

Travis hocha la tête et prit les signes vitaux de son patient.

Quelques instants plus tard, l'hélicoptère, au niveau des frondaisons des arbres, faisait du sur-place au-dessus du champ et une nacelle métallique fut descendue. Comme elle oscillait, Dana allongea le bras pour la stabiliser, mais la nacelle se rabattit vers elle à la vitesse d'une fusée. Des bras puissants la saisirent et l'en écartèrent vivement.

— Tu veux mourir ou quoi ?

Les mots de Travis avaient claqué comme des balles alors qu'il trébuchait en arrière avec elle. Il parvint à les stabiliser tout à fait hors de portée, et lâcha Dana alors que la nacelle touchait le sol avec un rebond.

— Installons M. Gunter avant que le temps se gâte pour de bon.

Ensemble, ils soulevèrent le vieil homme hors du quad. Travis le soutenant d'un côté et Dana de l'autre, ils parvinrent à l'allonger dans la nacelle. Travis rabattit la couverture qu'elle contenait sur le vieil homme et Dana attacha les sangles de sécurité.

M. Gunter les regarda tour à tour.

— Ma cabane ?

— Elle ne risque rien, lui assura Travis.

— C'est tout ce que j'ai, dit le vieil homme, implorant.

La radio grésilla.

— Il faut y aller. Le vent se lève.

— Nous sommes prêts. Treuillez-le, dit Dana dans la radio.

Elle et Travis s'écartèrent, laissant le champ nécessaire à la manœuvre. À un moment donné, la nacelle oscilla si violemment que Dana eut peur pour M. Gunter. Elle venait d'être amenée à l'intérieur de l'appareil lorsque le vent le déporta violemment sur la droite.

— On ne peut pas tenir plus longtemps, dit la voix du pilote dans la radio. Désolé. Il va falloir que vous rentriez à la base par vos propres moyens.

L'estomac noué, Dana regarda l'hélicoptère s'élever et disparaître au-dessus des arbres. Elle jeta un coup d'œil à Travis. Ils allaient passer plus de temps ensemble qu'elle ne l'avait prévu, ni même souhaité.

4

Travis resta songeur. Leur moyen de quitter cette forêt en feu venait de s'envoler – dans tous les sens du terme. L'équipée s'avérait plus que mouvementée ! Il regarda Dana. Ils allaient passer plus de temps ensemble que prévu...

— Message reçu, dit-elle au pilote.

La déception avait percé dans sa voix. Elle ne semblait pas plus enchantée que lui. Une nuit à la dure, passe. Mais deux... Perdre des jours de travail pour un seul patient, ce n'était pas ce que Travis avait voulu.

— Allô, la base, ici Dana, reprit-elle. Le vent s'est renforcé et les secours n'ont pas pu nous emmener, le Dr Russell et moi. Nous retournons à la cabane de Gunter pour la sécuriser avant de partir.

— Message reçu, Dana. Attention, le feu a changé de direction.

— OK. Quelle est la météo ?

— Le front de mauvais temps devrait se déplacer d'ici, ce soir. La nuit devrait être calme.

— Merci. Je referai un point ce soir.

Travis se passa une main dans les cheveux.

— On est bons pour une randonnée, j'imagine.

— Oui. Tu te sens d'attaque ?

— Je ne crois pas avoir le choix.

— En effet. Allons sécuriser la cabane de Gunter, dit Dana en se dirigeant vers le quad.

— Je conduis au retour, dit Travis.

Dana fit volte-face.

— Ne commence pas à me donner des ordres !

— Je n'avais pas l'impression d'en donner un. Tu n'as pas besoin d'avoir toujours le dernier mot !

L'espace d'un instant, elle resta saisie comme s'il l'avait giflée, puis elle le foudroya du regard.

— Si ce n'était pas un ordre, alors il était bien imité.

Travis se dirigea vers le tout-terrain.

— Au lieu de nous disputer, mettons-nous plutôt en route. Si l'incendie reprend de la vigueur, j'aimerais être loin d'ici.

Une expression contrite se peignit sur le visage de Dana.

— Désolée… Tu ne méritais pas que je réagisse ainsi. La situation nous dépasse et ça nous met à cran.

— Je dois dire qu'on ne s'ennuie pas avec toi.

Non sans surprise, Travis s'avisa qu'il y avait du vrai dans cette affirmation. Cette entorse à la norme pimentait sa vie, ordinairement bien ordonnée et confortable.

Dana vint jusqu'à lui.

— Allons-y. Tu peux conduire.

— Bon plan.

Travis s'installa sur le siège. Posant une main sur son épaule, Dana se glissa derrière lui. Tandis qu'ils roulaient en terrain cahoteux, elle se cramponna aux pans de sa chemise et il la sentait tendue, comme si elle redoutait le moindre contact entre eux.

Autrefois, ils avaient été amis, entretenant une relation de camaraderie que Travis n'avait jamais retrouvée avec une femme. Après ce qui s'était passé entre eux, il ne s'attendait pas qu'elle n'éprouve plus de ressentiment, mais il aurait voulu qu'elle l'oublie un peu. Il aspirait à détendre l'atmosphère.

Le trajet de retour fut plus rapide. Quand Dana descendit du quad, dès qu'il se fut arrêté devant la cabane de M. Gunter, il se tourna vers elle.

— Pour ce qui s'est passé il y a huit ans…

— C'était ma faute. Une stupide toquade de gamine.

Elle alla vers l'arrière du quad.

— Je ne trouvais pas ça stupide, dit-il.

— J'ai fait naître de la gêne entre nous. Je n'aurais pas dû essayer de t'embrasser. Je savais que tu avais une petite amie.

— Hé, ce n'était qu'une impulsion dans l'enthousiasme du moment. J'ai été flatté.

Après s'être remis de sa surprise initiale.

Il connaissait les effets de l'infidélité puisque son père avait tué sa mère à petit feu avec ses relations extraconjugales. Travis s'était juré de ne jamais faire subir cela à quelqu'un qu'il aimait. Être fidèle, c'était important. Il avait été dévasté lorsque son ex-femme l'avait trompé.

— Nous étions amis et j'ai détruit ça, dit-elle en saisissant la tronçonneuse à l'arrière du quad.

— J'aurais dû m'y prendre mieux pour te dire non. J'ai toujours été ton ami.

— Il n'y a pas de problème.

Travis descendit du véhicule. Pour une raison qui lui échappait, il tenait à restaurer leur amitié.

— Vraiment ? Je serais content qu'on soit encore amis.

— Nous pouvons essayer. Pour le moment, nous devons sécuriser cette cabane, alors tu t'attaques au pare-feu et je coupe les broussailles. Moins l'incendie aura de combustible, mieux ce sera. Il faut espérer que le vent ne se lèvera pas, sinon, quoi qu'on fasse, ça ne changera rien.

Elle s'était fermée pour rentrer dans son rôle de pompière parachutiste et la discussion n'irait pas plus loin.

— Commence par le cabanon. Vois s'il contient de l'essence ou des matières inflammables. Pour le reste, nous enterrerons tout ce qui pourrait résister. On a une pleine journée de boulot devant nous. Si la météo se maintient, nous passerons la nuit ici et nous nous mettrons en route demain matin. Sinon, on devra déguerpir pour prendre l'incendie de vitesse.

— Oui, boss, dit Travis.

Dana pinça les lèvres, l'air contrit.

— Nous sommes convenus que je dirige les opérations à l'extérieur. Bon, je vais déblayer les broussailles à l'arrière. Si tu trouves de l'essence ou du pétrole, apporte-les-moi. Au fait, n'oublie pas le quad !

— On ne peut pas partir avec ?

— Le terrain est trop difficile. Pas de routes, seulement des sentiers si on a de la chance. La plupart du temps, on devra s'ouvrir un chemin. Remise-le dans le cabanon et vois si tu peux siphonner l'essence.

Travis finit par dénicher un tuyau en caoutchouc sur une étagère au fond de l'appentis. Ayant placé un jerricane sur le marchepied du tout-terrain, il mit une extrémité du tuyau dans le réservoir du quad et l'autre dans sa bouche, puis aspira.

— Travis !

Le cri aigu de Dana avait troué l'air et la tronçonneuse s'était tue.

Il recracha l'essence qui lui avait rempli la bouche et se rua à l'avant de la cabane puis s'arrêta net. Un imposant crotale était figé devant Dana, tête dressée, agitant sa queue à sonnettes. Au moindre mouvement, il pouvait la frapper.

— Aide-moi, Travis.

Son intonation désespérée lui alla droit au cœur. Cette femme si solide avait sûrement une peur bleue des serpents pour l'implorer ainsi.

— Ne bouge surtout pas.

Une branche qu'elle venait de couper gisait non loin de là. Il s'en empara et la traîna sur le sol, détournant l'attention du serpent.

— Déplace-toi lentement derrière le tronc, reprit-il.

Dos au tronc, Dana le contourna jusqu'à se mettre hors de portée.

Laissant tomber la branche, Travis décrivit un large cercle autour du crotale pour rejoindre Dana. Il lui tendit une main qu'elle saisit, et ils s'écartèrent de la zone avec précaution.

Dès qu'ils furent à l'abri du danger, elle retira sa main et inspira profondément, la panique toujours présente dans son regard. Sans réfléchir, il la prit dans ses bras, et la sentit trembler. À son grand étonnement, elle ne s'écarta pas. Elle avait réellement été terrifiée.

Après une longue inspiration, elle recula et redressa les épaules.

— Ça va, maintenant. Merci de m'avoir aidée. Je hais les serpents. C'est le cauchemar de mon travail.

— Pas de souci, dit Travis, regardant le crotale au-delà de l'arbre. On va lui laisser le temps de s'en aller.

— Je te serais reconnaissante de ne parler à personne de ma réaction ridicule.

— Tu crains qu'on se moque de toi ? demanda-t-il avec étonnement.

Elle hocha la tête puis s'écarta.

Elle était donc vulnérable à ce point ? Elle avait donc si peur de trahir une faiblesse ? Pourquoi croyait-elle devoir se montrer forte tout le temps ?

— Je me rappelle que tu travaillais dur pour faire tes preuves. Tu te souviens de la première fois où tu as sauté, à l'entraînement de parachutisme ? Ça faisait peur.

— Oui.

— Mais ce premier saut a été grisant. Je n'ai pas oublié ton immense sourire lorsque tu as atterri juste après moi.

Le visage de Dana avait resplendi d'excitation et de jubilation. Il avait envie de voir reparaître cet air-là.

Le sourire qui avait adouci les traits de Dana s'effaça lorsqu'elle leva les yeux sur lui.

— Il faut se remettre au travail.

L'avait-il si profondément blessée, cet été-là, qu'elle ne voulait en garder aucun souvenir ? Cela le rendit très triste. Il se dirigea vers le cabanon.

— Ce qu'on ignore ne disparaît pas pour autant, tu sais.

— Toi, par exemple ? demanda-t-elle en souriant jusqu'aux oreilles.

Il aimait mieux ça ! La Dana qui lui plaisait tant.

— Oui, dit-il en poursuivant son chemin, sourire aux lèvres.

Il finit de s'occuper du quad et du cabanon puis s'attaqua au pare-feu. Ils firent une pause vers midi, ensuite Dana se joignit à lui pour le pare-feu.

— Maintenant, la cabane, dit-elle quand ils eurent terminé. Il faut enterrer les éléments inflammables.

— C'est de plus en plus excitant, ironisa Travis, balançant le Pulaski sur son épaule. Avec toi, un homme ne s'ennuie pas, c'est sûr. Je vais creuser un trou.

Dana devait admettre que Travis se montrait beau joueur au lieu de lui compliquer la vie. Elle avait été très contente qu'il soit là lorsqu'elle avait été acculée par le serpent, ces bestioles ayant le don de lui faire perdre ses moyens. Être réconfortée par ses bras protecteurs lui avait fait du bien.

Deux heures plus tard, lorsqu'elle contourna la cabane, elle trouva Travis sous le porche, un verre d'eau dans chaque main.

— Tiens, ça te fera du bien, dit-il en lui tendant un verre avant de s'asseoir sur le banc sous une fenêtre. J'ai creusé le trou.

— Super, mais avant que tu te la coules douce, je te rappelle qu'il faut aussi le remplir.

— Continue comme ça, et je demanderai à être aussi le boss à l'extérieur.

— Désolée. On s'est mis d'accord sur le partage des responsabilités, dit-elle en vidant son verre. Je vais examiner le secteur pour voir si on n'oublie rien et je prendrai contact avec la base.

— Je vais remplir le trou.

— D'accord. La base ? Ici, Dana, dit-elle en s'éloignant. Je peux faire un point météo ? Terminé.

Il y eut un grésillement puis une voix masculine répondit :

— Pour le moment, la nuit s'annonce toujours calme.

— Et l'incendie ?

— Il se dirige toujours dans votre direction, mais on le contrôle à cinquante pour cent.

— Bien reçu. On reste ici ce soir. On prendra demain matin la Coyote Loop Trail en direction de la tour d'observation de Bright Light.

— D'accord. Faites bien attention à vous.

Dana trouva Travis planté au bord du trou qu'il avait creusé, appuyé au manche de la pelle.

— J'attendais de voir si tu as quelque chose à rajouter avant de le combler.

— Non. Si tous les éléments inflammables y sont, tu peux couvrir de terre.

— On a autre chose à faire ? demanda Travis en jetant une première pelletée dans le trou.

— Il faut que j'examine le garde-manger pour voir ce qu'on peut emporter. On a trois jours de marche supplémentaires devant nous.

Elle regarda le ciel au-dessus des arbres. Il ferait nuit dans une heure ou deux.

— Tu as eu les infos météo ?

— Oui.

Elle rapporta le message de la base tandis que Travis continuait à jeter de la terre dans le trou.

— Ce sont de bonnes nouvelles, non ?

— Oui. Nous passerons la nuit ici, finalement.

— Ce n'est pas pour me déplaire. Je préfère avoir un toit au-dessus de la tête au cas où il pleuvrait.

Dana alla vers la cabane.

— Nous partirons dès qu'il fera jour.

— Je serai prêt, dit Travis qui se remit à pelleter.

Trois quarts d'heure plus tard, il la rejoignait dans la cabane pour s'asseoir dans un fauteuil avec un gémissement rauque, et se masser le bas du dos.

Dana le considéra.

— Est-ce que ça va ?

— Ne te paie pas ma tête. Je ne suis pas habitué à tant de travail manuel.

— Tu as pourtant l'air en forme.

— Merci. M'aurais-tu passé au crible ?

Elle l'avait bel et bien jaugé, mais elle ne le lui ferait certes pas savoir.

— On est où ? Au collège ? demanda-t-elle. Bon, je vais me doucher avant le repas.

— Serait-ce ta façon de me dire de cuisiner ?

— Pas vraiment. Tu peux t'occuper du repas, si tu veux, sinon, je m'en chargerai.

— C'est toi qui l'as préparé hier, il est juste que ce soit mon tour ce soir.

Elle le regarda en écarquillant les yeux.

— Merci. Beaucoup d'hommes ne pensent pas en ces termes.

Travis fut réconforté par cette remarque. Quelques minutes plus tard, alors qu'il œuvrait dans la cuisine, il entendit un cri aigu et songea qu'elle venait sûrement de se placer sous le jet. Il sourit, mais ce sourire s'effaça alors qu'il l'imaginait toute nue là-dehors. Il ne devait pas s'attarder sur ce genre de pensée mais se concentrer sur le dîner.

S'il embrassait Dana maintenant, il ne serait pas facile de tourner la page ensuite. Il ne voulait pas lui faire du mal. Elle méritait mieux qu'une passade due à leur isolement en pleine nature sauvage. Or, c'était tout ce qu'il avait à offrir, désormais.

Travis la regarda lorsqu'elle rentra dans la cabane. Son visage rosi, ses cheveux humides encadrant son visage la faisaient paraître juvénile. Elle n'avait pas besoin de maquillage pour être séduisante.

Il fit un pas vers elle puis s'immobilisa. Une douche froide était recommandée, là, tout de suite. Il prit ses affaires.

— On mangera quand je me serai douché.

— Après, je referai ton pansement au bras.

Il lança par-dessus son épaule :

— Et je dois m'occuper de ta balafre au visage.

— On fait une drôle de paire ! On n'a même pas passé vingt-quatre heures ensemble et on est déjà éclopés.

Oui, et il avait pour sa part d'autres problèmes !

Alors que l'eau froide se déversait sur lui, il pencha la tête d'un côté puis de l'autre, souleva les épaules. Comment se sentirait-il après encore deux jours de ce « régime » ? Mais au moins, les courbatures de son corps endolori l'aidaient à oublier les pensées dérangeantes que Dana lui inspirait.

Elle était attablée devant des sandwichs et de la soupe quand il rentra dans la cabane. Ils mangèrent sans beaucoup bavarder puis débarrassèrent. Lorsque ce fut fait, Dana sortit son kit de premiers secours.

— Comment va ton bras ?

— La sueur n'a pas été clémente envers lui.

La brûlure l'avait élancé pendant toute la journée.

— J'imagine, dit-elle, le regard adouci.

— J'ai bien lavé la lésion. Avec un nouveau pansement et un ou deux comprimés analgésiques, je serai bon pour la route.

— Laisse-moi jeter un coup d'œil.

Il mit le coude en appui sur la table et elle lui prit la main pour examiner le bras. Il essaya de ne pas se laisser affecter par ce contact, mais ce toucher pourtant dépourvu d'intention sexuelle lui donnait envie d'aller plus loin. Dana s'en rendait-elle compte ?

Quand elle leva les yeux, il vit un éclat fiévreux dans son regard, et elle le relâcha aussitôt.

— Tiens le bras levé.

Il fit ce qu'elle demandait sans la quitter du regard, tout comme elle, mais il y avait maintenant du défi dans ses yeux. La déception l'envahit. Il avait cru qu'ils avaient dépassé ce stade et recouvré un peu de leur ancienne relation. Mais évidemment, rien n'avait changé dans leur association présente. Elle n'était que temporaire.

D'un toucher léger, Dana étala le baume sur la zone lésée.

— Il va falloir l'économiser. Il ne m'en reste plus beaucoup, dit-elle.

— J'en ai un peu dans ma trousse. Je garderai la manche baissée pour protéger la zone, dit-il alors qu'elle renouvelait le pansement. Au fait, tu vis toujours dans le ranch de ton grand-père ?

— Oui, dit-elle en lui bandant le bras avec soin.

Il vit que ses cheveux avaient séché. Il avait envie de les toucher, mais se l'interdit.

— Je me rappelle que tu adorais cet endroit. Il y a quelqu'un de spécial dans ta vie ?

Cela ne le regardait pas, mais il désirait être fixé. Elle leva fugacement les yeux vers lui.

— Non. Disons que j'ai tendance à intimider les hommes.

Il se renversa dans son fauteuil avec un sourire jusqu'aux oreilles.

— Comme c'est étonnant !

Dana posa sur lui un regard sombre.

— Désolé, ajouta-t-il. J'ai visiblement touché un point sensible. Tu veux me dire ce qui s'est passé ?

— Mon dernier petit ami a commencé à me suggérer de trouver un autre job dans un bureau. Il était jaloux et n'aimait pas que je passe la nuit dehors avec des hommes, même si c'était pour mon travail. Pff ! Comme si, après une journée éreintante, on pouvait penser à autre chose qu'à huit bonnes heures de sommeil.

— Pourquoi étais-tu avec cet idiot, alors ?

Pour une raison qui lui échappait, il était indigné pour elle plus qu'il ne l'aurait dû.

Elle s'arrêta de le soigner et son regard se perdit dans le vide. Puis elle haussa les épaules.

— Je l'avais rencontré juste après la mort de mon grand-père. Il travaillait au bureau des successions où j'étais venue apporter des documents. Il s'est montré gentil et m'a invitée à dîner. C'était il y a longtemps, dit-elle, reprenant sa tâche.

Comme pour elle et lui. Cela le blessait, d'une certaine façon, que Dana ne se soit pas languie de lui pendant toutes ces années.

— Au début, il était fasciné par mon travail. Il disait à tous ses amis qu'il sortait avec une pompière parachutiste et il me faisait raconter des histoires liées à mon métier. Mais peu à peu, il s'est mis à faire des réflexions acerbes, et si je n'étais pas de son avis, il m'accusait d'être dictatoriale.

Il comprenait maintenant pourquoi elle n'avait pas aimé qu'il l'accuse de vouloir commander !

— À l'époque, je grimpais les échelons, alors qu'il n'avait pas obtenu une promotion convoitée.

— Tu es sortie combien de temps avec lui ?

— Presque un an, dit-elle à voix basse, comme honteuse.

Travis ne put réprimer une grimace.

— Oui, je sais, ajouta-t-elle. Je voulais juste quelqu'un parce que je me sentais seule. Pour couronner le tout, je me suis accrochée à lui jusqu'à ce qu'il me plaque. En public...

Elle avait de nouveau été repoussée. Travis posa une main sur la sienne et serra.

— Je suis navré. Tu ne méritais pas ça.

— Peut-être, mais ça a quand même eu lieu.

Craignant de retenir sa main plus qu'il ne le devrait, il la relâcha.

— Et depuis, tu n'es sortie avec personne ?

— Non, je me suis concentrée sur mon job. De toute façon, je ne pense pas être faite pour le mariage et la vie de famille. Je n'ai pas eu de bons exemples dans ce domaine.

— Je ne suis pas certain d'être d'accord. Cet été-là, nous formions une bonne équipe.

— Et regarde où ça nous a menés !

— Ce n'était pas un de nos meilleurs moments. Oublions-le et allons de l'avant, dit Travis.

Comme elle avait fini, il lui releva le menton.

— À ton tour, dit-il en l'amenant à tourner la tête pour examiner sa joue. Ça semble bien, mais il pourrait y avoir une petite cicatrice.

Elle avait une jolie peau, superbement bronzée. Il l'effleura du dos de la main.

— Il serait dommage qu'une aussi jolie peau soit abîmée…

Leurs regards se rencontrèrent, montrant le même trouble.

— Ne sois pas si dure avec toi, Dana. Je suis passé par là. J'étais censé avoir une existence idéale et un mariage parfait, et il n'en a rien été. Nous ne pouvons pas contrôler les actes et les pensées des autres.

Dana le regarda, avec curiosité cette fois.

— Que s'est-il passé ? Désolée, ça ne me regarde pas !

Travis haussa les épaules.

— L'eau a coulé sous les ponts. Eh bien, pendant que je faisais médecine et travaillais dur, ma femme sortait en boîte et rentrait à la maison avec mes camarades étudiants. Le pire, c'est que je prenais la loyauté très au sérieux, contrairement à elle. La confiance, l'esprit d'équipe, travailler et devenir adultes ensemble, c'était important pour moi.

— C'est toujours le cas ?

— Je n'en sais rien. Je n'ai plus permis à personne d'être assez proche de moi pour être fixé. Les relations à long terme, ce n'est pas pour moi.

— Pourquoi allait-elle voir si l'herbe était plus verte ailleurs ? demanda Dana, l'étonnement perçant dans sa voix.

— Parce que je n'étais pas disponible, il y avait mes études, mes cours, ou le labo. J'imagine qu'elle se sentait seule.

— Je peux comprendre. Quelquefois, on fait des choses stupides simplement pour ne pas être seul.

Était-il plus responsable qu'il ne l'avait cru de la rupture de son mariage ? Ce n'était pas une prise de conscience agréable. Il préférait rejeter le blâme sur Brittney.

Dana le regarda dans les yeux un long moment. Puis elle cilla.

— Euh... On doit finir ce qu'on a à faire et dormir un peu.

Si délicate que la discussion ait pu être, au moins, ils avaient brisé le mur de verre qui les séparait. Les jours faciles de leur été lointain étaient révolus. Ils avaient accumulé des expériences et des blessures qu'ils semblaient incapables d'abandonner sur le bas-côté du chemin.

Dana rangea le contenu de sa trousse de premiers secours. Le regard de Travis restait posé sur elle, mais elle évita de lever les yeux. Elle était stupéfaite de lui avoir tout dit sur son ex. Un effet de la fatigue, probablement. Travis venait de reparaître dans sa vie, et elle lui révélait déjà tous ses secrets ! Même les hommes de son équipe, qu'elle considérait comme des frères, ignoraient ce qui s'était passé. Depuis que Travis était là, on aurait dit qu'elle vivait dans un univers parallèle.

Et dire que son épouse l'avait trompé ! Dana espéra qu'il n'avait pas cru qu'elle prenait le parti de sa femme. Elle croyait elle aussi dans l'engagement et devinait que Travis et Brittney n'avaient pas été prêts pour le mariage. Travis avait été concentré sur sa formation de médecin, et sa femme, concentrée sur elle-même. Dana était mal placée pour les critiquer. N'était-elle pas restée avec un homme qui avait fini par l'humilier avant de la rejeter ?

Si Travis l'avait autrefois blessée dans ses sentiments, elle avait admiré son honnêteté. Elle se leva et, comme elle allait ranger sa trousse, il la retint par le poignet.

— Tu m'as manqué, dit-il avec douceur. Nos conversations m'ont manqué. Tu as toujours eu le don de me faire voir les choses sous une autre perspective.

— Tant mieux pour toi, répliqua-t-elle, osant le regarder et se demandant où cela allait les mener.

— Je me suis demandé ce que tu devenais. Plus d'une fois…

Malgré elle, elle se sentit ragaillardie. Elle avait plus d'une fois pensé à lui, elle aussi. Essentiellement, comme à l'homme qui était son modèle pour jauger les autres.

— Travis, je ne suis plus une petite jeune fille naïve, celle qui avait le béguin pour un garçon plus âgé.

— J'en suis conscient. Tu me plais, Dana.

Elle soupira.

— Tu ne devrais pas me regarder comme ça.

— C'est-à-dire ? Comment est-ce que je te regarde ?

La conversation prenait un tour qu'elle n'avait pas prévu. Elle recula d'un pas.

— Comme si j'étais ta friandise favorite.

— Friandise… Qu'y a-t-il de mal à ça ?

— Je ne serai pas ton jouet. Tu as dit toi-même que tu ne veux pas de relations durables, et une aventure, ce n'est pas mon genre.

— Qu'en sais-tu ?

— Je ne veux plus parler de ça. Nous devons nous en tenir au travail et arrêter les discussions personnelles.

— Tu es sûre que c'est ce que tu veux ? demanda Travis.

— Oui, répondit-elle fermement en se redressant.

— J'y consens à une condition.

Elle avait désespérément besoin qu'il consente !

— Laquelle ?

— Pouvoir satisfaire ma curiosité.

— À quel sujet ? demanda-t-elle.

— Je veux savoir l'effet que ça aurait fait de t'embrasser.

Elle eut soudain la bouche sèche.

— Je ne crois pas que ce soit une bonne idée.

Travis esquissa un pas, mais en restant hors de portée.

— Peut-être, mais tu ne t'es jamais posé la question ? Tu n'as pas envie de savoir ?

Si ! Non. Elle le fixa, son cœur battant à ses tempes.

— Fais la moitié du chemin, Dana, dit-il doucement.

Pouvait-elle agir ainsi ? Si elle refusait, elle ne serait jamais fixée. Elle avait eu envie de l'embrasser, autrefois. Elle en avait envie maintenant. Quel risque y avait-il pour eux à échanger un baiser ? Elle pourrait ainsi se débarrasser de son obsession et cesser de se demander l'effet que ça lui aurait fait.

Alors qu'elle avançait d'un pas, Travis en fit autant. Lorsqu'ils furent à quelques centimètres l'un de l'autre, il lui releva le menton. Elle osait à peine respirer. Travis Russell désirait l'embrasser !

Lentement, il inclina la tête.

Il avait des lèvres douces et fermes. Son premier contact fut léger, hésitant. Elle ne se déroba pas, elle n'en avait pas envie. Elle tremblait. Elle en avait si souvent rêvé ! Ses mains se portèrent sur les biceps de Travis, s'y cramponnèrent pour s'empêcher de vaciller. Travis la stabilisa en la prenant par la taille. Comme elle laissait échapper un gémissement sourd, il entrouvrit les lèvres et chercha à approfondir le baiser.

Alors que la langue de Travis lui effleurait les lèvres, quêtant une invite à la pénétration, Dana ne le déçut pas. Elle voulait aller plus loin. Et encore plus loin. C'était ce dont elle avait rêvé. Mieux, même. Ses lèvres s'entrouvrirent alors qu'elle se pendait à son cou, et il ne bouda pas cet accueil.

Dana avait craint d'avoir manqué quelque chose de spécial, autrefois. Elle avait vu juste. Être désirée, voulue, c'était cela.

5

Le grésillement de la radio, suivi d'un : « Réponds, Dana, réponds », arracha Dana au baiser étourdissant de Travis. Ah, il savait embrasser ! Elle s'écarta et tenta de reprendre ses esprits.

— Dana, réponds !

Elle éprouva aussitôt une sensation de manque, privée de l'excitation que Travis suscitait en elle. Les mains tremblantes, elle prit la radio.

— Ici, Dana, j'écoute.

— J'ai du nouveau. L'incendie n'est plus sous contrôle et il se dirige vers vous. Je te conseille de partir vers l'ouest le plus vite possible. Terminé.

— OK. Nous partirons aux premières lueurs du jour.

— Fais attention. On a affaire à un incendie monstre.

— Message reçu.

Elle regarda Travis.

— On ferait bien de dormir un peu. Il va falloir qu'on adopte une allure rapide et soutenue.

Sans attendre de réponse, elle alla sortir son sac de couchage.

À son grand soulagement, Travis ne dit rien et sortit, lui donnant ainsi le temps de reprendre ses esprits. Elle en avait besoin après l'échange torride qu'ils venaient d'avoir. Travis embrassait bien, et elle s'était cramponnée à lui comme si sa vie en dépendait. Si la caresse était allée plus loin, elle se serait donnée corps et âme. Et cela, elle ne pouvait pas y consentir.

Elle lui avait donné son cœur autrefois sans qu'il le demande, et sa rebuffade la faisait toujours souffrir. Pouvait-elle revivre une telle chose ? Mais le plus gros problème était de savoir si elle pouvait résister à Travis et vivre avec la frustration de ne plus l'embrasser.

Pour le moment, elle devait se reposer. Elle aurait besoin de toute son énergie pour affronter les prochains jours.

Un quart d'heure plus tard, quand Travis rentra, elle avait déjà étalé son sac de couchage près du fourneau.

— On n'allume pas le fourneau, cette nuit. Je ne veux pas qu'on laisse la moindre braise lorsqu'on partira.

— Compris. Prends le lit, dit Travis qui avait retourné le matelas.

— Je peux dormir par terre. J'y suis habituée.

— Bon sang, laisse-moi me montrer chevaleresque sans créer de difficultés pour une fois !

Son ton avait été légèrement mordant. Comme elle le fixait, il lui renvoya un regard noir.

— Désolée… Je ne suis pas habituée à ce que les hommes se montrent « chevaleresques », comme tu dis.

— Eh bien, tu devrais l'être, répliqua-t-il en prenant son duvet.

— Bon, je vais dormir sur le lit. J'ai vu des couvertures dans le placard et je vais te les apporter. Comme ça, tu auras au moins un peu de rembourrage.

— Merci, dit-il d'une voix plus légère mais tendue.

Elle jeta son sac de couchage sur le lit et alla prendre les couvertures qu'elle lui remit.

— Merci pour le lit, dit-elle.

— De rien. Bonne nuit, Dana.

Puis il lui tourna le dos pour achever de préparer son couchage et se glissa dans son duvet.

Dana éteignit la lanterne. Elle pensa à son baiser de novice d'autrefois, et à la maîtrise démontrée ce soir par Travis. Elle n'aurait pas dû laisser aller les choses aussi loin. Mais dès que leurs lèvres s'étaient touchées, elle avait été perdue. Le besoin d'embrasser Travis, d'être embrassée par lui, avait été trop fort. Mais cela ne se reproduirait plus. Elle ne pouvait pas se le permettre.

Car, très vite, il y aurait le rejet. C'était toujours ainsi que cela se passait, pour elle. D'abord, ses parents, puis elle avait perdu son grand-père, ensuite Travis. Enfin, un homme auquel elle tenait. Qu'est-ce qui lui prouvait que Travis la prendrait au sérieux cette fois ? Il l'avait embrassée pour satisfaire sa curiosité, rien d'autre !

Elle n'était pas son genre, et elle avait sa vie avec les pompiers parachutistes. Il voudrait une femme qui sache recevoir et briller dans les soirées. Elle ne serait pas assez bien pour lui et lui ferait honte.

Elle commença à enlever son pantalon.

— Garde ton pantalon et couche-toi, Dana, dit la voix rauque de Travis. Sauf si tu as envie que je te rejoigne et ce ne serait pas pour dormir.

Elle retint son souffle. Et si elle continuait, mettrait-il sa menace à exécution ? Promenant un doigt sur ses lèvres, elle se remémora chaque seconde du baiser de Travis. Et si elle ôtait son pantalon ?

Non, il valait mieux en rester là. Elle ferma les yeux, glissant dans un sommeil peuplé de rêves érotiques dont Travis était le protagoniste.

Quand elle se réveilla, il était dans la cuisine et une odeur de café flottait dans l'air.

— Breakfast dans dix minutes et lever du jour dans une demi-heure, dit-il.

Son paquetage était déjà prêt, en attente près du seuil. Les provisions de dernière minute qu'elle avait laissées sur la table avaient disparu et elle pensa qu'il avait dû les ranger dans les sacs.

— Tu es déjà prêt...

— J'ai hâte de retrouver un bain chaud et un lit confortable, dit-il en continuant à œuvrer dans la cuisine.

Elle alla à la cuvette proche de la porte de derrière et la trouva remplie d'eau. Les mains en coupe, elle puisa de l'eau pour s'asperger le visage, surprise de la trouver chaude. Travis avait chauffé de l'eau pour elle ! Elle émit un grand soupir de plaisir.

— Ça fait plaisir à entendre.

Elle se tourna vers Travis qui gardait le dos tourné.

— Merci. C'était un vrai cadeau.

Il la regarda et sourit.

— De rien. Tu es facile à contenter. Mangeons, ajouta-t-il en posant deux gobelets sur la table.

Un quart d'heure plus tard, ils étaient prêts à partir et ils sortirent à l'instant où le soleil se levait au-dessus des arbres. Dana se retourna un instant vers la cabane.

— On a fait ce qu'on a pu pour sauver cet endroit... Mais le feu peut venir jusqu'ici.

— M. Gunter sera content qu'on ait essayé.

Ils se mirent en route. Ils parlaient peu en marchant.

Dana balisait leur chemin, des pensées tourbillonnant dans sa tête. Travis n'avait pas été réellement bourru avec elle pendant le petit déjeuner, mais les choses avaient changé depuis leur baiser et elle se sentait déstabilisée. Comme si son monde s'était déplacé sans qu'elle sache dans quelle direction.

L'avait-elle déçu ? Lui en voulait-il ? Avait-elle fait quelque chose de mal ?

Travis suivait Dana depuis trois heures, et pendant tout ce temps, il n'avait songé qu'à leur baiser. Ce baiser qui l'avait tenu éveillé alors qu'il avait besoin de dormir, et, maintenant, il avait envie d'embrasser Dana encore et encore. Il ne se rappelait pas qu'une femme l'ait excité ainsi.

La venue de l'aube l'avait soulagé car il avait pu se lever et s'activer. Cela lui avait réussi jusqu'à ce qu'il entende sa réaction au contact de l'eau chaude. Ce soupir doux et sexy avait presque eu raison de lui.

Dana décréta une halte.

— Je dois faire le point avec la base.

— Entendu. De mon côté, j'appelle l'hôpital pour avoir des nouvelles de M. Gunter.

Travis s'éloigna pour qu'ils puissent parler sans se déranger. Tandis qu'il était au téléphone, il entendit un moteur et leva les yeux. Un avion-citerne volait bas.

— Travis ! lança Dana, pressante, lui faisant signe.

Il se hâta de couper la communication pour la rejoindre.

— Il faut se mettre hors de portée. Les pilotes manquent parfois leur cible, et on n'a pas besoin de se retrouver arrosés de retardateurs chimiques.

Ils continuèrent à grimper d'un pas rapide jusqu'à ce qu'ils puissent voir le ciel au-dessus des frondaisons, et s'arrêtèrent dans une clairière. Au loin derrière eux, une brume ocre planait dans l'air et le retardateur de flammes descendait vers le sol. Vers le nord, une fumée grise avait envahi le ciel, indiquant que l'incendie faisait toujours rage.

— Qu'est-ce qu'ils t'ont dit, à la base ? demanda Travis.

— Une tempête est attendue en fin de soirée et la majeure partie de la nuit. On espère qu'il pleuvra assez pour nous aider, mais il ne faudrait pas qu'il y ait encore un orage car la foudre déclencherait d'autres feux. Comment va M. Gunter ?

— Son état est stable. Il subira une greffe de rein dès qu'ils pourront le transporter à Seattle.

Dana lui toucha le bras, lui adressant un regard triste.

— Ça t'embête de ne pas t'occuper de lui, n'est-ce pas ?

Le regard de Travis croisa celui de Dana. Était-il à ce point transparent, ou bien Dana le comprenait-elle mieux que personne ?

— Oui, dit-il. C'est mon patient.

— Nous ferions bien de nous remettre en route. Il va falloir trouver un abri pour la nuit si on ne veut pas être trempés.

— Ah, dormir sous la pluie ! s'écria Travis avec un enthousiasme feint.

— Tu t'es ramolli, dis donc, commenta Dana, le ton léger.

Travis fut soulagé. La tension entre eux avait enfin un peu diminué. Dana avait fui son regard pendant toute la matinée, et il s'était convaincu qu'il avait eu tort de quêter un baiser. D'une certaine façon, il avait cru que s'ils s'embrassaient l'atmosphère en serait allégée, mais ça l'avait alourdie, au contraire ! Il ne se serait jamais douté que ce serait si explosif.

Au bout d'une heure, ils atteignirent un pic.

— On va se reposer, dit Dana, laissant tomber ses sacs à terre et s'asseyant, jambes croisées.

Travis la rejoignit et s'adossa à un gros rocher.

— Où est-on ?

— À l'ouest de la piste de Skeleton Cave et on va obliquer un peu au sud. Le chemin est plus difficile, mais on aura une meilleure chance de trouver un abri contre la tempête.

Travis sortit de son paquetage personnel deux barres de granola, et en offrit une à Dana.

— Skeleton Cave… la grotte du squelette, dit-il. Une visite à ne pas manquer, quoi.

Dana se mit à rire en prenant la barre de chocolat.

« C'est comme un soleil », pensa Travis en l'entendant.

— Si j'avais su que tu appréciais tant le granola, je t'en aurais donné plus tôt.

— Je n'aurais peut-être pas été aussi contente de l'avoir que maintenant.

Il pouffa.

Embrassant du regard la belle nature environnante, il s'avoua que Dana y était chez elle. Dans un bureau, elle se serait étiolée. Ici, elle était dans son élément. Son ex ne l'avait donc pas compris ? Ou n'en avait-il pas tenu compte ?

Il y avait de la sauvagerie en Dana, quelque chose d'indompté qui l'attirait. Il ne voulait pas la domestiquer, juste y goûter et se laisser porter. Cela ne faisait qu'ajouter à sa beauté, à l'attrait qu'elle exerçait. Au besoin qu'il avait d'elle.

— Tu me fixes encore, dit-elle. C'est la troisième fois.

— Désolé. J'ai tendance à le faire lorsque quelqu'un me fascine.

Les joues de Dana s'empourprèrent, ce qui le charma. En dépit de son côté rebelle, elle restait capable de rougir.

— Qu'est-ce que ça veut dire, être fasciné ?

— Éprouver de l'intérêt ou de l'admiration.

— Je connais le sens du mot. Je me demande seulement pourquoi je te fascinerais.

— Tu es courageuse, tu sautes en parachute. Tu es très féminine, et pourtant tu évolues dans un monde d'hommes. Tu as les lèvres les plus désirables qui soient et tu embrasses divinement. Faut-il que je continue ?

Il y eut une longue pause, seulement peuplée par le chant des oiseaux et le souffle du vent.

— Pourquoi me flattes-tu ? Je t'ai déjà dit que je ne serais pas ton jouet.

— Je ne te flatte pas. Tu m'as posé une question et j'y ai répondu. Honnêtement...

— Je pense que ce n'est que du baratin éculé.

C'était blessant !

— Pourquoi dis-tu ça ? Tout le monde n'est pas aussi borné que les hommes avec lesquels tu es sortie. Si tu n'es jamais tombée sur un type bien, ça ne signifie pas qu'il n'en existe pas.

Dana lui tourna à demi le dos, cette discussion la mettant mal à l'aise de toute évidence. Mais il ne lâcherait pas. Elle avait besoin d'être convaincue qu'elle était désirable et intéressante. De savoir que ses baisers le rendaient fou de désir.

— Est-ce que ça relève de la déformation professionnelle ? Du bon contact avec les patients qu'un médecin est censé avoir ? demanda-t-elle.

— Tu as l'art de remettre un homme à sa place. Si le baratin n'est pas ta tasse de thé, je devrais peut-être recourir à ma technique d'homme des cavernes.

Elle se retourna pour le fusiller du regard.

— Ne t'en avise surtout pas ! J'ai une tronçonneuse et je sais m'en servir.

Travis éclata de rire. Son premier vrai rire depuis longtemps. Ah, cela faisait un bien fou !

— Il est temps qu'on se remette en marche, dit-elle.

Elle se leva et, tandis qu'elle rassemblait ses affaires, il lança à son dos tourné :

— Refuser de croire une chose ne la rend pas moins vraie !

Ils s'engagèrent de nouveau en forêt et descendirent la colline. Dans un passage très raide, ils durent se cramponner à de jeunes arbres, mais Dana glissa. Travis récupéra la tronçonneuse juste avant qu'elle tombe et que Dana chute. Prenant appui contre un arbre pour ne pas dévaler la pente, il aida Dana à se stabiliser.

— Est-ce que ça va ?

— Je me suis égratignée, rien de grave. Je devrais mettre mes gants.

— Fais-moi voir ça.

Il lui prit les mains et les examina. Elles étaient constellées de petites coupures. Avant même d'en avoir conscience, il embrassa une paume puis l'autre.

— Travis..., murmura Dana dans un souffle.

Prenant la tronçonneuse, il se remit en route.

— Laisse-moi nous guider un moment.

À son étonnement, elle ne protesta pas. Elle devait être aussi choquée que lui par les baisers.

Dana regarda Travis s'éloignant devant elle. Que s'était-il donc passé ? En tout cas, son cœur battait comme un fou. Elle était tombée amoureuse de Travis une fois. Allait-elle à nouveau s'éprendre de lui ? Et serait-ce si terrible, si cela se produisait ? Elle hâta le pas pour le rattraper.

Elle entendait un grondement qui se faisait de plus en plus fort. Elle trouva Travis à l'arrêt devant un cours d'eau tumultueux lorsqu'elle le rejoignit.

— On traverse ici, ou il y a un meilleur endroit ? demanda-t-il.

— La rivière ne se calme qu'à plusieurs kilomètres en aval.

— Alors, on y va, dit-il.

— On doit faire attention ! Il faut qu'on traverse sans se mouiller car on ne peut pas faire un feu pour sécher nos affaires, à cette époque de l'année, c'est interdit.

Il fit un grand pas, posant un pied sur un rocher environné d'eau tourbillonnante. Utilisant la tronçonneuse comme contrepoids, il avança plus loin.

Quand il fut à mi-parcours, Dana s'engagea à son tour en suivant le même chemin. Travis, parvenu sur l'autre rive, déposait son barda à terre.

Elle était très concentrée. La prochaine enjambée, aisément effectuée par Travis, était trop large pour qu'elle se risque à la tenter, aussi chercha-t-elle un autre rocher où poser le pied, mais en vain.

— Ne bouge pas ! cria Travis. Je viens te chercher.

Déjà, il avait quitté la rive.

— Donne-moi la main.

Elle s'exécuta, et la main ferme de Travis se referma sur la sienne.

— Saute jusqu'à moi. Ce rocher est assez large pour nous deux. C'est bon, je te tiens.

Comme elle vacillait, il resserra son emprise, la stabilisant avant de lui enserrer la taille à deux mains. Ils restèrent un instant l'un contre l'autre tandis que l'eau tourbillonnait autour d'eux, mais elle n'osait pas le regarder.

— La dernière enjambée a aussi pas mal d'ampleur. Je vais d'abord prendre appui puis t'emporter jusqu'à la rive. Bon, à trois, on y va.

Il la souleva avec facilité et le souffle de Travis lui effleura l'oreille avant qu'elle se retrouve en terrain sec.

Comme elle s'écartait pour lui laisser de la place, il mit pied sur la berge, mais le bord céda, lui faisant perdre l'équilibre. Agrippant au vol la main de Travis, Dana tira, mais elle tomba rudement, la respiration coupée quand Travis s'écroula sur elle. Elle peina à reprendre son souffle.

— Dana, est-ce que ça va ? Je ne t'ai pas fait mal ?

La peur perçait dans la voix de Travis, alors qu'il se dépêchait de se redresser.

— Non, ça va, murmura-t-elle.

Il se leva et lui tendit une main pour l'aider à se remettre debout en l'observant.

— Tu es sûre que tu ne t'es pas fait mal ?

— Mais oui, dit-elle d'un ton bourru – sans savoir si elle réagissait ainsi à cause de sa chute ou de la trop proche présence de Travis. Il faut repartir.

— Tu es tombée brutalement, et mon poids t'a écrasée.

— Travis ! J'ai dit que j'allais bien. Remettons-nous en route.

Pourquoi insistait-il ? Elle n'était pas habituée à ce qu'on se fasse du souci pour elle. Mais, soudain, elle se sentit coupable, songeant qu'elle aurait dû lui être reconnaissante.

Ils n'avaient pas marché longtemps quand elle se retourna vers lui.

— Désolée d'avoir mal réagi. Pendant des années, j'ai voulu me montrer assez solide pour le travail que je fais et je suis susceptible là-dessus.

— Tu es humaine. Tu peux avoir mal et le montrer.

— Je sais. Mais je n'aime pas le laisser voir.

— Hé ! avec moi, tu peux. Je te promets de te soutenir.

— Merci, ça fait plaisir à entendre.

Dana contempla le ciel. Des nuages noirs, bas et menaçants, l'avaient envahi.

— Il faut qu'on se mette en quête d'un abri. Un des types avec qui je travaillais à Bend m'a parlé d'une petite grotte dans ce secteur.

— Une grotte avec ou sans ours ?

Elle eut un sourire jusqu'aux oreilles.

— Sans, si possible.

— Tant mieux. J'ai mon compte de surprises.

— Je reconnais que cette randonnée devient de plus en plus intéressante. Ce serait une bonne conclusion à cette journée, si on localisait cette grotte.

— Alors, trouvons-la, dit Travis.

6

Travis progressait sur les rochers, derrière Dana qui se comportait comme si rien n'était trop difficile pour elle. Il était si habitué à côtoyer des femmes délicates, en quête de soutien, qu'il avait oublié ce qu'était une femme dégourdie. Mais Dana se donnait beaucoup trop de mal, comme si elle devait sans cesse faire ses preuves.

Le pied sûr, elle continua à gravir la montagne, et il épousa son allure tout en examinant les alentours pour repérer l'ouverture d'une grotte. La tronçonneuse pesait sur son épaule. Si nécessaire qu'elle fût, il aurait aimé pouvoir l'abandonner derrière eux, mais c'était impossible.

De temps à autre, Dana scrutait les affleurements rocheux. Les nuages noirs roulaient dans le ciel, cachant la lumière du soleil et traversés d'éclairs. L'air était lourd. L'orage était maintenant en suspens au-dessus de la forêt et il promettait d'être violent.

— Hé, Travis ?

— Oui ?

— Parle-moi de ton ex-femme.

La question était pour le moins inattendue !

— Que veux-tu savoir ?

— Ce qu'il te plaira, dit Dana comme s'il s'agissait d'une conversation pour passer le temps.

— Elle est grande, blonde, et aime ce qui est raffiné.

— Tes parents l'appréciaient ?

— Je crois, oui, dit-il, escaladant un rocher.

— Tu l'aimais ?

Avait-il éprouvé ce sentiment ? Vraiment ?

— Je pensais qu'elle serait la partenaire idéale pour l'existence que j'envisageais. Elle avait été élevée en princesse et était très introduite au plan social, ce dont je croyais avoir besoin pour avancer professionnellement. Elle s'habillait comme une gravure de mode et voulait que la maison soit au diapason. Mais ça n'a rien à voir avec l'amour, n'est-ce pas ?

Dana s'immobilisa et se retourna :

— Non, en effet.

Il s'était tellement fourvoyé ! Il avait été si occupé à créer un tableau parfait qu'il avait enfanté un cauchemar.

Quelques instants plus tard, les appels excités de Dana le poussèrent à hâter l'allure.

— Je crois l'avoir trouvée, dit-elle, désignant un point au-dessus d'eux. Attends-moi, je vais voir.

— Dana, laisse-moi y aller.

Elle avait déjà sorti sa torche.

— Je suis capable de me débrouiller. Tu n'as pas besoin de veiller sur moi.

— Je sais, mais tu devrais accepter qu'on le fasse de temps à autre. J'ai le gène de la compassion, tu sais bien. Je suis médecin.

Elle avait déjà entrepris son ascension.

— Gare à l'ours ! cria-t-il.

— Promis. S'il y en a un, tu le sauras presque aussi vite que moi.

Envahi par une bouffée de peur, il déposa la tronçonneuse sur un rocher proche.

— Tu ne supposes pas que…

— Du calme. S'il y en avait un, il se serait déjà montré.

Elle ne ralentit que lorsqu'elle fut proche de la sombre ouverture. Allumant sa torche, elle rampa plus près de l'entrée et lorsqu'elle disparut à sa vue, Travis, tendu, retint son souffle. S'il y avait un ours, et si Dana était blessée, pourrait-il la conduire à temps aux urgences ? Il préférait ne pas y songer !

Il respira mieux lorsqu'elle émergea de la grotte.

— C'est juste assez grand pour nous, mais ça nous abritera de la pluie.

Elle disparut de nouveau brièvement, puis lança :

— Feu vert ! *Home sweet home*... Pour la nuit.

Travis transporta une partie de leur barda avant de repartir chercher le reste. À son retour, Dana avait entassé tout ce qu'elle pouvait au fond de la petite caverne et déplié leurs sacs de couchage.

— Dépêche-toi de t'installer, dit-elle avec un grand sourire. Le spectacle va commencer.

— Le spectacle ?

— Le son et lumière, dit-elle en désignant le ciel.

Un éclair au milieu du nuage noir, juste à hauteur des yeux, c'était un sacré spectacle ! Il s'assit sur son sac de couchage les épaules rentrées, n'ayant pas la place de se tenir droit.

Dana s'allongea sur le ventre, le menton calé sur ses bras pliés tel un enfant regardant son dessin animé favori. Il suivit son exemple, et comme il se détendait un peu, elle lui tendit deux sachets de rations énergétiques.

— Si tu manges ta soupe, tu auras droit à un dessert, dit-elle sur le ton de la plaisanterie.

Travis aurait aimé que Dana soit le dessert, mais le garda pour lui. C'était à elle de faire le premier pas.

Il y eut des roulements de tonnerre, les nuages s'épaissirent et des éclairs zébrèrent le ciel.

— Je comprends..., dit Travis avec un large sourire. Un dîner-spectacle. Dana, tu as l'art de contenter un homme.

— Je fais de mon mieux... Il n'y a rien de tel qu'un point de vue imprenable.

Ils mangèrent en silence, n'éprouvant pas l'envie de faire la conversation dans le grondement de l'orage entrecoupé d'éclairs. Les premières grosses gouttes de pluie s'écrasèrent devant eux, avant de se transformer en déluge. Ils le contemplèrent pendant près d'une heure avant que la pluie devienne régulière.

— J'ai rarement vu quelque chose d'aussi extraordinaire, dit Travis.

— On ne s'en lasse pas. Mon grand-père appelait ça « la dispute des dieux ».

— Jolie formule.

— C'est un phénomène naturel époustouflant, mais ça peut être difficile pour ceux qui le subissent.

Malgré la faible lumière, Travis perçut la tristesse dans le regard de Dana.

— On dirait que tu parles d'expérience.

— L'étable de mon grand-père a pris feu, une fois. Il a couru à l'intérieur pour sauver la vache et le cheval, et s'il a réussi, une poutre lui est tombée dessus. Il a boité pendant tout le reste de sa vie et gardé d'horribles cicatrices. J'ai appris à avoir du respect pour les éléments.

— À la dure, apparemment. Au fait, pourquoi vivais-tu avec ton grand-père ?

— Mes parents m'ont laissée chez lui quand j'avais cinq ans. Comme ils voulaient être musiciens, ils m'ont confiée à Grandpa pour prendre la route. Ils ont trouvé la mort dans un accident de car quand j'avais huit ans.

— Désolé...

— Oh ! ce n'est pas un traumatisme et je crois que je suis née par accident. Ils n'avaient rien à faire d'une môme dans leurs pattes. Je ne les voyais qu'une ou deux fois par an, et pas longtemps. Je ne les connaissais pas vraiment.

— Ce sont eux qui ont raté quelque chose, commenta Travis.

Il posa une main sur le dos de Dana et le frotta doucement. Elle avait eu plus que sa part de deuil. En ce qui le concernait, il n'imaginait pas une existence sans le soutien de ses parents qui avaient été là pour lui quand il avait divorcé. Même s'ils ne vivaient plus ensemble, ils se souciaient toujours de lui.

— C'est gentil de dire ça.

Un autre éclair lui révéla le visage de Dana qui semblait aux anges. L'évocation de ses parents ne lui avait pas gâché la joie du moment. Elle comprenait la majesté de l'univers où elle travaillait, et la place qu'elle y occupait. Aurait-il pu en dire autant ?

— Je n'oublierai jamais ce spectacle. Merci...

Elle sourit.

— De rien.

— Cette équipée a été étonnante.

— Je vais m'endormir sur cette pensée. Bonne nuit.

Lui tournant le dos, elle ouvrit son sac de couchage et se glissa à l'intérieur. Après avoir installé une sacoche en guise d'oreiller, elle enleva son pantalon qu'elle plaça près d'elle puis s'allongea sur le côté. Elle l'avait déjà oublié.

Sans trop savoir pourquoi, cela lui déplut. Il voulait qu'elle soit aussi perturbée par sa présence qu'il l'était par la sienne.

Tout en elle évoquait une maison, une famille, la pérennité. Il avait tenté l'expérience, mais elle avait mal tourné. Il ne cherchait pas une deuxième chance, et leur discussion sur l'amour lui avait prouvé qu'il ne comprenait pas ce sentiment. Pourtant, il n'aimait pas que Dana se comporte comme s'il n'existait pas.

La veille, il avait cru qu'elle attachait du prix à sa présence, surtout lorsqu'il l'avait embrassée car elle avait réagi comme si elle appréciait et voulait aller plus loin. Mais il s'était déjà trompé avec d'autres femmes. Avec son ex-femme, en particulier. Était-il en train de faire de même avec Dana ?

S'efforçant de ne pas la déranger, il se glissa dans son sac de couchage et se débarrassa de son pantalon. Mains derrière la tête, il écouta la pluie. Pensa à Dana allongée si près de lui. Heureusement, épuisé, il ne tarda pas à s'endormir.

Un gémissement et un claquement de dents le réveillèrent. Dana s'était déplacée, et était lovée contre lui, pourtant, elle frissonnait. La température avait chuté après l'orage.

Il ouvrit son sac puis le sien, et l'attira contre son corps. Elle nicha son visage au creux de son cou, une main se glissa sur son torse et une jambe enveloppa la sienne. En douceur, avec précaution, il réussit à les recouvrir avec le duvet de Dana. L'enlaçant, il l'attira plus près, et, éprouvant une sensation de chaleur réconfortante, il se rendormit.

Une poussée contre son torse et un coup de genou contre sa cuisse le réveillèrent. Il gémit et ouvrit les paupières, découvrant deux yeux qui le foudroyaient.

— Qu'est-ce que tu fiches dans mon sac de couchage ? demanda Dana.

— Tu es dans le mien.

Les sourcils froncés, elle examina leurs corps rapprochés comme pour confirmer ce constat.

— Comment ça se fait ?

— Tu avais froid, tu frissonnais et tu as rampé vers moi. Tu as les pieds glacés, c'est vrai.

Elle les écarta aussitôt.

— On a intérêt à se lever et se mettre en route.

— Il ne fait pas encore jour. Du calme, Dana, je ne vais pas te sauter dessus. Arrête donc de penser et ferme les yeux. Contente-toi de savourer le moment, pour changer.

Cela prit quelques minutes, mais Dana finit par se détendre et son souffle redevint régulier, indiquant qu'elle s'était rendormie. Ils restèrent ainsi jusqu'à ce qu'il distingue clairement les abords de la grotte. Alors il secoua doucement Dana.

— Il fait jour.

Comme elle lui effleurait le cou de ses lèvres, il s'immobilisa.

— Dana ?

Les lèvres de Dana se pressèrent contre son cou.

— Hum…

Elle se plaqua contre lui, mais elle ne savait sans doute pas ce qu'elle faisait.

— Dana, il faut qu'on se lève.

— Je préférerais rester ici, dit-elle, se nichant contre lui.

— Chérie, j'en ai follement envie aussi, mais ce n'est ni le moment ni l'endroit. Quoi qu'il arrive entre nous, je ne veux pas que tu aies à le regretter.

Il se pencha pour attraper le pantalon de Dana qu'il posa sur elle.

Écartant le duvet, il prit son propre pantalon qu'il enfila en essayant de ne pas penser à la présence féminine chaude et désirable si proche de lui. Avait-il perdu l'esprit ? L'attirance sexuelle avait vibré entre eux à l'instar d'un courant électrique dès l'instant où ils s'étaient revus. Quand ils feraient l'amour, il avait envie que ce soit quelque chose de mieux qu'un échange hâtif dans une petite grotte au milieu de nulle part. Il avait besoin de savoir que Dana le désirait. Il voulait lui donner le temps de réfléchir, et non la prendre dans la fièvre du moment.

Il osa la regarder et constata qu'elle était habillée. Ils rassemblèrent leurs affaires, et ils étaient prêts à partir quand il saisit la main de Dana.

— Quoi ? dit-elle sans le regarder, en tentant de se dégager.

Travis l'entraîna hors de la grotte où ils pouvaient se tenir debout. Ramenant en arrière une mèche qui avait glissé sur le visage de Dana, il attendit qu'elle lève les yeux. Puis il lui donna un baiser sur les lèvres.

— J'ignore ce qui se passe dans ta jolie tête, mais sache que dès que j'en aurai la possibilité je t'embrasserai partout. Ne doute pas une seconde que j'aie envie de toi.

Ne sachant pas quoi dire, Dana se tut. Elle avait du mal à croire à ce qu'elle avait fait. Mais que lui avait-il pris ? Il y avait des jours qu'elle tenait Travis à distance, et voici que ce matin, en se réveillant contre son corps chaud, elle avait perdu la tête. Elle avait passé toute la journée de la veille à le désirer, à avoir envie de l'embrasser, alors, lovée contre lui, elle n'avait pas pu résister à son propre désir.

Cette randonnée ne se prolongerait pas, alors, pourquoi n'aurait-elle pas savouré la présence de Travis tant que c'était possible ? Leur été ensemble avait été temporaire, tout comme ce voyage le serait, mais avec une fin meilleure. Ils profiteraient l'un de l'autre un moment, puis ils passeraient à autre chose en ayant engrangé de bons souvenirs. Ils retourneraient à la civilisation, et la vie reprendrait son cours normal.

Elle contempla Travis un moment alors qu'il ouvrait la marche dans la descente vers la piste. Elle était gonflée d'espoir à l'idée de ce qui l'attendait. Travis ne l'avait pas rejetée et il la voulait. C'était ce qu'elle devait retenir.

— Il faut que je fasse le point avec la base, dit-elle une fois sur la piste. Cela décidera du chemin à suivre.

— OK. Je vais en faire autant.

Travis se délesta de son grand sac à dos pour prendre son mobile et s'éloigna. Quelques minutes plus tard, il la rejoignait.

— La pluie a éteint la majeure partie de l'incendie, dit-elle. Mais on a un long chemin à faire. Comment va M. Gunter ?

— Toujours pareil. Ils vont le transférer aujourd'hui ou demain, répliqua-t-il en reprenant son sac. Quel est le plan pour nous ?

— On se dirige vers la tour d'observation proche de la piste de Bessie Butte. On y passera la nuit. Si tout va bien, nous sortirons de la zone sauvage demain et quelqu'un pourra venir nous chercher.

Elle s'engagea sur la piste. Elle ne précisa pas qu'ils devraient bientôt s'en écarter et s'ouvrir eux-mêmes une voie, ce qui ralentirait leur progression en la rendant plus difficile. S'ils étaient retardés par le mauvais temps, ils seraient dans une plus mauvaise passe encore. Pourtant, ils devaient aller de l'avant s'ils voulaient rejoindre la tour à la tombée de la nuit.

— On ne peut pas prendre de petit déjeuner. Désolée...

— D'accord, dit-il, sortant de la poche de jambe de son pantalon deux rations. Bon appétit ! ajouta-t-il en lui en tendant une.

Elle prit le sachet et mangea tout en marchant sur le sentier rocailleux. Pendant l'heure suivante, ils se concentrèrent sur la descente pour enfin déboucher dans une prairie où courait un ruisseau. Des oiseaux s'envolaient à mesure qu'ils avançaient.

— J'ai été content de voir une partie du pays que je n'avais jamais visitée, dit Travis en se portant à la hauteur de Dana. C'est d'une telle beauté ! J'avais oublié comment c'était de marcher pendant des jours pour rentrer chez soi après avoir combattu un feu.

— Il y a quelque chose d'ironique, je trouve, dans le fait qu'on nous parachute pour lutter contre un incendie et qu'on doive ensuite marcher deux jours durant pour revenir.

— Les pompiers parachutistes peuvent être fiers, non ? Ils rentrent à pied alors que les gros pontes le font en voiture.

— Oui, ils sont bien moins résistants, dit fièrement Dana.

— Tu ne m'as jamais expliqué pourquoi tu as voulu devenir pompière parachutiste. C'est peu courant pour une femme.

— Quand j'étais en cinquième, nous avons fait une sortie

scolaire à la base, et j'ai été fascinée. Un ou deux paras ont parlé avec nous, on est même montés en avion, et c'est ce jour-là que j'ai voulu devenir pompière parachutiste. Quand mon grand-père a été blessé, ma décision n'en a été que plus inébranlable.

— Et tu n'es jamais revenue dessus.

— Jamais. Je voulais être la meilleure parmi les meilleurs. Faire quelque chose qui compte.

— Il y a des moyens moins dangereux pour ça.

— Bien sûr. Mais chez les paras, j'ai trouvé un chez-moi. Bien sûr, il m'a fallu faire mes preuves, mais j'ai réussi.

Elle s'était beaucoup entraînée physiquement, elle avait étudié d'arrache-pied et accepté des boulots dont personne ne voulait. Elle avait prouvé sa valeur, trouvé un endroit où on l'appréciait. Un endroit où elle comptait.

— Pour autant que je puisse en juger, ça a payé, dit Travis.

Dana redressa le menton avec fierté. Travis semblait avoir de l'admiration pour elle.

— Merci. J'espère que c'est le cas. Et toi ? Tu ressens la même chose pour la médecine ?

— Oui. J'ai su que j'avais trouvé ma place quand j'ai vu l'expression d'un vieux monsieur auquel j'ai dit qu'il irait bien et qu'il pouvait rentrer retrouver son épouse depuis cinquante-cinq ans. Ah, si toutes mes décisions avaient été aussi claires et justes !

— Nous commettons tous des erreurs. Ce qui compte, ce sont les leçons qu'on en tire.

— Tu parles d'or.

Travis contempla Dana tandis qu'ils poursuivaient leur route à travers la vaste prairie. Pourquoi semblait-elle si bien tenir les rênes alors qu'il en était encore à se débattre avec la vie ?

— Comment se fait-il qu'on n'ait jamais discuté de ça avant ? demanda-t-il.

Au cours de cet été lointain, avait-il donc été dans sa bulle ? Uniquement préoccupé de ses projets personnels ? Il ne méritait pas Dana, à l'époque. Ils avaient tous les deux changé. Elle, pour le meilleur. Lui, pas tellement.

— Je ne sais pas, répondit-elle. On se concentrait sur l'entraînement et la détente pendant nos heures libres. Parler de nos rêves et de nos projets, c'était un peu trop sérieux.

En ce temps-là, il avait une vision très claire de sa vie, pourtant, cela n'avait pas marché. Après avoir renoncé aux projets d'avenir, il se contentait maintenant d'exister.

— Il devrait y avoir une passerelle dans les parages.

La remarque de Dana le tira de ses réflexions. Il regarda autour de lui et constata qu'ils étaient devant un large cours d'eau.

— Ce sont les basses eaux, vu que c'est la saison sèche, continua-t-elle. Au printemps, elles seraient tumultueuses, et on n'aurait pas la moindre chance de traverser à sec. Si on ne trouve pas la passerelle, on aura une heure de marche en plus. Il doit bien y avoir un moyen de traverser... Là-bas ! Ça se rétrécit !

Elle s'élança en criant :

— Regarde ! Un rondin !

— Tu plaisantes, j'espère ? Un rondin, ce n'est pas un pont. Tu envisages qu'on traverse dessus ?

— Moi qui croyais que tu aimais les défis ! Tu as peur de vivre dangereusement, Doc..., commenta-t-elle, sourire aux lèvres, posant un pied sur le rondin pour le tester.

Elle appuya dessus une ou deux fois, et commenta en commençant à s'aventurer sur le tronc :

— Il a l'air costaud. Écoute, si tu tombes, on n'est qu'à trois kilomètres de la tour où il y a un chauffage au propane.

— Et c'est censé me remonter le moral ? demanda Travis.

Dana, qui s'était emparée d'une branche, enfonça dans l'eau son bâton improvisé dont elle s'aidait pour garder l'équilibre alors qu'elle continuait à avancer. Un mètre plus loin, elle tangua en arrière, et Travis ressentit un coup au cœur. Elle n'y arrivera pas, pensa-t-il en laissant tomber son paquetage et la tronçonneuse. S'il devait « boire la tasse », il préférait être délesté.

Dana continuait à avancer sur l'eau quand, soudain, un craquement se fit entendre, suivi du bruit sec du rondin qui venait de se casser. Laissant échapper un cri, Dana tomba à la renverse. Si la situation n'avait pas été si grave, son expression d'étonnement l'aurait fait rire, mais elle s'enfonça sous l'eau, lestée par le poids du sac.

Travis plongea sans hésiter. Au moment où il la rejoignit, elle s'était retournée sur le ventre, mais se débattait pour ne pas être à nouveau renversée. Il la saisit par la taille.

— Arrête de te débattre. Je te tiens.

Dana se détendit et ils continuèrent à flotter vers l'aval.

Approchant de la rive herbeuse, Travis poussa Dana, plaçant une main sous ses fesses tandis qu'elle se hissait sur la berge où elle échoua à plat ventre. Avec l'énergie qui lui restait, il agrippa une touffe et se hissa hors de l'eau, à côté d'elle. Ils restèrent affalés, haletant.

— Est-ce que ça va ? demanda Travis, qui craignait qu'elle ne se soit heurté la tête, ou pire, pendant qu'elle se débattait.

— Oui. Mais on est tous les deux trempés, maintenant.

— Tu aurais préféré que je te laisse te noyer ?

— Non. J'apprécie ton aide. Le sac à dos m'entraînait au fond.

Travis se releva, puis il aida Dana à se mettre debout.

— On n'a toujours pas traversé. Cette fois, peu importe qu'on se mouille ou non. Je prends le commandement. On fera ça à ma manière.

— Ah, laquelle ? demanda-t-elle, les mains sur les hanches.

— On va trouver un endroit de faible profondeur. Allons récupérer mes affaires et essayons de trouver au plus vite un endroit où enlever nos vêtements mouillés.

Pendant un certain temps, la rivière conserva sa largeur, mais Travis repéra bientôt une zone plus étroite, rocailleuse.

Ça devrait aller, dit-il. On va traverser. Prends ma main.

Dana lui décocha un regard indigné.

— Je peux le faire toute seule !

— Pourquoi faut-il toujours que tu te montres aussi indépendante ? demanda-t-il en continuant à lui tendre la main. Accepter de l'aide, ce n'est pas un péché.

— J'ai toujours dû me débrouiller sans personne.

— Alors, il est peut-être temps que tu acceptes mon soutien. Prends ma main. Je te promets de ne pas te lâcher.

Leurs regards se rencontrèrent. Il y avait de la surprise, des interrogations, et peut-être de l'espoir dans les yeux de Dana. Lentement, elle plaça sa main dans la sienne.

Il s'engagea dans l'eau.

— Je ne te laisserai pas tomber.

— Je sais.

Il eut le sentiment que la portée de ces mots dépassait leur sens premier, comme si elle lui accordait une confiance qu'elle n'avait jamais accordée à quelqu'un. Il ne voulait pas la décevoir.

Dana s'engagea dans l'eau à son tour et ils traversèrent avec prudence. Parvenu de l'autre côté, Travis grimpa sur la berge, puis il aida Dana à le rejoindre. Elle se débarrassa de son sac à dos et s'assit.

— Il est temps de vider nos bottes.

— Maintenant ? On ne peut pas faire ça une fois à la tour ?

— Je te recommande de ne pas attendre. Enlève-les et secoue-les bien. Essore tes chaussettes aussi au risque que tes pieds souffrent.

— Il n'y aura pas de problème.

— Je t'assure que ce sera le cas si tu ne fais pas ce que je dis.

Travis s'affala par terre à côté de Dana.

— J'ai du mal à croire que mes pieds pourraient en baver plus que maintenant.

— Attends un peu et tu changeras d'avis.

Dana enleva une de ses bottes qu'elle retourna pour vider l'eau qu'elle contenait. Travis fit de même.

— Passe-moi la serviette, dit-elle.

Travis la sortit de son sac à dos. Lui soulevant un pied, Dana entreprit de l'essuyer, s'assurant de passer entre les orteils.

— Mais qu'est-ce que tu fais ? Hé, ça chatouille !

Elle s'obstina, passant à l'autre pied.

— Je tiens à ce qu'ils soient tout à fait secs car je suis responsable de toi. On séchera nos affaires du mieux qu'on pourra, ce soir. Au fait, merci de m'avoir sauvée.

— De rien.

— J'espère que tu as des chaussettes de rechange.

Il tapota son sac à dos.

— Il y a tout ce qu'il faut là-dedans.

Puis Travis changea de position afin de sécher les pieds de Dana. Il en cala un sur sa cuisse, admirant la cheville très fine.

— Si je ne savais pas à quoi m'en tenir, je penserais qu'il s'agit de préliminaires érotiques, dit-il.

Il la vit s'empourprer, mais il continua à la sécher avec soin. Passant à l'autre pied, il opéra avec la même attention, y mettant plus de temps qu'il ne fallait. Dana s'éclaircit la gorge.

— Il faut qu'on se remette en route.

Retirant de son sac à dos un sachet en plastique qui contenait une paire de chaussettes, il la lui tendit.

— Je ne peux pas te priver de rechange, dit-elle.

Il fouilla dans son sac dont il sortit une autre paire.

— Je suis paré.

— Tu es boy-scout, ou quoi ?

Redressant le menton, il eut un sourire coquin.

— L'expérience m'a appris à être prévoyant, c'est tout.

— J'aurais dû m'en douter, dit Dana, acceptant les chaussettes.

Quand ils furent chaussés, Travis aida Dana à récupérer ses affaires puis prit son paquetage.

— Quel est le chemin, ô Grand Manitou ?

Elle sourit jusqu'aux oreilles.

— Ça y est, tu me cèdes le commandement ?

— Pff !

Elle sourit de nouveau puis désigna le nord.

— Tu vois le deuxième pic, là-bas ? Et le petit point qui le surmonte, sur le fond du ciel ?

— Oui.

— C'est le faîte de la tour de guet, et notre destination. Tu te sens capable d'y parvenir ? dit-elle, du défi dans le regard.

Travis haussa le menton.

— J'essaierai de ne pas être à la traîne.

— Si c'est le cas, je te le ferai savoir.

— Oh ! je n'en doute pas !

Ils se mirent en route, les jambes enveloppées par les hautes herbes. Une heure plus tard, ils atteignaient la lisière des arbres et entreprenaient leur ascension.

— Dana, parle-moi de ton ranch. Il est grand ?

— Ça t'intéresse vraiment ?

— Oui.

Il tenait à savoir le plus de choses possible, en ce qui la concernait.

Dana ne savait pas très bien quelle part de sa vie elle était prête à livrer à Travis. Mais si elle répondait à ses questions, elle aurait le droit d'en poser à son tour.

— J'ai environ cinq hectares au sud de Redmond, avec une petite maison et une grange. J'ai dû faire pas mal de travaux quand j'en ai hérité.

Tout en parlant, elle louvoyait entre les troncs.

— La maison a une véranda ? s'enquit Travis.

— Elle en a une assez spacieuse, avec une balançoire.

— On sent à t'entendre que tu adores cet endroit.

— Oui. C'est ma maison.

Le lieu lui appartenait, on ne pouvait pas le lui prendre. Elle y tenait.

— Ce doit être bien plus agréable que mon appartement en terrasse aux murs trop fins. Tu as des animaux ?

— J'héberge quelques chevaux pour un ami. Et deux chats.

Travis était décidément curieux ! Elle fut tentée de l'inviter à venir en visite, mais y renonça. Quoi qu'il y eût entre eux, cela se terminerait à leur retour en ville. Elle ne pouvait pas imaginer qu'il en irait autrement.

Ils parvinrent à un bouquet d'arbres denses où le sol était envahi de mousse et de fougères. Dana s'assit sur un tronc tombé sur le sol.

— On se repose un peu.

— Je ne pensais pas que ça t'arrivait…, dit Travis, s'asseyant près d'elle. Quand on est ici, on a du mal à croire que tout ça peut brûler et on pourrait presque imaginer que des elfes vont surgir.

— Je ne me doutais pas que tu avais tant d'imagination, dit-elle en pouffant.

— Si tu me fréquentes, tu découvriras un tas d'autres choses. Comment vont tes pieds ?

— Très bien. Et les tiens ?

— Ils ont connu des jours meilleurs, dit Travis.

— Il faut qu'on se remette en route tant qu'il fait jour. Je n'aimerais pas avoir à monter l'escalier de la tour en pleine obscurité.

Se levant, Travis lui tendit la main, et elle logea ses doigts au creux de sa paume chaude et forte. Quand ils retourneraient dans leurs mondes respectifs, ce ne serait pas d'avoir accepté son aide qui lui poserait problème, ce serait d'y renoncer.

Ils marchèrent pendant une trentaine de minutes avant de parvenir dans une clairière d'où l'on pouvait voir la vallée et la rivière qu'ils venaient de traverser.

— Quelle splendeur ! s'écria Travis. On n'a pas vraiment choisi de prolonger notre trajet, mais je suis heureux de partager ça avec toi.

Elle se tourna vers lui, envahie par une sensation délicieuse, au lieu de contempler le panorama. Que le ciel lui vienne en aide ! Travis commençait à lui faire de l'effet. Elle avait envie de goûter un peu à ce qui aurait pu être.

7

Travis suivait Dana en soutenant l'allure. Ils avaient recommencé à descendre à flanc de colline, mais ne tardèrent pas à grimper de nouveau.

— Une fois au sommet, on n'aura plus beaucoup de chemin à parcourir pour atteindre la tour, dit Dana.

Travis était en nage, sa barbe de deux jours le démangeait et, de temps à autre, il devait tirer sur son pantalon humide de sueur qui lui collait aux jambes. À chaque pas effectué, son sac à dos lui paraissait plus lourd, mais Dana devait éprouver le même inconfort avec son paquetage mouillé. Pourtant, elle ne ralentissait pas, et ne lui permettait pas de le porter à sa place.

Enfin, ils atteignirent une hauteur et il put voir la tour de guet. Sans ralentir, Dana continua vers le sommet tandis que le soleil déclinait dans le ciel.

— On en a encore pour longtemps ?

— Une heure, répondit-elle. Peut-être plus. Il faut continuer ou camper pour la nuit.

— On est si près… Je suis pour qu'on continue.

Travis voulait un abri et du confort. Il n'avait pas envie de passer une nuit dehors par un temps comme celui de la veille.

— D'accord.

Dana était-elle aussi déterminée dans tous les compartiments de sa vie ? Il soupçonnait que oui. Il avait hâte d'être happé dans cette énergie vitale lorsqu'il la tiendrait dans ses bras, ce qui ne saurait tarder, surtout après ce qui s'était passé le matin même.

Il avait été choqué par son désir pour lui, mais il l'acceptait sans réserve car il la voulait désespérément. Même s'il ne pouvait lui offrir que l'instant présent puisque son cœur n'était pas à mettre dans la balance.

Ils atteignirent enfin un bâtiment érigé sur une structure en métal à six étages. Il n'avait jamais été aussi content d'arriver quelque part. Il faisait presque noir. Il était fatigué, affamé et las de marcher.

Il posa le pied sur la première marche métallique, levant les yeux vers le sommet.

— On fait une pause ou on continue ? demanda-t-il.

— Si je m'arrête, j'ai bien peur de ne pas pouvoir repartir. Le seul inconvénient, c'est que les toilettes sont là, en bas, dit Dana, désignant la petite construction à quelques pas.

— Les vêtements mouillés d'abord, dit Travis, franchissant la première marche. Je ne me doutais pas qu'on utilisait encore ces installations.

— Ce n'est pas pour leur but originel, en général. Elles ne sont pas toujours suffisamment hautes pour voir une zone assez vaste et sont obsolètes. On a de meilleurs moyens de détection. En fait, ce sont surtout les randonneurs et les touristes qui les occupent.

— Une chambre d'hôtel rustique, commenta Travis.

— Quelque chose comme ça, dit Dana, dont les pas résonnaient derrière lui. Si ça peut t'encourager, sache qu'on devrait avoir droit à une douche froide, de la nourriture en conserve et un lit pas trop mauvais.

— J'emménage tout de suite.

— Et on ne sera pas mouillés s'il pleut.

— Tout le confort d'un vrai foyer, dit Travis, un large sourire aux lèvres.

Il aimait bien leur badinage et était heureux qu'il participe à leur relation.

Ils avaient presque atteint le sommet. Ayant franchi le dernier palier, Travis s'engagea dans l'ultime volée de marches. Au-dessus de sa tête, courait la passerelle qui entourait la pièce de quatre mètres sur quatre, vitrée sur tous les côtés. Il se hissa par la percée d'accès et, une fois sur le « tour de ronde », attendit Dana.

Elle le rejoignit et se dirigea vers la porte au milieu du mur. Elle tourna la poignée, et comme celle-ci cédait aussitôt, elle sourit à Travis avant d'ouvrir et de pénétrer à l'intérieur. Il suivit.

— Un vrai petit *home*, dit-il.

Elle eut un joli rire de gorge.

— N'exagérons pas. Mais je m'en contente volontiers.

Il y avait dans un coin un plan de travail, un fourneau avec deux brûleurs et un mini-réfrigérateur. Non loin, une table et deux chaises. Dans le coin opposé, une sorte de lit en bois avec un matelas sommaire assez large pour deux. Dans une autre aire, deux petits fauteuils capitonnés et une étagère de livres. C'était simple, avec tout le nécessaire pour survivre.

Au cœur de la pièce, il y avait un support rond qui arrivait à la taille de Travis avec une carte à grande échelle.

— Qu'est-ce que c'est ? s'enquit-il, promenant la main sur la surface transparente.

— Un Osborne Fire Finder, un détecteur. Il sert à déterminer la position d'un feu et la sentinelle enverra ensuite les coordonnées par radio. C'est du matériel du siècle dernier. La vieille école, quoi…

— On avait un certain sens artistique, en ce temps-là, commenta Travis qui continuait à examiner le dispositif.

— Vous ne cessez de me surprendre, docteur Russell, vous savez apprécier le bon vieux temps, plaisanta Dana. J'ai toujours aimé l'idée d'un homme seul guettant l'apparition de volutes de fumée et le signalant par radio.

— Pour être seul, il faut un tempérament spécial. Je ne crois pas pouvoir rester seul ici pendant des jours et des jours.

Travis posa son paquetage, ajoutant *in petto* : « Sauf si Dana est avec moi. » Ça alors ! D'où lui était venue cette idée ?

Dana déchargeait ses sacs.

— Je me suis habituée à être seule, alors je ne crois pas que ça me dérangerait. Bon, il faut qu'on se prépare avant la nuit. Je vais vérifier le niveau de propane. Si tu allais voir la citerne ?

Travis sortit sur la passerelle et localisa la douche qui ressemblait fort à celle de M. Gunter.

— Elle est pleine d'eau, dit-il en revenant. Grâce à l'orage d'hier, j'imagine.

— Tant mieux. On a assez de propane aussi. J'ai trouvé des conserves. Autant économiser ce qu'on a.

— Repas et bain chaud, ce soir. Quel luxe !

— Tu l'as dit ! Mais avant, il faut qu'on enlève nos chaussures et nos chaussettes pour laisser respirer nos pieds. Ensuite, ce sera le tour de notre barda car il faut tout sécher.

Dana se mit à l'ouvrage, et Travis l'imita. Il y eut bientôt un déploiement de vêtements étalés un peu partout.

— Presque tout ce que j'ai est sec, sauf mon pantalon, mes chaussettes et mes chaussures, dit Travis, posant son sac de couchage sur le lit.

— Presque tout ce que j'ai est mouillé, répliqua Dana, rembrunie.

Il sourit.

— Voilà ce qui arrive quand on nage tout habillée.

— Ce n'est pas drôle. Comme il va faire chaud cette nuit, je vais étendre une partie dehors, à commencer par mon duvet, en espérant que ça séchera. Je mettrai les plus petits éléments près du fourneau pendant que je nous préparerai un repas.

— Je vais t'aider, dit Travis, s'emparant d'une pile. J'ai repéré des chaises pliantes qui pourraient servir d'étendoirs.

Dana lui ouvrit la porte, et ils sortirent dans le crépuscule. D'un signe de tête, Travis lui indiqua l'emplacement des chaises. Passant devant lui, elle alla les déplier puis elle étala ses affaires dessus. Il ne restait presque plus rien dans la pile lorsque Travis prit un mince bout de tissu et l'éleva devant ses yeux.

— Très sexy, comme petite culotte, pour combattre les incendies.

Dana la lui arracha des mains.

— Tu es censé m'aider, pas admirer mes sous-vêtements.

— Hé, elles se sont trouvées sous ma main, c'est tout, répliqua-t-il d'un air innocent.

— C'est ça. Petit malin, va... Aide-moi pour le sac de couchage, plutôt.

— Que veux-tu faire ?

— L'étaler sur la rambarde.

Il saisit le sac par un bout, elle par l'autre, et ils l'étendirent.

— J'espère qu'il ne sera pas emporté par un coup de vent. Tes affaires risquent de voyager jusqu'à Bend, et je n'aimerais pas qu'un autre homme admire cette petite culotte.

Dana lui donna une petite tape.

— Tu n'as jamais envisagé de faire le comique ?

— Non, mais puisque tu m'y encourages…

— Je ne t'encourage pas.

Elle lui décocha un regard noir, mais un sourire flottait sur ses lèvres.

— C'est pourtant l'impression que j'ai eue.

— Tu devrais faire contrôler ton audition, dit-elle en installant mieux le sac de couchage.

— Oh ! mon ouïe est excellente !

Elle gagna le seuil en lançant :

— Alors, écoute : je vais préparer le dîner, et si tu veux manger chaud, tu as intérêt à être gentil avec la cuisinière !

Il laissa échapper un rire.

— Et moi qui croyais l'avoir été en admirant ta petite culotte.

Elle s'éloigna en marmonnant :

— Retour à la case départ.

Dana était contente d'avoir retrouvé son ancienne entente avec Travis qui n'avait cessé de la taquiner autrefois comme si elle était sa petite sœur. Était-ce ainsi qu'il l'avait considérée ? Il avait dû être choqué lorsqu'elle avait tenté de l'embrasser. Si elle s'était sentie humiliée, il avait dû être gêné, lui aussi.

C'était agréable de retrouver un ami. Travis ne lui laissait pas de répit. Sa vivacité d'esprit la forçait à réfléchir, et elle faisait attention à son point de vue même lorsqu'il contestait ses décisions.

Elle enleva sa chemise à manches longues, ne gardant que son T-shirt, et la plaça sur une chaise avant d'allumer le fourneau au propane. Toutes ses affaires avaient plus ou moins pris l'eau et elle appréhendait de remettre des vêtements humides après sa douche, mais sinon, elle devrait aller toute nue. La pensée d'elle et Travis en Adam et Eve la choqua et la troubla.

Quelques minutes plus tard, il se penchait par-dessus son épaule alors qu'elle cuisinait.

— Hum... L'odeur est prometteuse.

Elle tressaillit de le sentir si proche, si peu de temps après son idée très érotique. S'il se doutait de ce qu'elle avait imaginé... Reprenant ses esprits, elle continua à remuer sa préparation.

— C'est un compliment ?

— Mais oui. En quoi puis-je t'aider ?

— Attrape donc un de ces sachets de fruits lyophilisés, dit-elle en désignant leurs provisions.

— Ah, de bons fruits séchés ! J'adore, commenta Travis avec ironie.

Dana sourit.

— On sera bientôt rentrés, je te le promets.

— Hé ! Je ne me plains pas vraiment. J'avoue préférer un style de vie plus raffiné que celui de ces derniers jours, mais ça m'a fait plaisir de réapprendre à te connaître.

— Moi aussi. Après le repas, j'examinerai ton bras.

— Et toi, il te faut un nouveau pansement. Le tien est parti dans la rivière, dit Travis, en lui effleurant la joue.

Un léger picotement la parcourut. Elle pouffa.

— Quel duo ! Deux maladroits en manque de nounou.

— J'admets être en manque, dit Travis.

Il avait eu une étrange intonation, et Dana leva les yeux. Il l'observait, le regard sombre et chargé de désir. Elle frémit, s'embrasa. Elle ne manquait pas d'expérience au point de ne pas voir qu'un homme la désirait. Ce matin-là, à moitié endormie et au chaud, elle avait elle aussi désiré Travis. Mais maintenant... Ici...

— Je vais me doucher vite fait avant le dîner, dit-il.

Puis il franchit le seuil. Quinze minutes plus tard, occupée devant le fourneau, en entendant s'ouvrir puis se refermer la porte, elle lança sans se retourner :

— Assieds-toi, c'est prêt !

Elle remplit deux assiettes puis pivota sur elle-même pour gagner la table. Elle se figea. Travis était attablé, sans T-shirt ni chemise. Les muscles de son large torse jouèrent sous sa peau alors qu'il levait la bouteille d'eau pour boire une gorgée et le mouvement de sa pomme d'Adam la fascina. Il était magnifique !

— Désolé pour la petite tenue à table, dit-il. Ma mère en aurait une attaque. Mais je n'ai pas pu me résoudre à remettre mes vêtements humides.

S'efforçant de reprendre ses esprits, elle vint poser les assiettes sur la table. Malgré sa faim, elle ne toucha pas au contenu de son assiette. Comment l'aurait-elle pu en présence d'un Travis à peine vêtu ? Lui n'avait aucun problème. Il avalait la nourriture comme si c'était délicieux.

— Je ne sais pas pour toi, mais bien que ce ne soit pas le genre de plat que je mange d'habitude, c'est bon, dit-il en levant les yeux. Et chaud. Merci.

— De rien.

Elle était sincère. Elle n'avait pas l'habitude de cuisiner pour un homme, mais elle aimait bien le faire pour Travis.

— Que mangerais-tu, si tu n'avais pas ce délicieux repas ?

— J'aime le rôti de bœuf, la purée au jus de viande, la crème de maïs, les haricots de Lima et les petits pains maison.

— Mince ! En voilà une liste ! Est-ce que tu cuisines ?

— Pas tellement. Je réussis très bien les œufs au bacon et je sais réchauffer des macaroni au fromage.

Dana sourit.

— Je ne crois pas que ça compte pour de la cuisine.

— La plupart du temps, je mange à l'hôpital ou au restaurant. C'était un de mes grands sujets de désaccord avec mon ex car, quand je rentrais, il n'y avait jamais rien de prêt. Ne te méprends pas, je ne pensais pas qu'elle devait vivre devant les fourneaux. Mais ça aurait été sympa d'avoir un ou deux repas maison dans la semaine.

Travis termina son repas en poussant un soupir de satisfaction.

— Je m'occupe de débarrasser pendant que tu te douches.

— Merci.

Il la retint alors qu'elle allait sortir.

— J'ai un T-shirt sec, si tu veux.

— Ce serait sympa.

Il alla retirer de son sac à dos un T-shirt sous plastique qu'il lui tendit. Elle secoua la tête, l'air médusé.

— Un T-shirt peut servir pour un tas de choses… Allumer un feu, s'essuyer, filtrer de l'eau, transporter des baies qu'on a cueillies, et même être déchiré en bandes pour faire une corde.

— Tu ne cesses pas de me surprendre.

— Cela me plaît, dit-il en la regardant, les yeux mi-clos.

N'osant pas prolonger cette conversation, elle se hâta de sortir prendre sa douche. Le charme de Travis lui inspirait des pensées sur lesquelles il valait mieux ne pas s'attarder.

Elle se dépêcha de se doucher et, s'apercevant qu'elle n'avait rien pour se sécher, elle s'essuya avec le T-shirt qu'elle avait ôté. Elle n'allait pas enfiler celui de Travis sur une peau mouillée qui le rendrait transparent et se montrer en tenue suggestive ! Soulagée que la nuit soit tombée et que la chaleur accumulée durant le jour s'attarde dans l'air, elle contempla les étoiles.

Serait-ce vraiment une si mauvaise chose qu'elle et Travis obéissent à ce qui les poussait l'un vers l'autre ? Oui, peut-être. Elle pouvait réellement y risquer son cœur. Tous les sentiments que Travis lui avait inspirés autrefois avaient resurgi. Mais éprouvait-il la même chose qu'elle ?

Ce matin, prise dans l'intensité torride du moment, dans la chaleur du corps de Travis, elle aurait pu coucher avec lui. Depuis, elle avait eu le temps de réfléchir, mais l'avoir à elle, même pour peu de temps, ne pouvait être que merveilleux. Était-elle assez forte pour s'exposer à souffrir pour un moment de plaisir ?

Elle rentra, avec le T-shirt de Travis qui lui arrivait presque à hauteur du genou. Elle alla tâter ses vêtements mouillés.

— Dana, viens te coucher. S'ils sèchent, tant mieux. Sinon, on avisera.

Elle se retourna et vit que Travis s'était déjà allongé dans l'unique sac de couchage. Elle avait eu l'intention de refaire son pansement, mais cela devrait attendre. Déplaçant la lanterne, qu'elle posa près du lit, elle l'éteignit et rejoignit Travis. Elle s'allongea près de lui avec raideur.

— Détends-toi, Dana. Je suis épuisé. Quand je te ferai l'amour, nous serons reposés tous les deux. Allez, dors.

Dana laissa échapper le soupir qu'elle n'avait pas eu conscience de retenir et ferma les yeux.

Travis roula sur lui-même et attira plus près le corps chaud lové contre lui. Les jambes de Dana se mêlèrent aux siennes. Tout à fait réveillé à présent, il savoura la tiédeur de son corps et quand l'une de ses cuisses se posa sur la sienne, il ne résista pas à l'envie d'effleurer du bout des doigts sa chair dénudée.

Elle nicha son visage au creux de son cou puis émit un murmure de plaisir. Elle l'enlaça d'une main. Ses doigts se promenèrent sur la taille de son caleçon puis s'évadèrent ailleurs, le laissant vibrant de désir, le sexe durci.

Il l'embrassa sur les cheveux et lui enveloppa les fesses d'une main pour la presser contre lui. Quand il sentit la langue de Dana sur son cou, son membre vibra.

— Dana ? Tu es réveillée ?

— Hum...

— Est-ce que tu sais ce que tu fais ?

Il en mourrait sûrement, si elle ne lui donnait pas la réponse qu'il avait envie d'entendre !

Elle l'embrassa sur le torse.

— Tu parles toujours autant, au lit ?

— Non, je préfère de loin faire autre chose. Mais tu dois comprendre que je n'ai rien de plus à t'offrir que cet instant, dit-il, trouvant sa bouche.

— Je ne demande rien d'autre : être désirée...

— Ma douce, sois bien sûre que tu l'es.

Elle avait les lèvres aussi pulpeuses que dans son souvenir. Il avait eu l'intention d'être tendre, mais lorsqu'elle le serra étroitement, il sentit croître son désir et son baiser devint plus exigeant. Il promena sa langue sur la lèvre inférieure de Dana. Elle s'ouvrit, l'accueillit avec sa langue délicieusement douce.

De nouveau, il lui enveloppa les fesses, la pressant contre son pénis tendu. Il interrompit le baiser à regret.

— Je n'ai apporté aucune protection.

— Je prends la pilule, dit-elle, lui enveloppant le visage de ses mains et collant ses lèvres aux siennes.

Il s'écarta le temps d'enlever son caleçon puis se glissa sur elle, entre ses jambes. Sa main lui caressa la cuisse et se figea.

— Tu n'as pas de slip.

— Il est mouillé.

— Si j'avais su…

— Maintenant, tu sais.

Ses lèvres s'emparèrent à nouveau de sa bouche, errèrent vers sa joue, lui taquinèrent l'oreille.

— C'est ce que tu veux ?

— Oh ! oui !

En un élan, il fut enveloppé, agrippé par la chaleur de Dana alors qu'il lui dévorait la bouche. Elle répondit avec la même passion. Comme il s'enfonçait en elle, puis se retirait, elle se redressa à sa rencontre, les doigts plantés dans ses épaules. Au moment où il pensait ne pas pouvoir tenir plus longtemps, elle se tendit et ses hanches se soulevèrent. Ses lèvres se détachèrent des siennes, laissant échapper le bruit doux qu'il aimait tant, et elle frémit en soupirant, dans la joie de la jouissance.

Il plongea en elle, une fois, deux fois, encore, et s'abîma dans son propre plaisir. Un orgasme profondément satisfaisant, tel qu'il n'en avait jamais connu. Faire l'amour avec Dana, c'était bien meilleur que les sauts en parachute. Il la serra contre lui et, fermant les yeux, sombra dans le sommeil d'un homme comblé.

8

Dana se réveilla dans la lumière du jour naissant, enveloppée par la chaleur de Travis. Elle n'aurait jamais cru, deux jours plus tôt, se retrouver allongée à côté de lui car jamais elle n'avait rêvé qu'il reparaîtrait dans sa vie. Mais il était là, et elle prendrait tout ce qu'il lui donnerait.

Elle n'avait pas la moindre envie de quitter la tiédeur de ses bras, mais elle avait besoin de descendre dans la maisonnette des toilettes, aussi se glissa-t-elle hors du lit. À son retour, elle trouva Travis debout sur la passerelle, deux gobelets posés près de lui sur la rambarde.

— Bonjour. J'ai trouvé du café, et je me suis dit que ça valait la peine de sacrifier un peu de notre eau potable.

Dana eut une hésitation. Il se comportait comme si tout était normal alors que pour elle le monde s'était déplacé sur sa base.

Croisant son regard, il sourit et tendit le bras.

— Tu m'as manqué quand je me suis réveillé.

Quand elle le rejoignit, il l'enlaça, la serra contre lui tout en lui effleurant la tempe avec les lèvres. Il lui donna un gobelet puis prit le sien et avala une gorgée de café.

— Être au-dessus des nuages... On m'en avait parlé, mais je n'avais jamais vu ça. Avec toi, j'ai eu droit à plusieurs premières !

Dana contempla les nuages tout proches, si denses qu'on pouvait penser marcher dessus, et les hautes frondaisons des arbres d'une montagne éloignée. Le sol n'était pas visible, et on eût dit que personne d'autre n'existait dans le monde.

— Je n'ai vu ça qu'une fois ou deux, et rien d'aussi épais, dit-elle.

Ils sirotèrent leur café tandis que le soleil, peu à peu, dissipait la brume.

Posant son gobelet et délestant Dana du sien, il vint derrière elle. Ses mains lui ceignirent la taille alors qu'il l'attirait à lui, se plaquant tout contre elle. Elle voulut se retourner, mais il la retint.

— Tiens-toi à la rambarde. Je tiens à t'accorder l'attention que tu mérites. Egoïstement, hier, je n'en ai pas pris le temps.

— Mais je veux...

— Chut... Laisse-toi aller aux sensations.

Lui relevant son T-shirt, ses doigts se promenèrent sur son corps jusqu'à trouver ses seins qu'il souleva, pressa.

— Une perfection, murmura-t-il, les lèvres contre sa peau, lui agaçant le petit creux derrière l'oreille.

Le corps enfiévré, elle pencha la tête sur le côté pour mieux s'offrir à la caresse. Il caressa la pointe de ses seins, les taquina, les pinça jusqu'à ce qu'ils durcissent. Elle se sentit défaillir et un murmure de gorge lui échappa. Elle était tendue telle la corde d'un violon, et Travis en était l'archet.

Allongeant les bras, elle lui agrippa les cuisses, l'approchant d'elle pour mieux sentir sa puissante érection. Il continua à exercer sa magie sur ses seins de ses mains habiles.

Elle se mit à haleter, et dut agripper la rambarde pour ne pas défaillir sous l'assaut du plaisir.

Travis déposait de petits baisers sur sa nuque, et un de ses bras l'enlaça pour la lier à lui, tandis que ses doigts effleuraient son clitoris. Involontairement, elle écarta les jambes, vibrant de l'attente. S'arrêtant brièvement, il se glissa en elle.

Elle émit un gémissement de protestation quand il se retira, mais sans cesser de la caresser au cœur de sa féminité.

— Tourne-toi, ma douce. Je veux te voir jouir dans le lever du soleil.

Dana fit ce qu'il demandait, se cramponnant à ses bras.

— Renverse-toi, chérie, dit-il, une main sur la rambarde. Je te tiens.

Elle obéit. Elle était prête à tout.

Travis lui releva son T-shirt, exposant ses seins.

— Tu es si belle.

Il aspira une pointe entre ses lèvres et la suça, tandis qu'il la pénétrait avec un doigt. Elle se cambra violemment comme si la foudre l'avait frappée et l'électrisait tout entière. Travis prolongea la double caresse et, tête renversée, elle ne tarda pas à crier sa jouissance.

Comme ses jambes se dérobaient, Travis la soutint avec tendresse. Puis elle s'écarta de lui tout en se retenant à ses biceps.

Il la regarda dans les yeux.

— Merci pour ce cadeau. C'était l'expérience la plus extraordinaire de ma vie.

Elle s'empourpra et se détourna. Travis lui releva le menton pour l'amener à croiser son regard.

— Tu es une femme incroyable, Dana Warren, dit-il en l'embrassant avec douceur.

Elle l'enlaça et l'attira à elle pour lui donner un baiser profond.

— J'ai besoin de te sentir en moi.

D'un mouvement leste, il la plaqua contre la paroi vitrée avant de se dépouiller de son caleçon. Quelques instants plus tard, les cris de plaisir de Dana retentissaient alentour, provoquant l'envol des oiseaux.

Depuis le lit, Travis guettait les moments où le joli fessier nu de Dana se laisserait entrevoir sous le T-shirt alors qu'elle s'assurait que ses vêtements étaient secs. N'était-ce pas le plus délicieux des matins ?

— J'ai réellement pensé à toi au fil des ans, tu sais, dit-il.

— Vraiment ?

— Tu n'es pas si facile à oublier.

Elle sourit à cette remarque.

— Moi aussi, j'ai pensé à toi. Qu'est-ce que tu te demandais à mon sujet ?

Il se redressa sur un coude pour mieux la voir.

— Au début, si je t'avais profondément blessée. Ensuite, ce

que tu devenais, si tu étais heureuse. Ce n'est jamais mal de montrer aux gens qu'on tient à eux, tu sais. Je regrette vraiment de t'avoir fait de la peine.

— Tu ne m'as pas mal traitée. Comme j'avais le béguin, j'ai obéi à l'impulsion du moment.

— J'étais un jeune homme égocentrique. Qui faisait ce qu'on lui avait appris pour arriver dans la vie...

Il n'en avait jamais eu conscience jusqu'à maintenant. Pas une seule fois il n'avait pensé à ce qu'il voulait réellement. Pourquoi avait-il cru devoir suivre un plan établi à l'avance ? Pourquoi n'avait-il pas réfléchi à ce qui pourrait le rendre heureux ?

— Tout ça remonte à loin, dit Dana. Il faut qu'on parte.

— Je ne vois pas ce qui nous retient de passer la journée ici.

Puis il tapota le lit avec un large sourire que Dana lui rendit.

— Si tentant que ce soit, je doute que le service forestier m'emploie pour paresser au lit avec toi.

— Y a-t-il une raison qui nous empêche de partir dans une heure ? demanda-t-il avec un clin d'œil.

Dana s'avançait vers lui quand son regard erra au-delà d'une fenêtre et elle s'immobilisa. Il regarda dehors à son tour.

— Il y a de la fumée, dit-elle d'une voix inquiète.

— Il n'y a pas eu d'orage, pourtant.

— C'est plus probablement un campeur négligent.

Dana entreprit de s'habiller, de nouveau toute à son travail. Ce qu'il avait espéré n'aurait pas lieu.

— On a beau répéter de ne pas faire de feux à cette époque de l'année, il y a toujours quelqu'un qui désobéit, dit-elle en prenant sa radio et en se dirigeant vers le seuil. J'appelle la base.

Travis se leva et il n'était pas encore rhabillé quand elle revint.

— Ils n'ont pas repéré la fumée, donc c'est encore un petit feu. Il faut que j'aille m'occuper de ça. Ce n'est peut-être qu'un feu de camp. Tu peux te mettre en route sans moi en suivant le chemin qui rejoint la voie principale. Je peux demander par radio qu'on vienne te chercher en voiture.

— Pas question. Je t'accompagne, répliqua Travis en rassemblant son paquetage.

— Tu n'y es pas obligé.

— Tu n'iras pas seule.

Il fut pris au dépourvu par l'air étonné de Dana.

— Quelque chose ne va pas ? demanda-t-il.

Les yeux de Dana étaient humides.

— Non. C'est juste que je ne suis pas habituée à ce qu'on s'inquiète pour moi.

Il lui prit la main pour l'attirer doucement à lui.

— Les amis sont faits pour ça, non ? dit-il en l'embrassant.

Arborant un grand sourire, elle prit ses sacs.

— On ne peut pas revenir les chercher plus tard ?

— Non. On ne rentrera peut-être pas par ce chemin.

Un quart d'heure plus tard, ils étaient sur le départ. Travis avait caché à Dana l'état de ses pieds. Il s'était soigné puis avait enfilé deux paires de chaussettes, avant de prendre des analgésiques pendant qu'elle récupérait ses vêtements sur la passerelle.

— On ne devrait pas mettre longtemps à arriver, dit-elle alors qu'ils s'engageaient sur la piste.

Le souvenir de leurs récents ébats fit oublier à Travis ses pieds endoloris. Il avait envie de renouveler leur échange, de voir de nouveau cette expression de ravissement sur le visage de Dana.

Dana s'en voulait d'avoir échoué à renvoyer Travis en ville. Elle avait tenté de le laisser derrière elle parce qu'il était médecin, pas pompier, mais à son regard déterminé, elle avait compris qu'il ne céderait pas et son soutien lui faisait chaud au cœur. Mais il ne lui échappait pas qu'il marchait avec précaution, ses pieds devant le faire souffrir. Elle avait jeté un coup d'œil par la fenêtre lorsqu'elle était sortie sur la passerelle, et le voyant se soigner, elle s'était attardée pour lui donner le temps de finir. L'idée qu'il était blessé la chagrinait, mais elle n'avait pas le temps d'en discuter.

Ils débouchèrent dans une zone avec des buissons bas et, çà et là, un ou deux arbres. Il y avait de la fumée dans l'air.

— J'espère que ça n'aura pas pris des proportions dramatiques quand on arrivera, dit Travis.

— Moi aussi.

Rentrer à la maison pour prendre du repos et un bon bain chaud, voilà ce qu'elle voulait, songea-t-elle en glissant un regard vers Travis. Leur échange sur la passerelle avait été inouï, et c'était Travis qui lui avait fait ce cadeau.

De nouveau, elle perçut l'odeur du feu. Ils tombèrent vite sur la lisière noircie du secteur calciné.

— On arrive à temps, on dirait. Il faut qu'on s'engage plus loin pour établir un coupe-feu.

— Ohé !

Un tout jeune homme courait à leur rencontre, agitant les bras.

— Je suis bien content de vous voir ! dit-il en toussant. Pouvez-vous nous aider ?

Il désigna derrière lui des rochers que le feu avait contournés.

— Mon copain s'est cassé la jambe.

Travis se tourna vers Dana.

— Je vais m'occuper de lui, puis je viendrai t'aider. Je veux que tu restes dans mon champ de vision jusqu'à ce que je puisse te rejoindre.

— Je ferai de mon mieux. Mais c'est mon job.

Il la scruta d'un regard aigu puis hocha la tête. Comme il s'éloignait avec le jeune homme, elle entendit sa voix.

— Je suis médecin. Dis-moi ce qui est arrivé à ton ami.

Le vent se leva, et la fumée s'épaississait alors qu'elle approchait du secteur en feu. Elle releva son bandana devant sa bouche et entreprit de réaliser un coupe-feu.

Une fois, elle se retourna pour voir Travis qui regardait dans sa direction avant de se rasseoir près de son patient. Une demi-heure plus tard, il la rejoignait alors qu'elle attaquait la végétation avec son Pulaski, et la seconda aussitôt.

— Le blessé ? dit-elle.

— Il est à l'abri, adossé à un arbre, avec son copain. Je leur ai dit de ne pas bouger et d'attendre qu'on vienne les chercher. J'ai demandé au jeune d'étaler tes affaires au soleil.

— Non, c'est vrai ?

— J'ai dans l'idée qu'on pourrait avoir à passer encore une nuit en pleine nature.

— Ça en prend le chemin.

Au milieu de l'après-midi, ils s'arrêtèrent pour examiner leurs progrès.

— Je crois que c'est bon, dit Dana, baissant le bandana et s'essuyant le visage d'un revers de manche.

Travis l'examinait.

— Qu'est-ce qu'il y a ? demanda-t-elle.

— Je me disais que ce serait déplacé de t'embrasser, mais j'en meurs d'envie.

— Déplacé, sûrement, mais j'aimerais que tu le fasses.

Aussitôt, il la prit dans ses bras et ses lèvres rencontrèrent les siennes avec tant de tendresse qu'elle faillit en avoir les larmes aux yeux. Alors qu'elle aurait voulu donner un tour plus passionné au baiser, il privilégia la tendresse, comme s'il tentait d'exprimer la profondeur de ses sentiments. Une main posée sur son torse, elle perçut les battements de son cœur, réguliers et rassurants. Dieu, qu'il lui manquerait lorsqu'ils se sépareraient !

Il s'écarta à demi, plaçant son front noirci de fumée contre le sien.

— J'ai beau désirer qu'on soit seuls ce soir, il faut qu'on retourne près de mon patient. On doit trouver le moyen de le conduire à l'hôpital.

— On peut appeler les secours d'urgence, non ?

— Il fera nuit avant qu'ils arrivent ici. Si le temps ne se gâte pas, ils pourront peut-être nous rejoindre demain matin, mais il vaut mieux prévoir un plan pour le sortir d'ici nous-mêmes.

— D'accord. Tu crois que les jeunes nous auront attendus là où tu les as laissés ?

— Oui. Ils ont trop peur pour bouger. Je leur ai dit que tu travaillais pour le Service forestier et ils ont compris qu'ils avaient des ennuis.

— Ah ! enfin, j'ai le rôle du méchant !

Travis eut un sourire jusqu'aux oreilles.

— Il faut bien que quelqu'un le tienne.

Alors qu'ils approchaient des jeunes gens, celui qui était valide se précipita à leur rencontre.

— J'avais peur que vous nous ayez oubliés !

Dana voulut dégager sa main, mais Travis la retint.

— Non. Mais il faut du temps pour éteindre un feu, dit-il.

Il ne ralentit que lorsqu'ils furent près du blessé, et fit les présentations.

— Ted et Jim, voici Dana Warren, une pompière parachutiste de l'US Forest Service.

— Salut, dit Jim. Désolé pour le feu.

Ted adressa un faible sourire à Dana. La souffrance lui donnait un regard vitreux.

Comme elle foudroyait Jim du regard, Travis réprima un rire.

— On a juste fait un petit feu de camp, poursuivit Jim. Il fallait bien qu'on cuisine ! Je ne comprends pas pourquoi il s'est étendu, devenant un feu de broussailles en un éclair. On a essayé de l'éteindre, mais on n'a pas réussi. Je me suis brûlé, puis Ted est tombé et s'est cassé la jambe.

Dana ne put s'empêcher de le prendre en pitié, même s'il avait contrevenu aux règles. Quel idiot ! pensa-t-elle, secouant la tête. Travis la regarda en haussant les sourcils. Pensait-il comme elle ?

— Avez-vous de l'eau, Jim ? demanda-t-il.

— Oui. On a pu sauver une partie de notre barda. Nos parents nous tueraient, si on perdait leurs affaires.

Dana leva les yeux au ciel, songeant qu'ils avaient été plus occupés à sauver leurs biens qu'à préserver la forêt. Jim contourna l'arbre et rapporta tout un équipement de camping, dont deux poches à eau.

Travis cala son Pulaski contre le tronc et s'accroupit près de Ted.

— Il va falloir te mettre une attelle pour pouvoir te sortir d'ici, dit-il d'une voix rassurante. Tout ira bien, ne t'inquiète pas.

Dana ressentit un élan de fierté. Après avoir combattu un feu pendant six heures, l'avoir embrassée comme si elle était la personne la plus précieuse du monde, Travis s'occupait de son patient. C'était vraiment un homme étonnant. Elle ne s'était pas trompée, autrefois. C'était quelqu'un d'à part.

Travis soupira en examinant la jambe de Ted. Il aurait donné cher pour que Dana et lui soient de retour à la tour d'observation car leur baiser léger l'avait laissé sur sa faim.

Le jeune homme souffrait et l'analgésique ne l'avait guère soulagé.

— Jim, trouve-moi deux branches solides pour que je puisse faire une attelle, dit Travis. Il faut qu'elles aient une bonne longueur. Dana, vois s'ils peuvent envoyer un hélicoptère, s'il te plaît, puis tu viendras m'aider.

Elle s'éloigna, mais fut vite de retour.

— L'hélico ? s'enquit Travis par-dessus son épaule.

— Tu avais raison, il est trop tard. Ce sera pour demain matin. Mais ils s'attendent à un autre front d'incendie avec grand vent. Ils nous préviendront s'ils peuvent tenter un ramassage.

— Exactement ce que je craignais ! soupira Travis. Il faut qu'on fasse un peu de toilette et que je puisse soigner sa jambe.

Prenant son sac à dos, il alla assez loin pour avoir un peu d'intimité, et Dana le suivit. Il enleva son T-shirt et le mouilla avant de le lui tendre pour qu'elle se nettoie le visage et les mains.

— C'est là qu'on regrette notre bonne vieille rivière, n'est-ce pas ?

— Oui. Mais je rêve surtout d'une douche chaude avec toi.

La voyant s'empourprer, il ajouta :

— Quand tu rougis, j'ai envie de t'embrasser.

Elle lui rendit son T-shirt.

— Essuie-toi donc. Je vais te verser de l'eau sur les mains, dit-elle en lui prenant sa bouteille.

Avec son aide, Travis réussit à se nettoyer suffisamment pour se sentir autorisé à soigner son patient.

— Que dois-je faire ? demanda-t-elle.

— Regarde si tu trouves de quoi lui envelopper la jambe. Tu m'aideras au retour de Jim. Tu crois qu'on pourrait rentrer à la tour avant la nuit ?

— Je n'en prendrais pas le risque, avec un blessé.

— Alors, on campera ici ce soir et bricolera de quoi transporter Ted pour parer à toute éventualité.

— Je couperai des branches et on fera un travois comme ceux qu'utilisaient les Indiens. Ça ira ?

— Ce serait génial..., dit Travis, souriant.

— Avec les cordes des parachutes, on peut lier ensemble les deux perches et faire le traîneau pour l'allonger. On mettra le sac de couchage dessus pour que ce soit plus confortable.

— Bon plan... Si les secours ne peuvent pas venir, on l'emmènera à la tour pour qu'ils nous rejoignent là-bas.

Jim revint en courant. Il apportait deux bâtons.

— Pose ça près de Ted. On a un autre travail pour toi, dit Travis qui alla sortir son parachute. Coupe les cordes de ce truc, et veille à ce qu'elles aient une bonne longueur.

— Vous êtes arrivés en parachute ? demanda Jim, stupéfait.

— Oui, dit tranquillement Dana.

— Tu as un couteau, Jim ? demanda Travis. Alors, mets-toi à l'ouvrage. Dana, viens m'aider.

Il s'agenouilla près de Ted et Dana fit de même, se plaçant aux pieds du jeune homme comme le lui demandait Travis.

— Je vais retirer les attelles temporaires, Ted, dit ce dernier.

— Ingénieux système, Doc, commenta Dana.

Travis lui adressa un sourire crispé.

— Merci. J'ai fait avec ce que j'avais sous la main, mais il faut quelque chose de plus solide pour le transporter.

— Mon père sera furieux de voir que sa tente est cassée, commenta Jim, derrière lui.

— Il sera encore moins ravi que tu aies fait partir un incendie, dit Travis, sur le point de perdre patience.

Avec précaution, il ôta les attelles improvisées, puis à l'aide de ses ciseaux médicaux découpa le pantalon de Ted. Ensuite, il examina la partie lésée. La fracture était située en dessous du genou, et la zone avait viré au rouge et au bleu vifs.

— Je pense que le tibia et le péroné sont fracturés. Sans radiographie, je ne peux pas en jurer. On va faire comme si c'était le plus mauvais cas de figure. Heureusement, ce n'est pas une fracture ouverte. On veillera à ce que l'os ne transperce pas la peau.

Ce ne serait pas facile, étant donné le trajet difficile qui attendait Ted le lendemain, mais Travis n'avait guère le choix.

— Dana, tu veux bien prendre ses signes vitaux pendant que je rassemble ce qu'il nous faut ? Il ne faudrait pas qu'il fasse une poussée de fièvre. Jim, apporte-moi un piquet de tente !

Prenant la trousse, Dana le relaya auprès de Ted tandis que Jim, maugréant, s'exécutait. Travis prit le piquet, coupa le lien élastique qui unissait les deux parties, obtenant ainsi deux bâtons.

— Température normale, annonça Dana. Le rythme cardiaque est élevé et le pouls aussi.

— Rien d'étonnant puisqu'il a mal. Replace-toi à ses pieds. Il faut que tu soutiennes son mollet pendant que je place les attelles.

Travis arracha une manche de la chemise de Ted et en enveloppa la zone lésée.

— Favoriser la circulation sanguine et non l'entraver, dit-il, se parlant à lui-même, et prélevant la seconde manche pour l'appliquer comme la première. Bon, on passe aux piquets.

Dana prit position et, avec son aide, Travis plaça des piquets devant et derrière la jambe de Ted, puis les immobilisa avec des lanières de tissu. Ils répétèrent l'opération pour la partie inférieure de la jambe.

Quand les manipulations furent terminées, Ted, livide, avait perdu conscience et ce n'était pas plus mal. Travis n'avait pas grand-chose à lui donner comme antidouleur. Il lui restait une des doses d'hydrocodone qu'il avait apportées pour M. Gunter, mais il la réservait pour l'administrer à Ted le lendemain afin de lui éviter de souffrir pendant le voyage.

Inquiète et attendrie, Dana écarta les cheveux qui avaient glissé sur le visage du jeune homme, puis elle ouvrit un sac de couchage pour en recouvrir le blessé.

— Fabriquons le travois avant la nuit, dit-elle.

— Dana a besoin de toi, Jim ! lança Travis.

Le jeune homme, occupé à défaire les cordes du parachute,

leva les yeux. Sans un mot, Dana prit la tronçonneuse et se dirigea vers le bois.

Ce que Travis appréciait par-dessus tout était qu'il pouvait lui faire confiance. Ces derniers jours avaient été rudes, mais Dana avait tenu le coup. Avec elle, il avait une véritable partenaire.

Malgré leurs anciens désaccords, ils étaient devenus amis. Le genre d'amis qui pouvaient se fier l'un à l'autre envers et contre tout. L'espèce la plus rare.

Dana ne recherchait pas l'attention. Elle brillait par ses qualités naturelles, son courage. Son assurance venait de ses talents et de son amour pour la vie. Celle-ci n'avait pas toujours été tendre avec elle, mais elle avait poursuivi son rêve. Pouvait-il en dire autant ?

De nouveau, il prit les signes vitaux de Ted, tandis que le bruit de la tronçonneuse résonnait non loin. Puis il rangea leurs affaires qui avaient séché pour la plupart.

Bientôt, Dana et Jim reparurent, chacun traînant deux branches. Elle posa la tronçonneuse et donna des directives au jeune homme. Les deux branches les plus longues furent posées en parallèle, puis rapprochées et croisées l'une sur l'autre à un bout. Dana plaça la branche plus courte en travers de l'autre extrémité. L'ensemble formait une sorte de triangle qu'on pouvait traîner ou porter.

Travis prit les cordes coupées par Jim et les rejoignit.

— Il faut lier le tout, dit Dana.

Elle s'empara d'une longueur de corde et commença à l'entre-croiser autour des échelles. Travis œuvra de même pour la partie qui se chevauchait.

— Viens m'aider, Jim, dit Dana. Je vais lier cette corde d'un côté, puis te la passer, tu l'enrouleras deux fois autour de l'autre côté avant de me la repasser. On formera un zigzag le long des échelles, et on attachera le tout pour obtenir un lit.

Jim sourit.

— Ouais, c'est super !

Travis se retint de lever les yeux au ciel. Avait-il été aussi niais lorsqu'il avait l'âge de Jim ? Il craignait bien que oui.

— Il faut donner assez de jeu à la corde pour que Ted ait autant de confort que possible, dit Dana.

Elle confectionnait le travois avec la concentration qu'elle mettait en toutes choses. Quand elle eut fini, elle se leva, se plaça devant l'extrémité avant, puis souleva les deux branches et tira. Cela marchait parfaitement.

Travis se jura que ce ne serait pas elle qui tirerait, le moment venu.

— Tu as fait du bon travail, commenta-t-il, impressionné.

Son large sourire lui fit chaud au cœur et il se promit de la complimenter souvent.

— Qu'est-ce qu'on va faire avec ça ? demanda Jim.

— Installer Ted dessus et le tirer chacun à notre tour, toi et moi, si ça s'avère nécessaire pour l'emmener, expliqua Travis.

— Oh ! fit Jim, impressionné.

Dana posa le travois à terre après l'avoir déplacé jusqu'à Ted et déploya sur les cordes un duvet des garçons.

Travis s'accroupit près de Ted.

— Jim, place-toi de l'autre côté face à moi, et on va installer ton copain là-dessus pendant qu'il est inconscient parce que, sinon, il risque d'avoir très mal.

— Et moi, je fais quoi ? s'enquit Dana.

— Tu maintiens sa jambe cassée de ton mieux. Jim, tu passes la main sous ses épaules. Moi, je vais les glisser sous le bas du dos, et à trois, on soulèvera. Prêts ? Un, deux, trois !

Ils réussirent à installer Ted qui gémit, mais se calma vite. Dana le couvrit avec le duvet.

— J'ai faim, dit Jim. Qu'est-ce qu'on va manger si on ne peut pas faire de feu ?

Travis sortit de son sac un sachet de ration et le lui lança.

Comme Jim le regardait, interdit, il ajouta :

— Bon appétit ! Ouvre et mange, c'est tout, ajouta-t-il en sortant deux autres sachets. Dana, qu'est-ce que tu choisis ? Légumes et rôti de bœuf ou légumes et rôti de bœuf ?

Elle lui adressa un sourire las.

— Va pour les légumes et le rosbif, dit-elle.

Jim les regardait comme s'ils lui demandaient de se nourrir d'asticots.

— C'est de la nourriture déshydratée, marmonna Jim.

— Oui, mais toi, tu fais du feu même si c'est interdit, répliqua Travis.

Jim eut la bonne grâce de paraître honteux.

— Allons, Jim, dit Dana au jeune homme qui restait à quelques pas, semblant gêné. Viens t'asseoir avec nous.

Il les rejoignit, l'air aussi content qu'un chiot qu'on câline. Dana avait cet effet-là sur les gens. Même M. Gunter s'était laissé amadouer par elle.

Le soleil ne tarda pas à disparaître derrière les montagnes.

— Je vais dormir un peu, dit-elle en se levant. La journée a été longue. Demain, si l'hélicoptère ne vient pas, il faudra qu'on parte à pied et se lever dès qu'il fera jour.

— Dès qu'il fera jour ? répéta Jim.

Cette fois, Travis perdit patience.

— Ton ami, qui est grièvement blessé, va devoir affronter un pénible voyage.

Dana vint poser une main sur son bras.

— Il est temps qu'on prenne tous un peu de repos.

Sans un mot, Travis se dirigea vers leurs sacs de couchage et en ouvrit un qu'il déploya sur le sol avant d'étaler l'autre par-dessus. Sans s'insurger, elle enleva ses bottes, sa chemise, et se glissa sous le duvet de dessus avant d'ôter son pantalon. Travis l'imita. Que Jim se débrouille, pensa-t-il, attirant Dana à lui.

— Fichue journée, chuchota-t-il. Elle avait pourtant si bien commencé...

— Hum...

— Bonne nuit, ma douce.

Il enlaça Dana et ferma les yeux, heureux de la conclusion de cette mauvaise journée : la tenir dans ses bras.

9

Dana se raccrochait à sa sensation de chaleur. Elle ne voulait pas se réveiller.

— Dana, le soleil va se lever.

Cette voix était si agréable. Elle se lova dans la tiédeur.

— Chérie, si tu continues, on va offrir un sacré spectacle aux gars de l'hélicoptère.

Elle ouvrit tout grand les yeux, ce qui le fit sourire. Il se leva pour enfiler son pantalon, mais elle eut le temps de voir qu'une forte érection tendait son caleçon. Attrapant son jean, elle l'enfila à l'abri du duvet puis se mit debout. Travis la prit dans ses bras.

— On ne peut pas, dit-elle, regardant autour d'elle.

— Je n'ai pas droit à un baiser pour me dire bonjour ?

Elle sourit et lui enlaça le cou. S'emparant de sa bouche, Travis l'embrassa avec fougue, une de ses mains lui épousant les fesses pour la presser contre lui.

— Tu sens l'effet que tu me fais ?

Le baiser de Travis promettait d'autres délices quand ils seraient seuls... mais ils n'auraient plus l'occasion de l'être. Aujourd'hui, ils rentraient chez eux. Chacun de son côté. Travis n'avait pas parlé de la revoir, et elle non plus. À cette pensée, elle le serra plus fort et lui donna un baiser profond. Elle s'était si vite habituée à lui !

Dans la nuit, il s'était levé, et le manque de son corps ferme et chaud l'avait réveillée. Elle avait vu, au clair de lune, qu'il s'assurait de l'état de Ted.

— Tout va bien ?

— Oui, tout va bien, lui avait-il répondu en se glissant de nouveau dans le duvet. Rendors-toi.

Ce qu'elle avait fait. Elle aimait le sentiment de sécurité, peu présent dans sa vie, que Travis lui procurait.

Dès qu'il fut vêtu, Travis alla voir Ted et prit ses signes vitaux. Le jeune homme souffrait car il avait les lèvres pincées. Pendant que Travis s'occupait de lui, Dana s'éloigna pour appeler la base et s'enquérir de l'hélicoptère.

— L'hélicoptère arrive quand ? demanda Travis à son retour.

— Pas dans l'immédiat. Au mieux, vers le milieu de la matinée. Il n'y a que deux hélicoptères, et ils sont sortis pour des cas plus urgents. On ferait aussi bien de le transporter nous-mêmes.

Dana se dépêcha de ranger les affaires. Elle remarqua que Travis s'apprêtait à faire une injection à Ted.

— Qu'est-ce que tu lui donnes ?

— De l'hydrocodone. J'en avais pour M. Gunter.

— Je suis contente qu'il t'en reste. Ted en aura besoin.

Elle adressa un sourire au jeune homme qui n'eut pas la force de le lui rendre.

— C'est mon sentiment aussi, dit Travis qui effectua la piqûre dans le bras de Ted avant de le faire boire. Il ne faudrait pas que tu te déshydrates...

De mauvaise humeur, Jim se leva, mais il ne se mit en mouvement que lorsque Travis le menaça de l'abandonner sur place. Ce dernier rejoignit Dana devant le travois.

— Sortons-le d'ici avant qu'il ne déjoue nos efforts pour le sauver, murmura-t-il en désignant Jim.

Dana leva les yeux au ciel.

— S'il n'était pas aussi ballot, je veillerais à ce qu'il soit sévèrement puni.

— Je vais tirer le travois au début, annonça Travis. Jim, tu portes l'équipement.

Ils se mirent en route. Dana se réjouit que Travis ait pu injecter un antidouleur à Ted qui aurait souffert le martyre, sinon, à cause du mauvais chemin.

Ils se dirigèrent vers la tour d'observation, l'endroit où on les attendrait, un trajet difficile. En terrain découvert, Travis tirait le travois. Quand ils parvinrent en forêt, il demanda à Jim de le soulever devant tandis que lui-même le portait à l'arrière. Le voyage aurait été plus facile si Jim avait cessé de maugréer et se lamenter, mais il avançait, pourtant. Ted dormait, heureusement.

Travis décréta plusieurs pauses pour le blessé. Au lieu de deux heures, l'équipée prit le double, et ce fut avec un intense soulagement que Dana aperçut la tour.

Elle fut encore plus heureuse de voir la fourgonnette vert clair du service forestier que la base leur avait envoyée. Elle connaissait de vue la ranger qui les attendait. Celle-ci leur avait apporté de l'eau fraîche qui fut accueillie avec empressement. Le chemin de terre menant à la tour ayant été jugé trop cahoteux pour l'ambulance, ils la rejoindraient au poste des rangers, sur la route principale. Il fallut un peu de temps pour installer Ted dans la fourgonnette à la satisfaction de Travis qui grimpa à l'arrière avec le jeune homme.

— Viens, Jim, dit-il. J'ai besoin de toi pour stabiliser Ted.

Dana s'assit à l'avant, en cabine. Elle passa une partie du trajet à se retourner pour regarder, à travers la lucarne, les passagers de l'arrière. La plupart du temps, Travis et Jim soulevaient le travois pour soulager Ted.

Elle capta l'attention de Travis, une fois, et il lui décocha un clin d'œil qui la rendit toute chose. Il avait le don de la faire se sentir femme. Une femme amoureuse d'un homme qu'elle ne verrait bientôt plus puisqu'ils s'étaient mis d'accord pour une brève relation.

Il leur fallut près d'une heure, sur la route accidentée, pour atteindre l'asphalte, et encore trente minutes pour parvenir à la station des rangers où l'ambulance les attendait.

Déjà, les secouristes avaient sorti la civière. Les parents de Jim et de Ted étaient là, ce fut Dana qui les renseigna sur l'état de Ted, tandis que Travis faisait un rapport aux secouristes et supervisait le transfert du blessé sur le brancard.

Près de la fourgonnette des rangers, elle regardait opérer les secouristes, quand Travis la rejoignit.

— Je dois accompagner Ted.

— Je m'en doutais. Moi, il faut que j'aille au rapport.

— Docteur Russell, vous venez ? lança un secouriste, gardant ouverte une des portes de l'ambulance.

— J'arrive !

Travis décocha à Dana un ultime regard empreint de regret, un signe de main, puis sauta dans l'ambulance.

Elle eut soudain la sensation que quelque chose lui serrait la gorge, et des larmes lui montèrent aux yeux, mais elle réussit à les réprimer. Travis était parti et ils étaient de retour dans le monde réel.

— On dirait que vous avez connu quelques jours mouvementés, dit la ranger en s'engageant sur la route. Vous semblez avoir formé une bonne équipe avec le Dr Russell.

— En effet.

Surtout au lit, pensa Dana. Déjà, Travis lui manquait. Il n'avait pas dit qu'il l'appellerait, et elle ne le lui avait pas demandé, n'en ayant pas eu l'occasion. Ou bien avait-elle eu peur de sa réponse ? Elle refusait de revivre ce qui s'était produit des années auparavant. Cette fois, elle gérerait mieux ses sentiments.

Une fois à la caserne, elle rapporta l'équipement puis elle se rendit au vestiaire et prit une douche chaude. Si agréable que ce fût, elle se remémora les douches glacées prises pendant son équipée avec Travis.

Dans le bureau, devant un ordinateur, elle rédigea un rapport détaillé, sans mentionner l'intimité établie avec Travis. En revivant les faits à travers son récit, elle ne ressentit que plus vivement leur séparation.

Sur le chemin de la sortie, elle passa la tête dans le bureau de Leo.

— Hé, ça fait plaisir de te voir ! dit-il.

— Et ça fait plaisir d'être de retour. Tu devrais avoir mon rapport dans tes mails.

— Si j'ai bien compris, tu as vécu quelques jours intéressants.

— C'est peu dire !

— Ton équipe est à l'œuvre.

— Il paraît.

Elle avait oublié les gars, à mesure que sa randonnée avec Travis se prolongeait.

— Je lui accorde, ainsi qu'à toi, quelques jours de repos avant de vous remettre sur les rangs.

— Entendu.

Leo fronça les sourcils.

— Pas de protestation ?

— Non.

Il l'examina un moment.

— Il y a quelque chose que je devrais savoir ?

— Pas du tout, dit-elle, pinçant les lèvres.

Leo continua à la fixer.

— S'il y a du changement, fais-le-moi savoir. Je te revois mardi, prête à un nouveau parachutage.

— Je serai là.

Dana sortit et gagna sa camionnette. Quelques jours auparavant, son ranch était son refuge, le lieu où elle restaurait son énergie. Maintenant, elle redoutait la solitude. Elle n'aurait que trop de temps pour revivre les heures partagées avec Travis, ses baisers, ces moments torrides sur la passerelle, l'expression de son regard lorsqu'il la désirait…

Elle avait de nouveau Travis dans la peau et c'était une bonne chose qu'ils aient restauré leur amitié.

Travis n'avait pas aimé quitter Dana de cette façon. Il aurait préféré la raccompagner chez elle pour partager une douche chaude, puis son lit, avec délices sexuels à la clé. Hélas, ce n'était pas ainsi qu'avaient tourné les choses. Ni qu'ils les avaient prévues.

Une nuit de passion, tel était leur accord, et il s'y tiendrait, mais ce serait dur car il voulait plus avec Dana.

Après avoir terminé son rapport aux urgences sur les soins délivrés à Ted, il patienta avec le jeune homme et ses parents jusqu'à ce qu'on emmène le blessé au bloc opératoire. Pressé de se doucher et, peut-être, revoir Dana, il se fit conduire à la station des pompiers parachutistes, et fut déçu d'apprendre que Dana était partie. Il n'y avait que la personne assurant la permanence de nuit et il lui demanda le numéro de téléphone de Dana, mais elle n'était pas autorisée à le lui communiquer.

Peut-être cela valait-il mieux, pensa Travis.

Il avait appris quelque chose pendant leur grande aventure. Depuis son divorce, il s'était fermé à la vie. Ayant trop peur de faire des projets et d'être déçu, il avait cessé de penser à l'avenir. Sa vie personnelle était devenue une suite d'attachements sans implication émotionnelle. Mais était-il sain de vive ainsi ?

Une demi-heure plus tard, sous le jet de la douche, il se demanda comment allait Dana. Une fois couché, il se tourna et se retourna, en manque. Peut-être accepterait-elle de prolonger leur accord ? Peut-être pourrait-il l'appeler pour lui demander si elle s'était remise de leur équipée ? Caressant pour la première fois un projet qui impliquait une femme, il s'endormit en souriant.

Le lendemain, il prit des nouvelles de M. Gunter et de Ted, et apprit qu'ils allaient bien. Puis il entama sa semaine de travail, avec beaucoup de patients à voir.

Au bout de deux jours, n'ayant toujours pas de signe de vie de Dana, il téléphona à la caserne, où on lui indiqua qu'elle ne pouvait pas venir lui parler. Il laissa un message. Comme elle ne s'était toujours pas manifestée en fin d'après-midi, il téléphona de nouveau.

— Ne quittez pas, lui dit-on. Je crois qu'elle est dans les parages.

Il se mit à arpenter son cabinet. Depuis quand était-il nerveux parce qu'il téléphonait à une femme ? Enfin, elle fut au bout du fil.

— Salut, Dana. C'est Travis.

— Hé, salut.

— Je voulais juste savoir comment tu vas. Si tu t'es remise de nos aventures.

— Je vais bien. Et toi ?

— Je suis en forme. Encore endolori, mais ça s'améliore de jour en jour, dit-il. J'aimerais te voir.

Il y eut un silence.

— C'est la saison des incendies, répondit-elle enfin. Mon emploi du temps est imprévisible.

Il accusa le coup.

— Je comprends. Une autre fois, peut-être.

— Si ça ne te dérange pas de venir chez moi...

— J'apporterai à manger, et on dînera sur ta véranda, dit-il pour ne pas lui donner le temps de changer d'avis.

— 18 heures, ça te convient ?

— C'est parfait.

Pourquoi semblait-elle si hésitante ?

Elle lui communiqua son adresse.

— J'ai hâte de te revoir, dit-il d'une voix adoucie.

— Moi aussi.

La note d'impatience qu'il avait espérée venait de pointer dans ces mots, et il souriait lorsqu'il lui dit au revoir. Cela n'aurait pas dû avoir autant d'importance pour lui ! C'était bien lui qui avait soutenu qu'il avait peu à offrir ?

Trois heures plus tard, roulant dans l'allée d'accès de Dana, Travis ne se souvenait pas d'avoir été aussi excité à l'idée de voir une femme. Leur dîner serait-il simplement amical ? Il se contenterait de son amitié, si elle ne voulait rien d'autre. Ce serait dur, mais il le ferait.

Il se gara devant la maison de bardeaux blancs. Elle était nette et bien entretenue, comme les buissons et les fleurs qui ornaient la petite allée de briques conduisant à la véranda. De chaque côté de la porte, il y avait un fauteuil à bascule en bois, et des grands pots de fleurs aux extrémités de la terrasse. La maison avait l'allure d'un foyer, non d'un lieu pour dormir comme son appartement, et cette vision l'apaisait.

Il avait apporté un bouquet de fleurs sauvages et de la nourriture. Comme la porte principale était ouverte, il frappa à la porte à moustiquaire. Son cœur se mit à battre plus vite lorsqu'il vit arriver Dana, pieds nus.

Ses cheveux flottant autour de son visage, elle portait un T-shirt rose tout simple et un short en jean qui révélait ses jambes fuselées. Jamais il n'avait vu une femme plus désirable. Et son sourire la rendait encore plus belle, même si elle avait le regard un peu hésitant. Elle poussa la moustiquaire.

— Salut… Entre.

— Salut.

Il l'effleura en passant devant elle pour pénétrer à l'intérieur. Ce léger contact lui fouetta les sens, mais il se calma pour ne pas l'effrayer. Dans les bois, elle était intrépide, mais pas dans sa vie personnelle.

— Pour toi, dit-il, lui tendant les fleurs.

Elle eut un sourire. Comment réussissait-elle à lui procurer autant de plaisir avec une réaction aussi simple ?

— Merci. J'adore les fleurs.

— Il suffit de voir ton allée pour le comprendre.

— Comment est ta brûlure ? Tu l'as montrée à l'hôpital ?

— Non. Mais mon infirmière refait le pansement chaque jour.

— C'est bien. Suis-moi dans la cuisine.

Elle le devança dans un petit vestibule, au-delà d'un escalier et d'une pièce à vivre avec un canapé à fleurs, jusque dans une vaste cuisine toute carrelée de faïence blanche.

Il déposa le sac de provisions sur la table entourée de quatre chaises dépareillées. Ayant pris un vase sous l'évier, elle y arrangea les fleurs avant de les poser au centre de la table.

Travis l'examina un instant.

— Comment vas-tu ?

— Je me suis remise. Rien de tel que quelques bonnes nuits de sommeil.

Il lui fit tourner le visage pour voir sa joue.

— J'en suis heureux. Je me suis senti coupable de t'avoir entraînée dans cette équipée, mais tu as été formidable. Au fait, M. Gunter est sur liste d'attente pour une greffe de rein. Avec un peu de chance, il n'attendra pas longtemps.

— Je suis contente pour lui. C'est toi qui as été beau joueur dans notre aventure.

Il lui effleura la joue du bout des doigts.

— Tu m'as manqué. Crois-tu qu'on pourrait prolonger un peu notre arrangement temporaire ?

— Je ne suis pas sûre que ce soit une bonne idée.

— Je n'en suis pas sûr non plus, dit-il en lui prenant la main. Mais je sais que j'ai envie de te revoir.

— Moi aussi, j'en ai envie.

Travis l'embrassa, veillant à ne pas lui dévorer la bouche comme il en avait envie. Avec un léger soupir, Dana lui rendit son baiser. Ses mains glissèrent sur son torse, lui encerclèrent le cou. Quand il lui taquina l'oreille de sa bouche, elle gémit, penchant la tête sur le côté pour mieux accueillir la caresse.

— Tu m'avais promis une visite de ta maison. Est-ce que ça te dérange qu'on commence par la chambre ?

Avec un grand sourire, elle lui prit la main pour l'entraîner dans le vestibule. Ils grimpèrent l'escalier.

Le cœur de Travis se mit à battre plus fort alors que son sexe commençait à durcir.

— Tu sais à quoi j'ai pensé ces trois derniers jours ?

— À quoi ? chuchota Dana.

— À toi et à un lit bien moelleux.

Le cœur de Dana fit un bond. Elle avait eu elle aussi ce genre de pensée. Il lui avait fallu une journée pour comprendre pourquoi Travis ne téléphonait pas : il n'avait pas son numéro et ignorait où elle habitait.

Ils s'étaient entendus pour une aventure. Voulait-il la prolonger ? Ou leurs échanges dans la forêt n'étaient-ils qu'une « poussée de fièvre » sensuelle et rien de plus ? Devait-elle inventer un prétexte pour l'appeler ?

Ce n'était pas son genre, elle n'avait donc rien fait. Puis il avait fait le premier pas en l'appelant, aussi l'avait-elle invité. Elle mourait d'envie de le voir, le toucher, l'embrasser.

Après avoir franchi le seuil de sa chambre, elle marqua un arrêt, n'étant pas habituée à y amener un homme.

Arrivant derrière elle, Travis l'enlaça et l'attira contre lui. Elle sentit sa puissante érection, et un frisson la parcourut.

— Si je m'attendais à ça, dit-il. Tu es un vrai tissu de contradictions.

Elle devina qu'il regardait autour de lui. Les rideaux qui encadraient deux vastes fenêtres, un lit en cuivre orné d'un boutis et d'une profusion de coussins, éclairé de chaque côté par des appliques, un fauteuil à motifs cachemire placé près d'une antique armoire. Il y avait un bureau en pin massif devant une fenêtre, des aquarelles colorées représentant la forêt nationale sur les murs.

— Tout est si féminin, ici, ajouta-t-il. Et pourtant, à l'extérieur, tu joues les dures.

Elle pivota entre ses bras pour le regarder.

— C'est une mauvaise chose ?

— Sûrement pas ! C'est comme une friandise idéale, craquante à l'extérieur et bien fondante dedans.

— Tu m'as déjà comparée à une friandise. Je crois que je vais considérer ça comme un compliment.

— C'est bien ainsi que je l'entends.

Travis déposa un baiser sur sa tempe, puis ses lèvres se promenèrent le long de son cou. Fermant les yeux, elle savoura la caresse, la magie de Travis. Et tandis qu'il l'attirait vers le lit, elle ne résista pas. Ses peurs avaient été infondées. Il la désirait toujours.

— T'ai-je dit que j'adore ta maison ? J'aime ta grande véranda en façade, mais cette pièce a ma préférence.

— Je ne suis pas souvent ici à cette époque de l'année, mais à la base, la plupart du temps.

— J'espère te faire regretter, ce soir, de ne pas venir ici plus souvent.

Dana buta contre le bord du lit. Elle regarda Travis. Ses yeux d'un bleu ardoise étaient plus sombres, brûlants de désir. Elle se sentit soudain sûre d'elle et audacieuse.

— Et comment comptez-vous y parvenir, docteur Russell ? Auriez-vous une baguette magique ?

Il se plaqua contre elle.

— Tu sais pertinemment que j'en ai une.

— Ce sont des paroles en l'air, ou elles vont être suivies d'action ?

Travis eut un sourire carnassier.

— Je vais te faire sentir mes pouvoirs au lieu de t'en parler.

Ses lèvres s'emparèrent des siennes en un baiser appuyé et

délicieux, et elle ne douta plus de son désir pour elle. Lorsque Travis, d'une main, lui enveloppa les fesses et, de l'autre, lui caressa la cuisse avant de glisser un doigt sous l'élastique de son slip pour taquiner son clitoris, il décupla l'intensité de son trouble.

— Je préfère ce short à ton pantalon de treillis. Il est sexy. Très sexy...

Elle posa une main sur sa joue.

— Hum, c'est tout doux tout lisse.

Il frottait son visage contre sa paume quand elle l'attira à elle, les mains sous sa chemise, avide de toucher sa peau. Travis s'écarta pour lui permettre de la lui ôter puis il la serra de nouveau contre lui. Elle se lova contre son torse, le respira.

— Tu sens si bon ! Je n'oublierai jamais l'odeur du Travis des années passées.

Il lui donna un baiser soutenu, comme si elle venait de dire quelque chose d'important à ses yeux. Puis, la soulevant par la taille, il se laissa tomber sur le lit avec elle.

— Super. Je pourrais bien élire domicile ici.

L'idée n'était que trop alléchante, pensa-t-elle, mais ce n'était pas le genre de relation dont ils étaient convenus.

— Tu pourrais te retrouver souvent seul à cette époque de l'année.

— Alors, je dois profiter au maximum de l'instant présent.

Elle le regarda avec douceur.

— Et notre dîner ?

La bouche de Travis trouva, à travers le tissu, la pointe d'un sein et la titilla.

— J'ai décidé de commencer par le dessert.

— Je suppose que la visite aussi devra attendre...

— Hum. Je verrai le reste de la maison plus tard, dit-il en levant la tête, sourire aux lèvres. La semaine prochaine, peut-être.

10

Pour Dana, les deux semaines suivantes s'écoulèrent dans une sorte de tourbillon avec Travis. Elle n'avait qu'une envie : être au lit avec lui. Sa vie était enfin telle qu'elle l'avait toujours rêvée, avec un homme qu'elle pouvait admirer et qui lui donnait le sentiment d'être spéciale. Elle avait vraiment de la chance.

Pourtant, elle savait qu'un jour proche Travis mettrait un terme à leur relation. Ils ne parlaient pas d'avenir, ne vivant que dans l'instant présent, et elle n'était pas sûre de pouvoir continuer ainsi, si délicieuse que fût leur existence. L'engagement, c'était important pour elle, et elle avait besoin de savoir qu'elle avait trouvé sa place. Pour la vie...

Ils passaient la plupart des nuits ensemble, se réveillaient tôt, faisaient l'amour, puis Travis préparait le breakfast, et ils savouraient leur café sous la véranda pour regarder le lever du soleil. Le soir, elle préparait le dîner.

Pendant leur premier week-end, ils firent la grasse matinée puis Travis rattrapa du travail administratif alors qu'elle arrosait les fleurs. Ensuite ils nettoyèrent l'écurie et s'occupèrent des chevaux. Ce soir-là, ils dînèrent dans un restaurant des environs. Deux journées merveilleuses.

Le deuxième week-end, Travis, invité le samedi soir à un dîner professionnel, lui demanda de venir avec lui. Elle n'était pas habituée à des soirées de ce genre. Élevée par son grand-père, elle n'avait guère connu que les sorties pour la messe dominicale.

Elle n'était même pas allée à son bal de fin d'année parce que son grand-père n'avait pas les moyens de lui payer une jolie robe.

— Ce n'est pas trop mon truc, dit-elle. Je n'ai rien à mettre.

— Pour moi, un rien t'habille… Mais je te préfère toute nue.

Elle lui décocha un regard faussement scandalisé.

— Je parie que tout le monde apprécierait !

— S'il te plaît, Dana… Ce n'est qu'un dîner. J'aimerais vraiment que tu m'accompagnes.

Comment refuser, s'il prenait cet air implorant ?

— Si tu décides d'acheter quelque chose, permets-moi de te l'offrir. J'y tiens.

Elle décida de le laisser faire à sa manière pour une fois. Mais elle ne savait toujours pas à quoi les menait leur relation, et cela la préoccupait.

Le soir du dîner, il décida de retourner dans son appartement en terrasse puis de venir la chercher. Il voulait, disait-il, que cette soirée soit comme un rendez-vous en amoureux.

Dana avait acheté une robe, un simple fourreau sans manches d'un bleu de ciel d'été, rien d'extravagant, mais elle s'était autorisé deux folies : des sandales argentées et une séance chez le coiffeur. Elle mit le collier et le bracelet assortis qui lui venaient de sa mère, la seule possession indiquant qu'elle avait peut-être compté pour ses parents.

En se regardant dans son miroir, elle se trouva en beauté, ce qui lui donna de l'assurance. Tout comme le fait qu'elle serait avec Travis, un homme superbe. Elle était sûre qu'il veillerait sur elle et la soutiendrait.

Quand elle lui ouvrit la porte, il resta planté sur le seuil, comme sidéré.

— Tu es vraiment très belle.

— Tu n'es pas mal non plus.

Outre un costume noir, il portait une chemise bleue de la couleur de ses yeux, et une cravate assortie rayée bleu et noir. Il était d'une saisissante beauté.

— Je doute qu'un homme puisse rivaliser avec toi, ce soir.

— Et moi, je pourrais me retrouver impliqué dans une bagarre parce que tous les hommes auront les yeux sur toi.

Elle sourit.

— Ça, ça ne risque guère d'arriver.

Travis lui offrit le bras pour la conduire jusqu'à sa luxueuse voiture dont il ouvrit la portière, et l'aida à s'y installer. Un moment plus tard, ils parvenaient au country club.

— Je n'y suis jamais entrée, dit Dana.

Elle détestait les endroits de ce genre, ils l'intimidaient.

Un voiturier s'occupa du véhicule, et Travis entraîna Dana en la tenant par la taille. Dès qu'ils furent à l'intérieur, un homme l'aborda. Après l'avoir présentée, Travis échangea quelques mots avec lui avant de poursuivre son chemin avec elle, et d'autres personnes l'abordèrent. Pour quelqu'un qui s'était réinstallé à Redmond depuis peu, et en avait été éloigné pendant plusieurs années, il connaissait beaucoup de monde !

Puis ils pénétrèrent dans une vaste salle de réception où se trouvaient de nombreuses personnes, un verre à la main, autour de tables où le couvert était mis. Soulagée de constater qu'elle était vêtue comme il convenait, Dana voyait que toutes les femmes regardaient Travis, sans nul doute le plus bel invité. Elle sourit. Il était à elle. Pour la soirée.

— Veux-tu boire quelque chose ?

— Oui, je veux bien un verre de vin blanc.

Quand il la quitta pour gagner le bar, elle regarda autour d'elle. Toutes les femmes avaient les ongles vernis, des coiffures recherchées. Dana savait que sa coupe était plus fonctionnelle que stylée, et elle avait les ongles courts et non vernis. Ce n'était pas son monde, ici. Travis avait besoin de quelqu'un qui appartenait à son milieu. Combien de temps mettrait-il à s'en rendre compte ? Elle aurait le cœur brisé lorsqu'il en prendrait conscience et la quitterait.

Une femme rondouillette aux cheveux bruns, courts et bouclés, l'aborda.

— Bonsoir. Je suis Doris, l'infirmière de Travis. Vous êtes sûrement Dana.

— Oh ! bonsoir !

— Cela me fait plaisir de vous rencontrer. Travis ne parle que de vous. Vous lui avez redonné le sourire, et je m'en réjouis. Il était bien trop grave et triste, à son retour en ville.

— Merci, dit Dana, déconcertée.

— Il parle tout le temps de vous. Il est fou de vous.

Dana se sentit rougir, même si ces propos lui faisaient plaisir. Elle était pour sa part folle de Travis, mais elle allait souffrir…

— Je m'attendais à vous voir en Wonder Woman, reprit Doris en l'observant. Très jolie robe.

— Merci. Ce n'est tout de même pas à ce point ? dit Dana.

Que diable avait bien pu raconter Travis ? Doris lui adressa un sourire entendu.

— Oh ! si ! C'est bon de voir que vous n'êtes qu'une simple mortelle.

— Vous êtes l'infirmière qui soigne sa brûlure ? demanda Dana, désireuse de changer de conversation.

— Oui.

— Alors, vous savez qu'il est meilleur médecin que patient.

Doris se mit à rire alors que Travis revenait avec un verre de vin blanc.

— Je vois que tu as fait connaissance avec Doris, dit-il.

L'infirmière lui décocha un regard innocent.

— Oui, nous avions une discussion entre filles à votre sujet.

— Dois-je m'en inquiéter ? Je ne tiens pas à ce que mon infirmière et ma… euh, mon amie se liguent contre moi.

Dana en eut le cœur serré. Travis ne savait même pas quel statut lui donner. Qu'était-elle pour lui, de toute façon ? Une passade moins brève que de coutume ?

Après avoir fait la connaissance du mari de Doris, Sheldon, ils évoluèrent dans la salle, parlant à plusieurs invités. Les gens commençant à s'installer pour le repas, ils prirent place à leur table, rejoints par trois autres couples.

Travis les connaissait car tous travaillaient à l'hôpital. Le dîner était presque terminé quand la femme qui était assise près d'elle lui demanda :

— Quel est votre métier, Dana ?

Dana hésita un instant puis elle redressa les épaules.

— Je suis pompière parachutiste, dit-elle.

Son interlocutrice écarquilla les yeux.

— Comme ceux qui sautent d'un avion pour éteindre les incendies de forêt ?

— C'est ça, oui.

— C'est formidable ! commenta la femme, sincère, en se tournant vers son mari : Devine quel est le métier de Dana ?

Puis elle donna la réponse, assez fort pour que toute la table entende. Cessant de discuter avec son voisin, Travis posa un bras sur le dossier de la chaise de Dana.

— Dana est la meilleure, dit-il. En plus, elle a un diplôme de secouriste confirmée et la capacité de procéder à des interventions d'urgence en milieu sauvage.

Cherchait-il à leur faire croire qu'elle était de leur monde en mettant en avant ses qualifications ? Heureusement, la présence d'un homme qui venait de monter sur l'estrade installée dans la salle détourna l'attention des gens.

Elle regardait Travis, en se demandant ce qu'il pensait de la réaction provoquée par son métier, quand il lui adressa un sourire rassurant. Puis plusieurs personnes présentèrent des rapports auxquels elle ne comprenait pas grand-chose. Elle écoutait patiemment quand, sous la table, Travis posa une main sur sa cuisse. Elle frémit et s'embrasa alors qu'il la caressait.

Au moment où ils quittaient les lieux, un homme aux cheveux blancs arrêta Travis et demanda à lui parler un instant en privé.

— Je t'attends dans l'entrée, dit Dana.

Une fois sortie, elle se posta près d'une fenêtre et regarda le manège des voituriers qui amenaient les véhicules des visiteurs sur le départ.

Soudain, elle entendit une voix qui s'exclamait :

— Et en plus, elle est pompière parachutiste !

Elle se retourna pour voir qui avait parlé. C'était une femme avec des cheveux roux qui s'entretenait avec une autre femme.

— Je n'aurais jamais cru que Travis s'intéresserait à quelqu'un comme ça, continua-t-elle. Quand on est sortis ensemble, il m'a donné l'impression de chercher une partenaire pour passer du bon temps, pas une femme au foyer. Il se sert peut-être d'elle comme il s'est servi de moi.

— Je l'ai trouvée ravissante, et plus intéressante que les gens qu'on rencontre à ce genre de dîner, répondit l'autre femme avant qu'elles s'éloignent.

Quelques instants plus tard, Travis rejoignait Dana.

— Désolé d'avoir mis si longtemps. Henry m'a proposé d'être responsable du Conseil de santé.

— C'est un rôle important. Tu aimerais l'être ?

— Je lui ai dit que j'avais besoin de réfléchir, répliqua Travis en l'entraînant vers la sortie. Cela fait toujours bon effet sur une carte de visite, d'être directeur. Donc, c'est tentant.

Ils prirent place dans la file de ceux qui attendaient le voiturier. La femme rousse qui patientait devant eux se retourna, sourire aux lèvres.

— Salut, Travis ! Comment vas-tu ?

— Marlene... Ça fait plaisir de te voir.

Comme Marlene le regardait avec gourmandise, Travis attira Dana contre lui.

— Je te présente Dana Warren, dit-il.

— Bonsoir, Marlene.

Mais la jeune femme la salua d'un bref signe de tête sans la regarder.

— J'ai connu Marlene à mon retour en ville, reprit Travis. Elle est pédiatre. Ah, tiens, Marlene, voilà ta voiture.

Une voiture de sport rouge se gara tout près.

— Et voici la nôtre, continua-t-il en entraînant Dana.

— C'était sympa de te revoir ! lança Marlene.

Travis continua à marcher comme s'il ne l'avait pas entendue.

— Si j'ai bien deviné, vous avez un passé commun, dit Dana.

— Très court et sans gloire.

— Vraiment ?

— C'est un barracuda. Elle ne m'intéresse nullement.

Dana ne put s'empêcher de pouffer. Le mot décrivait très bien Marlene.

— Je préfère, et de loin, un autre genre de femme, ajouta-t-il. Elle ressemble beaucoup trop à mon ex. Elle ne s'intéressait qu'aux avantages que pourrait lui valoir son association avec un autre médecin, et elle n'a pas très bien pris non plus le fait que je rompe.

Dana eut un coup au cœur. Était-ce ainsi que les choses s'achèveraient entre eux ?

« Mais que m'est-il arrivé ? » se demanda Dana. Elle avait commencé à s'imaginer qu'ils avaient peut-être un avenir, mais elle se trompait. Elle devait le quitter avant que Travis veuille reprendre sa liberté.

Travis laissa échapper un soupir de satisfaction. La soirée s'était bien déroulée. Dana avait été une partenaire idéale. Elle avait eu de fortes réticences avant de venir, mais elle devait mesurer, maintenant, l'étendue de sa réussite. Elle était pompière parachutiste, une parmi les meilleures de sa profession. Elle dirigeait une équipe. Possédait un ranch. Pourquoi était-elle si peu sûre d'elle ?

Il lui prit la main et la posa sur sa cuisse. Elle resta curieusement silencieuse.

— Ce n'était pas si épouvantable que ça, quand même ? dit-il.

— Non, ce n'était pas épouvantable. Mais je n'ai pas envie de renouveler ça tous les soirs.

— Il y a une seule chose que j'aie envie de faire tous les soirs, dit-il en remuant les sourcils de façon expressive.

Elle se mit à rire, un son qu'il adorait. Qui lui donnait la sensation d'être heureux de vivre.

Un long silence s'installa entre eux. Puis Dana demanda d'une voix douce :

— Travis, où allons-nous ?

Il y avait eu, dans son intonation, quelque chose qui lui serra le cœur. Mais il resta sur une note légère.

— Comment ça ? On rentre chez toi.

— Non, tu sais de quoi je parle. De notre relation. Elle ne tient pas debout.

— Pas debout ? Mais que veux-tu dire ?

— Tu es médecin. Je suis pompière parachutiste. Nous ne sommes pas du même milieu.

— Comme des tas de gens. Je ne vois pas où est le problème, dit-il, en pleine confusion.

— Travis, ton univers n'est pas le mien. Tu assistes à des réceptions, moi, je mange des rations de survie, et je dors à même le sol tandis que tu aimes les matelas de luxe. Nous deux, c'est absurde.

Il secoua la tête.

— Ces choses-là n'ont pas de réelle importance, voyons.

— Mais tu as une position en ville, ce qui n'est pas mon cas, et je ne vais pas à des soirées mondaines.

— N'importe quoi… Tu t'es parfaitement comportée ce soir. Où veux-tu en venir, en fait ? demanda Travis, heureux d'être à la maison.

Depuis quand s'était-il mis à considérer le ranch comme son foyer ? Cela évoquait quelque chose de pérenne, contrairement à ce qu'il avait prévu. Être libre et sans attaches, c'était ça le plan.

— Je pense qu'on doit arrêter avant que ça nous dépasse. Il y a huit ans, tu voulais une chose et moi une autre. Cela n'a pas changé.

Il se gara devant le porche assez éclairé pour qu'il voie l'expression de Dana, et se tourna vers elle après avoir coupé le contact.

— Mais on est bien ensemble, et on s'amuse.

— C'est ça. On se cache ici. Au lit…

— Cela me convient très bien.

Dana soupira.

— Oui, mais nous fuyons la vie tous les deux. Toi, parce que tu as peur de tenir vraiment à quelqu'un. J'espère que tu sais que je ne ressemble en rien à ton ex-femme…

— Bien sûr.

— Mais tu n'arrives pas à dépasser ce qu'elle t'a fait subir. Tes projets de vie ont mal tourné, alors tu ne veux plus en faire. Moi, j'ai de nouveau trouvé l'amitié et je tiens à la garder. Je crains qu'on ne la perde si on ne se sépare pas tout de suite.

— Tu ne crois pas que tu te tracasses pour rien ?

— Je croyais que je pouvais accepter une relation facile, sans attaches, mais j'en suis incapable, désolée.

Travis voyait chanceler son monde. Il ne savait pas très bien ce qu'il voulait, mais ce n'était pas cela. Pourtant, Dana avait dit vrai. Plus ils prolongeaient leur relation, plus il leur serait difficile d'y mettre fin sans qu'elle en souffre. Il lui avait fait du mal autrefois, et il ne voulait pas recommencer. Il lui effleura la joue.

— Tu as peut-être raison.

Un instant, elle appuya son visage contre sa paume puis s'écarta.

— Tant que ça a duré, c'était adorable. Nous avons eu... Comment appelle-t-on ça ? Une expérience en situation extrême rien de plus.

— Dans ce cas, comment appelles-tu ce qui s'est passé ces deux dernières semaines ?

Elle baissa la tête.

— Une passade. Il est temps d'y mettre fin. Tant qu'on peut encore regarder en arrière... avec affection.

— Un autre terme me vient à l'esprit. Pourrai-je t'appeler de temps à autre ?

— Peut-être, dit-elle avec un regard triste. Tu ne devrais dépendre de personne pour être heureux, tu sais. J'espère qu'un jour tu sauras te fier à ton jugement sur les gens, tenter ta chance, en sachant qu'ils pourraient quand même te décevoir.

Un sentiment de contrariété envahit Travis. Elle parlait comme s'il était le seul à avoir des problèmes. Mais il n'y avait pas que lui qui avait besoin d'examiner sa vie !

— Tu ferais peut-être bien d'analyser aussi ta situation.

Elle se raidit.

— Qu'est-ce que ça veut dire ?

— Que tu as été si souvent rejetée, que tu t'attends à ce que tout le monde le fasse. Tu es trop dure avec toi-même. Tu as peur qu'on te juge et qu'on te trouve défaillante, du coup, il est impossible d'être à la hauteur de tes attentes.

— Ce n'est pas vrai.

— En es-tu bien sûre ? insista Travis.

— Tu es injuste.

— Comment ça ? En te disant quelques vérités ? Tu pourrais très bien rater l'homme qui ne voudra jamais te quitter parce que tu ne lui donneras pas la chance de le prouver.

Elle le foudroya du regard.

— Je crois qu'il vaut mieux qu'on en reste là. Je préparerai tes affaires et tu pourras venir les prendre, ou bien j'irai les déposer à ton cabinet.

— Dana ! cria-t-il, descendant de voiture alors qu'elle grimpait le perron en courant.

Il n'alla pas plus loin. C'était peut-être mieux ainsi. Une coupure nette cicatrisait toujours plus vite.

Dans l'avion qui la conduisait sur le lieu d'un incendie, Dana, les yeux clos, pensait à la discussion qu'elle avait eue la veille avec Leo qui l'avait convoquée dans son bureau.

« Ferme la porte et assieds-toi. »

Elle avait obéi et tiré une chaise face à lui. Il avait croisé les bras et posé sur elle un regard ferme.

« Je suis ce que tu as de plus proche d'un père, maintenant, et je veux savoir ce qui te ronge.

« – Je fais mon travail, non ? » Elle n'avait pas envie de parler de Travis.

« Tu sais très bien que oui. Les autres n'ont que des compliments à faire sur la façon dont tu diriges les choses. Mais tu n'es plus la même depuis un mois. Je sais que tu te livres peu sur ta vie privée, mais cela a-t-il quelque chose à voir avec le Dr Russell ? »

Elle s'était redressée vivement.

« Qu'est-ce qui te fait penser ça ?

— Pendant quelques semaines après votre équipée, tu affichais un large sourire, et du soir au lendemain, il a disparu. Tu veux en parler ?

— Pas vraiment. » Sinon, elle pourrait s'effondrer et éclater en sanglots.

« Je ne peux pas t'y forcer. Je peux seulement te dire que je suis là en cas de besoin. »

Elle s'était levée.

« Merci. »

Elle avait atteint la porte lorsque Leo avait ajouté :

« Juste pour que tu saches. J'ai fait ma petite enquête sur le Dr Russell, avant et après votre équipée. C'est quelqu'un de fiable, et qui tient parole.

— Je sais. »

Travis le lui avait prouvé en plus d'une occasion. Lorsqu'il l'avait aidée à éteindre les feux, s'était occupé de M. Gunter et de Ted, n'avait pas profité d'elle dans la grotte et lui avait sauvé la vie dans la rivière...

Donc avait-il vu juste ? Avait-elle rompu avec lui parce qu'elle avait peur qu'il la quitte ? Il ne s'était pourtant pas comporté comme s'il en avait envie. Avait-il changé d'avis sur ses projets d'avenir ? Et s'ils avaient pu avoir leur chance ? Et si elle avait tout gâché ?

Travis s'était comporté en homme loyal et fiable. N'était-ce pas ce qu'elle cherchait dans la vie ? Elle avait trouvé l'homme qu'il fallait, et tout jeté aux orties. Quand elle rentrerait de cette équipée, elle lui téléphonerait. Quêterait une seconde chance.

Puis ce fut le saut.

Dana s'était entraînée pour affronter de telles circonstances. La douleur aiguë dans sa gorge et son nez. La sensation de brûlure dans ses yeux, due à la fumée. La suie tourbillonnant autour d'elle, s'infiltrant dans sa bouche et son nez malgré l'équipement protecteur. Le souffle qui lui manquait. L'élan de panique inévitable. « Je ne peux pas respirer. » Elle allait mourir si on ne venait pas à son aide.

Elle tendit la main vers sa radio et appuya sur le bouton, mais les mots ne purent sortir de sa gorge encombrée de fumée. Elle agita les bras, essayant d'alerter un membre de l'équipe, mais il ne regardait pas de son côté. Des étoiles dansaient devant ses yeux. Si elle s'écroulait, ce serait la fin. Ils étaient en pleine forêt. Il fallait qu'elle respire !

Elle se força à avancer pour réussir à saisir son coéquipier par la manche puis, lentement, ses doigts lâchèrent prise alors qu'elle s'effondrait sur le sol calciné.

Elle ne reverrait jamais Travis. Ne sentirait plus jamais ses caresses, la douceur de sa bouche. Ne pourrait jamais lui dire qu'elle le voulait, qu'elle l'aimait. Plus jamais...

Au cours du mois écoulé, Travis s'était convaincu qu'il avait eu tort. Terriblement tort. Certaines blessures, si nettes qu'elles soient, cicatrisaient mal. Il s'était adapté à son divorce, sans souffrir autant qu'il souffrait d'être séparé de Dana.

Même quand il soignait ses patients, il lui arrivait de penser à leur complicité lorsqu'ils s'étaient occupés de M. Gunter et de Ted. Le pire était d'entendre parler d'un incendie qui faisait rage dans le parc national car il avait envie d'appeler Dana pour s'assurer qu'elle allait bien et il lui en coûtait de ne pas le faire.

Pendant un de ses échanges téléphoniques hebdomadaires avec sa mère, celle-ci s'inquiéta.

— Travis, qu'est-ce qu'il y a ? Tu n'es plus toi-même ces dernières semaines.

Allait-il vraiment ouvrir les digues et se confier ?

— Tu te rappelles mon année sabbatique, avant mon entrée en fac de médecine ?

— Oui. Tu paraissais toujours heureux quand tu téléphonais, dit-elle avec un rire. Je soupçonnais qu'il y avait une jeune femme là-dessous.

— C'était le cas. Je l'ai revue.

Puis il raconta presque tout ce qui s'était passé entre Dana et lui.

— Que comptes-tu faire ? demanda sa mère.

— Je n'en sais rien. Je crains qu'elle ne désire quelque chose que je ne peux pas lui offrir.

— Quoi ? L'amour et l'intimité ? Le soutien, l'affection ? Nous voulons tous ça.

— Mais je me suis déjà fourvoyé... Quand je croyais avoir trouvé la femme idéale et programmé la vie parfaite.

— C'est peut-être ça le problème. La vie, l'amour, ça consiste à prendre des risques. Dana a l'air d'être quelqu'un qui te met au défi, qui peut être ta partenaire, et non une potiche. Elle n'est pas dépendante de toi, apparemment. En fait, je n'ai jamais pensé que Brittney était faite pour toi, ajouta sa mère après un silence.

— Pourquoi n'as-tu rien dit ?

— Ça aurait changé quelque chose ?

Travis devait admettre que non. Il croyait savoir ce dont il avait besoin, à l'époque.

Sa mère venait de lui donner matière à réflexion, et il pensa beaucoup, au cours des jours suivants, à ses propos et à ceux de Dana. Malgré sa réticence, il finit par admettre qu'elle avait raison. Brittney, ses propres rêves perdus, son divorce... Il avait permis que l'échec décide de sa vie. Son ex-femme était loin, pourtant elle conservait une influence sur lui, et cela le rendait malade.

Il devait parler à Dana. Lui dire ce qu'il ressentait. La supplier de lui ouvrir son grand cœur généreux. Lui faire savoir qu'il avait confiance en elle. Ils apprendraient à gérer leur avenir et à laisser le passé derrière eux.

Le lendemain, alors qu'il était en consultation dans son cabinet, son mobile sonna. Un numéro inconnu. S'excusant auprès de son patient, il sortit prendre l'appel à la réception.

— Ici le Dr Russell.

— C'est Leo Thomas, des Redmond Smokejumpers. J'ai pensé que vous aimeriez être averti. On amène Dana à l'hôpital de Redmond, en hélicoptère.

Travis s'adossa au mur, le cœur battant à tout rompre.

— J'y vais, dit-il.

Après en avoir terminé avec son patient, il prévint Doris qu'il ne reviendrait pas de la journée et partit.

L'hélicoptère qui transportait Dana avait déjà atterri lorsqu'il parvint à l'hôpital. Pendant les quelques minutes où il dut patienter aux urgences, il ne cessa d'aller et venir devant les portes par lesquelles on l'amènerait. Leo, aussi inquiet que lui, arriva peu de temps après lui.

Dès que Dana fut amenée sur le brancard, Travis se précipita. Elle était inconsciente, un masque à oxygène lui couvrant le nez et la bouche. Connaissant le médecin des urgences, il la suivit dans la salle d'examen, se faisant aussi discret que possible.

Dans l'état où il se trouvait, il aurait été incapable de s'occuper de Dana. Quand on la monta dans une chambre, il était dans tous ses états.

Leo lui intima de se ressaisir, ce n'était bon ni pour lui ni pour Dana de perdre la tête. Travis, qui avait traité de nombreux traumatismes, savait contenir ses émotions sans difficulté, mais là, il s'agissait de Dana ! Il sortit dans le couloir et s'efforça de se reprendre. Il devait être calme lorsque Dana reprendrait conscience. Elle allait reprendre conscience !

Il l'aimait. Voilà ce qu'elle aurait voulu l'entendre dire. Mais il avait eu trop peur pour se l'avouer, ou l'admettre face à elle. Mais s'il n'osait pas le lui dire, il serait comme un mort-vivant pour le restant de ses jours. Il voulait vivre pleinement, et pour ça, il fallait que Dana soit à ses côtés. Il le lui dirait dès qu'il pourrait.

Douze heures plus tard, la plus grande peur de Travis se dissipa quand Dana ouvrit enfin les yeux. Elle allait vivre. Il n'était pas impossible que ses poumons soient lésés. Mais si c'était le cas, il serait là pour elle. Sinon, il ferait tout pour qu'elle continue son job. Ils réussiraient leur vie ensemble. Jamais il ne lui demanderait de renoncer à son métier, tout comme elle ne lui demanderait jamais d'abandonner la médecine.

Quand elle rouvrit les yeux pour la seconde fois, Dana avait le regard plus clair et lucide. Il lui pressa doucement la main.

— Je suis là, chérie.

Elle lui pressa la main à son tour avant de fermer les yeux.

Elle se réveilla de nouveau à l'approche de l'aube dans la lumière tamisée de la chambre. Elle avait moins besoin d'oxygène, mais il savait qu'elle devait avoir la gorge en feu et qu'elle ne pourrait pas parler, d'une voix rauque sans doute, avant un bon moment.

Une infirmière apporta une petite ardoise effaçable et expliqua à Travis que Dana ne devait pas parler. Il promit de veiller à ce qu'elle s'en serve pour communiquer.

Alors que le jour commençait à poindre, il alla prendre un café et, à son retour, trouva Dana réveillée. Il sourit.

— Bonjour, chérie.

Il eut l'impression qu'elle esquissait un sourire sous son masque.

Dana inspira profondément. L'air passait mieux, maintenant, mais respirer était horriblement douloureux. Elle sentait quelque chose sur son nez et sa bouche, et elle tenta en vain de lever la main.

— Ne t'agite pas, chérie, dit quelqu'un près d'elle.

Elle connaissait cette voix. Calme, caressante. *Travis.*

Il ajouta que tout irait bien, l'incitant à respirer lentement, profondément.

— Je suis là, je ne te quitte pas.

Ses doigts lui effleurèrent le front. Ce contact aussi, elle le connaissait. Il lui avait tant manqué.

Elle se mit à tousser, ressentant une douleur lancinante dans la poitrine.

— Inspire, expire... Là, doucement, chérie.

Il y avait de la prudence et de l'inquiétude dans le ton de Travis. Bercée par la douceur de sa voix, elle sombra de nouveau dans le sommeil. Lorsqu'elle se réveilla une nouvelle fois, une lumière vive éclairait la chambre. Elle regarda autour d'elle, cherchant la voix rassurante, cherchant Travis.

— Salut, chérie.

Dana s'apaisa aussitôt et son regard rencontra le regard bleu de Travis qui sourit.

— N'essaie pas de parler. Je sais que tu as la gorge douloureuse. Il faut que tu respires profondément, mais avec lenteur. Tu seras bientôt capable de parler, alors, ménage-toi pour le moment. D'accord ? Fais-le pour moi, s'il te plaît.

Elle le considéra un instant. Il avait les traits plus marqués que d'habitude, et ses cheveux étaient ébouriffés comme s'il y avait souvent passé la main. Ses vêtements semblaient chiffonnés, comme s'il avait dormi dedans.

Pour Travis, elle était prête à tout, aussi hocha-t-elle la tête avant de se rendormir, Travis peuplant ses rêves.

La fois suivante, quand elle revint à elle, les lumières étaient tamisées. Une tête brune reposait près d'elle, sur le bord du lit. Celle de Travis qui lui tenait la main et ronflait tout doucement.

Comme elle remuait légèrement, il se redressa. Son regard se porta aussitôt sur elle. Il l'empêcha de toucher à son masque, déposant un baiser dans sa paume.

— Tu ne peux pas encore enlever ton masque, chérie. Tu as besoin d'oxygène. Il faut que tu restes calme et que tu respires profondément. Tu souffres d'une inhalation de fumées.

Il baissa la tête, comme si ce qu'il devait dire lui était intolérable.

— Je... J'ai failli te perdre.

Elle remarqua qu'il avait les yeux brillants de larmes.

— Je te demande de m'écouter, continua-t-il. Je vais te dire ce qui s'est passé. Serre-moi la main pour me faire savoir que tu comprends. Et si tu as des questions ensuite, eh bien, tu pourras les écrire, d'accord ?

Elle s'exécuta en hochant la tête, et il sourit.

— Tu luttais contre un incendie, mais un coup de vent a créé une tornade de fumée, et tu étais au beau milieu. Heureusement, tu as pu rejoindre un membre de ton équipe avant de t'évanouir. On t'a rapatriée en hélicoptère et il y a trois jours que tu es ici. Tu te débrouilles très bien, mais tu n'es pas tout à fait tirée d'affaire. Plus tu suivras les directives qu'on te donne, plus vite tu sortiras d'ici.

Dana pointa le doigt vers lui.

— Tu veux savoir comment j'ai su que tu étais à l'hôpital ?

Elle fit signe que oui.

— Leo m'a téléphoné pendant qu'on t'amenait. Jamais je n'ai eu aussi peur. Tu... Tu as des questions ? Non ? Alors, tâche de te rendormir Je serai là à ton réveil, promis.

Lorsqu'elle se réveilla quelques heures plus tard, le soleil inondait la chambre et une infirmière d'âge mûr se tenait près du lit. Le masque avait été remplacé par une canule nasale à oxygène.

Elle regarda autour d'elle.

— Vous cherchez le beau Dr Russell ? demanda l'infirmière.

Dana hocha la tête.

— Je l'ai renvoyé chez lui pour qu'il prenne un bain et se change. Il ne sera pas content de savoir que vous vous êtes réveillée alors qu'il n'était pas là. Mais il y a presque quatre jours qu'il est ici, alors il était temps qu'il fasse une pause. Si nous faisions votre toilette pour que vous soyez plus présentable lorsqu'il reviendra ?

Dana approuva. Lorsque Travis fut de retour, elle était assise dans le lit, coiffée et vêtue d'une blouse d'hôpital propre. Elle croquait des copeaux de glace.

— Travis..., dit-elle d'une voix basse et rauque.

Il se précipita vers elle pour lui prendre la main qu'il embrassa et porta contre sa joue.

— Tu ne devrais pas parler.

— Je vais le faire quand même.

— Désolé, mais si tu as besoin de quelque chose, tu dois te servir de l'ardoise.

Elle secoua la tête et prit l'ardoise et le marqueur qu'elle mit sous son oreiller.

— C'est moi qui commande à l'intérieur, cette fois.

Travis eut un grand sourire.

— D'accord.

— J'ai à te parler, dit-elle d'une voix plus assurée.

Elle posait sur lui un regard incertain, mais souriait.

Travis se sentit aussitôt moins oppressé. Étant donné la façon dont leur relation s'était terminée, il avait craint qu'elle ne lui demande de partir.

— J'ai eu tort, dit-elle, interrompue par une quinte de toux.

— Remettons ça à plus tard, ma chérie.

— Non. Tu avais raison. Pendant toute ma vie, on m'a quittée, donc je t'ai éloigné parce que j'avais peur que toi aussi tu me quittes. Peu importe le temps que tu passeras avec moi, mais je tiens à faire partie de ta vie. Il faut bien arrêter de fuir à un moment donné, et saisir sa chance, ce que je veux faire avec toi, même si on s'en tient à l'amitié.

— Ma douce, tu n'es pas la seule à avoir eu tort. J'ai laissé mon passé régenter ma vie et je refuse de continuer comme ça. Il est temps que je vive pleinement, et ça ne peut être qu'avec toi, je le sais. Si tu veux bien me donner ma chance…

Dana sourit en hochant la tête. Travis s'inclina pour lui donner un baiser léger.

— Et au fait… je t'aime.

— Je t'aime aussi, dit-elle en lui enveloppant la joue de sa paume.

Le cœur de Travis s'emballa.

— Veux-tu m'épouser, ma chérie ?

— Oui.

— On pourrait aller en lune de miel à la tour d'observation. Avec un bon matelas gonflable, bien sûr…

De nouveau, Dana sourit.

— Ce serait parfait.